미세먼지

Safehouse Anthology

차례

서문

미세먼지 앤솔로지를 준비하던 시기였던 올 초에는 예년에 비해서 미세먼지 문제가 무척이나 심각했습니다. 하루가 멀다 하고 매일 아침 '미세먼지 경보', '미세먼지 매우 나쁨'이라는 문자 알림음이 울렸습니다. 마스크를 잘 하지 않던 사람들도 하나둘씩 마스크를 대량으로 구입했고, 공기청정기는 가정의 필수품이 되었으며, 갖가지 미세먼지 전용 상품이 개발되는 등 어느새 미세먼지는 우리 삶 깊숙이 들어오게 되었습니다.

그리하여 2019 봄 앤솔로지 주제는 '냉면'과 '대멸종'에 이어 당연하게도 '미세먼지'가 되었습니다. 지금 우리에게 닥친 현안이자 미래에도 쉽게 해결될 것 같지 않은 이 문제를 이야기라는 매개체를 통해 제대로 마주해 보고 싶었습니다.

미세먼지의 이미지와 문제점 때문인지, 다양하게 주제를 변주하는 이야기보다는 미세먼지가 더욱 심각해져서 황폐해진 현실에 집중하는 작품들이 가장 많이 응모되었습니다. 이 가운데 이야기적 재미와 그 이야기만이 가지고 있는 의미, 더불어 장르적 특성을 확보하고 있는 작품을 찾고자 했습니다.

예심과 본심, 결심 총 세 차례의 심사를 통해 네 편의 작품을 선정하고 초대작 한 편을 추가하여, 환경 문제로 인해 벌어지는 다양한 상황과 기후 변화가 일으킬 여러 가지 가능성을 담은 이야기를 만날 수 있는 책으로 엮었습니다.

늘 숨을 쉬어야 하는 우리들에게 잿빛과 누런빛이 뒤섞인 하늘과 매캐하고 텁텁한 공기를 계속 대하는 일은 분명 커다란 위협일 것입니다.

이 책에 실린 다섯 편의 이야기가 현실의 문제를 해결하는 방책이 될 수는 없겠지만 누군가에게는 지난한 과제를 풀 수 있는 단초를 제공하기를, 누군가에게는 작은 용기를 선사할 수 있기를 희망합니다.

스토리 PD
윤성훈 드림

놀러 오세요, 지구대 축제

류연웅

인천 출신. 독립출판물 《내가 나이에 따라 변할 사람 같냐》를 펴냈다. 현재 안전가옥과 함께 블랙코미디 연작 소설 《못 배운 세계》를 개발 중이다.

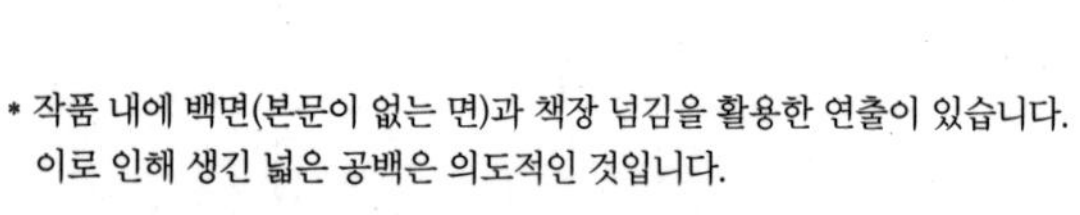
* 작품 내에 백면(본문이 없는 면)과 책장 넘김을 활용한 연출이 있습니다.
이로 인해 생긴 넓은 공백은 의도적인 것입니다.

"챙총 선배!"

선배님, 저기요, 칭 선배, 칭챙총 선배님… 쯤에서 나는 포기하고 뒤를 돌아보았다.

과 사무실 문은 반쯤 열려 있고, 그 안에서 처음 보는 애가 나를 부르고 있었다. 게시판과 강의실을 지나 과 사무실로 걷고 있는 나는 지구대학교 부자학과 4학년. 이번 봄 학기만 버티면 홍콩으로 돌아가는 유학생인데,

"내 이름은 챙총이 아니라…"
"아니긴 뭘 아니야."

과 사무실에 앉아 있던 국봉 선배가 소리쳤다. 선배가 비실비실 웃는 사이, 나를 부른 후배는 자리로 돌아갔다. 새로운 근로 장학생인 모양이다. 국봉 선배 같은 조교 밑에서 일해야 한다니, 라고 동정해 보지만 실은 남 걱정할

때가 아니다.

"선배가 부르신 거예요?"
"이리 좀."

선배는 모니터 화면을 가리켰고, 나는 눈치를 보며 인터넷 신문을 읽었는데… 지구대학교, 웅진코웨이와 '클린캠퍼스' 협약 체결… 이번 MOU로 웅진코웨이는 지구대에 벽걸이형 공기청정기 190대를 지원할 예정이다. 오… 역시 한국 기업. 최고, 최고!

"한국말은 끝까지 읽어 짱깨 새끼야."

결국 오늘도 저 소리를 듣고 말았다. 하아… 다시 읽겠습니다. 다만 수량이 부족하여 사회과학대학 부자학과는 지원 대상에서 제외… 되었다? 고개를 드니 거기엔 오맹달을 바라보는 주성치의 형상이 있다. 반야바라밀…. 시간을 돌린 것처럼 저번달에, 지지난달에, 반년전에, 작년에, 재작년에, 나 새내기 때 들었던 말이 다시 들려왔다. 국봉 선배가 묻는다. 미세먼지의 원인을 아는가. 원인을 분석한 결과 내린 결론인즉,

"착한 짱깨는 죽은 짱깨뿐이다, 이거야."
"안 착해서 죄송하네요."
"말 존나 착하게 하네?"
"감사해요."
"우리 과 애새끼들 데모하면 챙총이가 책임져. 알았지?"

*

공기청정기 부자학과 지원 제외에 대한 소문은 이미 과

내에 쫙 퍼져 있었지만, 한국 애들은 대수롭지 않게 넘겼다.

"우리가 공부 안 해서 이딴 학과 온 대가지."

그 말에 유학생들이 화낸다.

"성적이랑 지원이 무슨 상관이야. 너넨 어떻게 생각할지 몰라도 우리는 여기에 공부하러 온 거야."

그렇게 목소리 높여 싸우다가… 불현듯 다들 나를 쳐다본다. 그들 눈에 중국에서 온 유학생은 나뿐인 것이다. 하아…. 결국 오늘도 이 소리를 하고 마네. 얘들아,

나 홍콩 사람이라니까.

다행히 그쯤에 교수님이 들어오셨지만… 상황이 상황이니만큼, 강의에 집중할 수가 없는 것이다.

홍콩으로 돌아가고 싶다.

예전처럼 치킨 먹고 싶을 때 치킨 시키고 수영장 가고 싶을 때 수영장 가고 싶다. 그게 힘들면 새내기 때로라도 돌아가게 해 주세요. 그럼 절대로 개강 총회 뒤풀이에서,

홍콩에서 왔어요.

라고 말하지 않을 거다. 그 순간, 옆 테이블에서는 국봉 선배가 유럽 여행 다녀온 이야기를 풀고 있었다. 양키들이 나보고 칭챙총이라면서 쪼개는 거야. 그게 원래 중국어 흉내 내서 만든 단어잖아. 내가 웃으면서 I'm Korean. 이래도 What? You look like Chinese. 이러는 거야. 딴 사람 같으면 무시했겠지만… 내가 덩치도 있고 한 성깔 하잖냐. 그래서… 엉? 잠깐만.

홍콩에서 왔다고요?

아, 네! 홍콩? 그러면 중국이네? 선배는 의미심장하게 웃었다. 아뇨, 홍콩이랑 중국은 다르고요… 라고 내가 설명할 새도 없이,

"야 여기 진짜 칭챙총 있다!"

당시에는 국봉 선배만 깔깔거렸지, 나머지는 분위기 맞춰 웃어 줄 뿐이었다. 기분은 나빴지만 무시하고 넘어갔는데… 선배는 그날 이후 꾸준히 나를 챙총이라 불렀다. 챙총아, 산당아, 진핑아, 택동아, 팔렘아, 짜장아, 꿔바야, 로우야, 쭝궈야, 싸드야, 칭칭아, 댕동아.

"그만하시죠."

보다 못한 예진이 중재했다.

"선배, 그거 엄연한 인종차별이에요."
"중국인한테 중국인이라 하는 게 왜."

그 이후, 학과는 두 파벌로 나뉘었다. 유학생이 꼭 우리 편인 것도 아니고, 한국인이 선배 편인 것도 아니었다.

누가 옳은지는 종강 총회에서 투표로 결정하기로 했다.

국봉 선배는 타고난 인싸력으로 학우들을 설득하러 다녔다. 살기 팍팍하고 <무한도전>도 폐지돼서 웃을 일도 없는데 학우한테 농담도 못 합니까.

나는 예진과 함께 학우들을 설득했다. 하… 이걸 말로 설명해야 합니까?

"설명할 필요도 없지."

학우들은 분명 우리 편이었다. 창밖이 온통 미세먼지로 가득해지기 전까지.

"봄이잖아, 황사는 매년 찾아왔어."

한국 친구들은 그런 말로 유학생들을 안심시켰다. 하지만 일주일이 지나도 창문 밖은 그대로였다.

"이런 적은 처음인데…."

종강 총회 즈음이 되자 '미세먼지 농도: 매우 나쁨'은 익숙한 상황이 되었고 마스크는 외출 시 필수품이 되었다. 네이버 뉴스는 언제나 같은 소식을 올렸다.

[미세먼지의 원인은 100% 중국…]

"나 중국인 아니야. 알지? 나 홍콩인이야. 홍콩은 자치 행정 구역이고 지폐도 다르고 97년에…"
"민아."
"중국 사람들도 우리나라에 비자 있어야 올 수 있어. 우리도 중국 사람들 싫어해. 중국 사람들이 홍콩 생필품…"
"서 민."
"어, 어…."
"알았으니까 밥이나 먹어."

친구들의 말투는 확연히 싸늘해졌다.

그 온도는 곧장 투표에 반영됐다. 개표를 맡은 예진의 표정은 어두웠다. 미… 미친놈들아. 국가적 차원의 일을 가지고, 열심히 공부하러 온 유학생한테 화를 풀어? 결국 투표함을 던지며 울부짖던 예진과… 저지하던 부회장 선배. 지금 뭐 하시는 짓이죠? 여기는 민주주의 국가입니다. 아, 혹시 여기가 북쪽이라고 착각하신 건가요? 그게 아니면 얼른,

개표하시죠?

개표가 끝났습니다. 중국에서 날아오는 미세먼지로 인해 한국은 몇 달 만에 <매드맥스> 돼 버렸는데, 덕분에 무너진 유학생들의 기대와 한국 학우들의 고통에 비하면 서민이가 중국인 대표로 칭챙총 소리 듣는 것쯤은 아무 문제 없다는 결론입니다. 이상 종강 총회를 마치겠습니다.

어… 어어… 어어어…

학우들은 동정의 신음을 흘렸다. 최소한의 양심은 있는 모양이었다. 그 ASMR을 깨 버린 건… 투표의 승리자였다. 국봉 선배가 의기양양하게 내 앞으로 왔다. 그리고 외쳤다.

"타이완 넘버 원!"

"오브 콜스!"라고 덩달아 외치며 유쾌한 척했지만… 금방이라도 눈물이 날 것 같았다. 그래도 괜찮아. 저 자식만 졸업하면…. 저 새끼만 사라지면 된다는 생각으로 버텼으나 국봉 선배는 졸업하고 학과 조교가 되었다.

그리고 오늘도 나는 불려 왔다.

"어떻게 할 거야."

"…."

"데모하면 챙총이가 책임지기로 했지?"

"…."

"책임져야지."

"제가 뭘 어떻게요."

*

내 이름은 서민. 홍콩 재벌가의 외동딸이다. 홍콩인 아버지, 한국인 어머니 사이에서 태어났다.

아버지의 직업이 직업이니만큼 내가 어렸을 때부터 우리 집에는 다양한 국적의 사람들이 드나들었다. 때문에 어머니의 국가였던 한국도 딱히 특별하게 느껴지지 않았다.

하지만 내게 "놀아도 된다."라고 말해 주는 건 어머니뿐이었다. 어머니 본인은 목표도 없는 채로 입시, 경쟁, 취업에만 신경을 쓰며 청춘을 버렸지만, 나는 풍족하게 성장기를 보내야 한다고 말했다. 내가 어떻게 사는지도 모르면서 똑바로 살라고, 너희 아버지가 얼마나 대단한 분인 줄 아느냐고 말하던 어른들과는 확실히 달랐다.

그래서 아버지가 어느 대학을 가겠냐고 물었을 때, 한국에 가겠다고 대답했다.

"한국?"

아버지는 눈을 크게 떴고… "드디어 우리 딸이 정신 차렸구나." 울먹이셨다. 그때 나는 열아홉 살이었고 더 이상 옆에는 "놀아도 된다."라고 말해 주는 어머니가 없었다.

하지만 놀았다. 한국에 가면 또 놀 수 있을 줄 알았다.

나는 지구대학교 사회과학대학 부자학과에 입학했다.

아버지 인맥으로 서울대학교 같은 곳에 보내져 공부만 하게 되면 어쩌나 걱정했는데 다행히 듣도 보도 못한 데였다. 아버지 왈, 지구대는 한국에서 유일하게 부자학에 대한 연구가 이뤄지는 곳이다. 전 세계 재벌 2세들이 모여들 거다. 세계적으로 '자수성가' 부자가 늘고 있는 추세인데… 너처럼 '세습'으로 부자가 될 애들은 이를 경계해야 한다. 금수저의 나라로 가서 부자학을 배우고 와라. 수석으로 졸업해야지만 기업을 물려주겠다. 무슨 말씀이세요, 당연히—

저한테 주시는 거 아니었어요?

딸아… 펑펑 놀던 마음 한편에는 그런 안도감이 있었구나. 아버지는 고개를 저으며 비서 아저씨를 호출했다. 이 새끼가 수석 졸업을 하지 못하면 당신에게 기업을 주겠소. 이번에는 비서 아저씨가 눈을 크게 떴고… 내가 울먹였다. 알았어요, 아버지. 열심히 하면 되잖아요.

그랬던 내가 지금은 챙총이 소리나 듣고,

속상함은 공부밖에 모르는 쭉정이처럼 수업 시간 발표를 통해 푼다. 화요일 2교시. '지구 글로벌 라이프' 시간이다. 유학생들을 위한 필수 교양. 같은 문화권 학생들끼리 모여서 한국말로 대화하고 에세이를 쓰는 수업이다. 학교에 홍콩 유학생은 나 하나뿐이라 나는 중국 분반으로 배정받았다. 이런 수업이 무슨 의미가 있나 싶지만 성적표 앞에선 얘기가 달라진다. 나는 밤새 쓴 에세이를 읽는다.

"내 아버지는 입학금, 첫 달 기숙사비만 대 주시고 지원을 싹 끊어 버렸다. 그래서 새내기 때부터 지금까지 단 한 주도 아르바이트를 쉰 적 없다. 지금은 중식집에서 일한다. 알바 경쟁률은 7대 1이었는데 사장님이 중국집이니까 중국인 뽑겠다면서 짜장면 먹어 본 적도 없는 나를 채용했다. 나는 홍콩 사람입니다. 이랬더니… 어차피 다 똑같은 짱깨인데 시끄럽고 일이나 하랬다. 그래서 한 번 더 중국인 짱깨 아니고 근데 난 홍콩 사람입니다. 말했더니… 사장님이 내 어깨에 손을 올리고 말했다. 그럼 짭깨네. 오늘도 일하러 가야 하는데 그 짭깨 소리 듣기가 너무 서럽다. … 이상입니다."

교수님이 박수를 치며 자리에서 일어났다.

"용기를 내 준 학우에게 박수 부탁드려요. 참, 인종차별이란 게, 없어지는 듯하면서도 없어지지 않는 그런 거거든요. 그래도 한국 정도면 인종차별이 심한 나라는 아닌데… 어딜 가나 나쁜 사람은 있어. 자, 다 같이 따라 해 봐요. 친구야, 많이 힘들었지?"
"…. 구야, …. 었지…."
"오늘 수업 일찍 끝내려 했는데… 자, 다시 한번. 친구야, 많이 힘들었지."
"친구야! 많이 힘들었지?"

"이제는 우리가 있으니까 괜찮아."
"이제는 우리가 있으니까 괜찮아."

*

마스크를 끼고 후다닥 돌아가려는데 애들이 내 주변으로 몰려들었다. 그러고는 짱깨라는 단어에 대한 본인들의 분노를 쏟아 냈다. 분명 수업이 끝났는데, 왜 다시 발표가 이어지지? 듣다 보니 발표가 아니었다. 설득이었다.

애들은 내게 '혐중 반대 시위'를 함께 하자고 제안했다.

아까 네 얘기 들으면서 우리의 선입견이 깨졌어. 부자학과 애는 그런 대우 안 받을 줄 알았는데 결국 다 똑같구나. 미세먼지가 심한 날이면… 우리 중국 유학생들은 조심하면서 등교를 해야 되는 거. 언제 어디서 손가락질과 욕설이 날아올지 몰라. 에브리타임♣ 자유게시판만 봐도 심각해.

중국인이랑 절대 팀플하지 마세요.
중국인들 강의 끝나고 쓰레기 걍 놓고 가던데 극혐.
짱깨 새끼들 제발 기숙사에서 소리 좀 지르지 마라.

이런 글 하루에 하나씩은 꼭 올라와.

물론 틀린 말은 아니야.

조별 과제 귀찮을 때 한국말 못 알아듣는 척하면 조장이 한숨 쉬고 다 하는데 그거만큼 개이득이 없어.

그건 죄송합니다. 그건 정말 죄송해요 그거는.

하지만… 내가 봤을 때 한국 애들의 문제점. 자기랑 다르면 너무 배척해. 작년에 그… 유명한 사건 있지. 운동장 사건. 중국인 유학생분들이랑 한국인들이랑 소개팅하자고, 유학생분들은 운동장으로 나오라 해서 나갔더니 소개팅 주최자 잠수 타고 에브리타임에,

짱꼴라들 싹 모아 가지고 운동장에 세워 놨다. 공기 정화시켰는데 속 시원하다. 앞으로 짱꼴라들 한국 여행 올 때 유학 올 때 미세먼지 세금도 걷고 그러자, 좀.

그 글은 따봉 200개 받고 '실시간 인기 글' 올라갔지. 미세먼지 원인은 중국이 아니라 고등어라는 과학적 근거가 나왔는데도 우리한테 화풀이하는 빵쯔들은 그냥 중국이 부러운 거야. 지금까진 참았는데 더 이상 안 되겠어. 이번 대축제에서 평화 시위를 할 건데, 만약 실패한다면 폭력 시위도 고민해 볼 거야. 얘기가 길어졌는데 같은 중국 피를 가진 사람으로서 우리와 함께할 거지?

"저 홍콩 사람인데요."

*

폭력 시위라.

어떤 형태일까. 상상도 안 간다.

평화 시위라.

그게 효과가 있을까. 그들도 큰 기대를 거는 것 같지는 않다. 폭력 시위로 가기 위한 정당한 명분을 만드는 느낌. 그런 생각을 하며 기숙사로 돌아가는데 학생 식당 벽에 또 다른 시위 예고문이 붙어 있었다.

< 대자보 >

소득 분위 높은 학생들이 모여 있다는 이유로
신설 학과가 아웃풋이 없다는 이유로
공기청정기 지원 대상에서 배제된 게 말이 되는가.

이것은 단순히 우리 과가
공기청정기를 지원 못 받은 문제가 아니다.
순수하게 학문 교육이 이뤄져야 하는 대학에서
배경과 결과로 학생을 차별한 전대미문의 사건이다.

성적과 배경을 가지고 차별하지 않는,
모두를 위한 학교와 세상을 원한다.

지구대학교는 대답하라.
만일 대답하지 않는다면
축제에서 우리의 목소리를 듣게 될 것이다.
우리는 평화를 원하나, 어쩔 수 없는 상황이 된다면
극단적인 방법도 사용할 것임을 선언한다.

- 사회과학대학 부자학과 유학생 일동 UN

그 대자보에 국봉 선배가 낙서를 하는 중이었다. **이 금**

수저 새끼들 존나 노답이네 세금도 안 내는 것들이. 지들 엄마, 아빠한테 기부금이나 내라 그래. 그걸로 공기청정기 사 달라 그래. 선배는 ㅋㅋ와 ㅎㅎ를 도배해 가며 대자보를 더럽혔다.

"선배, 저 왔어요."
"당연한 거 아니야?"

나는 그가 건네는 크레파스를 받았다. 그리고 약속한 대로 함께 책임을 지기 시작했다… 라고 거창하게 표현해 보지만 선배와 마찬가지로 대자보를 더럽혔을 뿐이다. 그렇게 낙서를 하다가 대자보 한구석에 적힌 UN이란 이름을 본다.

작명의 변 첫째, 행복하면 happy고 안 행복하면 unhappy이듯, 다른 과가 '공기청정기'라면 우리 과는 'un공기청정기'니까.

둘째, 세계 각국의 유학생들이 모인 학과로서 United Nations. 모두에게 평등한 지구대학교를 만들기 위한 UN.

그 아메리카식 작명 센스를 우리 과 한국 애들은 비웃었다.

"무슨 평등이야. 그냥 말해, 니네가 못 받아서 빡친다고."
"아무것도 안 하는 주제에 뭘 비아냥거려."
"공기청정기 받으려고 시위하는 건 맞잖아."

그렇게 '사회과학대학 부자학과' 뒤에는 '유학생 일동'만 남은 것이다. 그 아래의 유학생 명단에는 물론 내 이름도 있다. "이거 뭐냐?" 하고 국봉 선배는 빈정거렸다.

"사회생활 하면서 어떻게 거절해요."

국봉 선배가 실실 웃으면서 내 이름에 작대기를 긋는다. 나는 그 옆에 쓰여 있는 국가를 지운다.

~~중국 서만~~

"홍콩보다… 중국으로 적는 게 효과 있지 않을까? 대자보의 명분을 생각하면 말이야."

UN 대표를 맡은 포르투갈 녀석은 대자보를 작성하면서 나를 설득했고 어차피 곧 한국을 떠날 텐데 아무려면 어떠랴 하는 생각에 나는 고개를 끄덕였다. 그래, 다 너네 마음대로 해라. 홍콩과 중국의 차이를 이해시키는 건 일찌감치 포기했다. 나는 그냥 얼른 여기를 떠나고 싶다. 가능한 조용하게. 하지만…

이 시위를 수습하라는 국봉 선배의 명에 따라 대자보에 적힌 유학생들의 이름에 작대기를 그으려니, 우리 과에는 총 191개의 국가에서 온 유학생이 있어 작대기를 긋는 데만도 꽤 시간이 걸린다. 이러다 누구한테 걸리기라도 하면 시끄러워질 텐데… 불길한 예감은 틀리질 않는다.

"민아."

익숙한 목소리가 나를 부른 것이다. 누구의 목소리인지 알기에 나는 가만히 있었다. 국봉 선배도 이럴 때만 조용하다. 민망한 정적이 흐르고…. 나는 예진이가 "거기서 뭐 해?"라는 말이라도 해 주길 바랐다.

어쩌지.

개다리춤이라도 출까. 작게 한숨 쉬고, 하나, 둘, 셋, 세고 뒤로 도니 아무도 없다.

"예진이 입단속 파이팅."

국봉 선배가 크레파스를 들고 도망치고, 나는 기숙사 입구 앞에 서 이러지도, 저러지도 못했다.

예진이는 내 룸메이트이니까.

30분째, 가로등 아래에서 고민한다. 사우나에서 잘까. 그랬다가는 내일 두 배는 곤란하겠지. 가만히 숨만 쉬고 있으니 마스크 때문에 입 주변에 물방울이 맺히는데, 닦아 내려고 벗으니 그 찰나의 순간에도 코가 아팠다. 짜증나는군. 미세먼지. 그것만 없었으면 국봉이와 어울리지도 않았을 것이고, 대자보와 얽히지도 않았을 텐데.

그깟 공기청정기 내 블랙카드만 있으면 우리 과는 물론이고 모든 과에 100개씩은 더 돌릴 수 있지만 카드는 홍콩에 있고 지금 나는 용돈 한 푼 못 받는 유학생이다. 생각해 보니까 돈 없어서 사우나도 못 간다. 에라이.

될 대로 되라는 생각으로 기숙사에 들어갔는데, 복도 끝에서부터 기묘한 노랫소리가 들려왔다. 소리는 내 방에 가까워질수록 커졌다. 문고리를 잡고, 끝나기를 기다리는데 계속해서 같은 멜로디가 반복됐다. 결국 못 참고 문을 열었다.

*

원래 기숙사 방 배정은 랜덤인데, 내가 저번 학기 룸메한테 스탠드로 이마 맞은 이후로 학교에서 예진과 붙여 줬다.

나한테서 미세먼지 냄새 난다며 한숨 푹푹 쉬던 룸메.

중국은 지구의 쓰레기통이라고 혼잣말하던 룸메.

지난 룸메들과의 동거에 '혼자 방 쓰는 날'이 많다는 장점이 있었다면, 무난할 것만 같던 예진과의 동거에도 나름의 단점이 있었다. 조용한 모범생인 줄 알았던 예진은 함께 살아 보니 지옥에서 온 인싸였다. 그게 싫다는 건 아닌데… 그나저나 이 노래는 언제 끝날까.

노랫소리가 멈추기를 기다리긴 했지만 막상 그렇게 되니까 딱히 할 말이 없어 침만 삼켰다. 다행히 예진이 먼저 입을 열었다.

"나 완성했어."
"축제 나갈 거?"
"예쓰!"

그 말이 어쩐지 완성작을 들어 달라는 소리 같아 나는 옆에 앉았다. 자신이 없어선지, 애정이 넘쳐선지 예진은 창작 의도부터 설명했다. 우리 학교에 유학생이 많잖아. 그래서 한국 대중가요를 부르는 건 의미가 없다 싶어 모두에게 메시지를 줄 수 있는 곡을 택했어. 노래를 통해서 요즘 계속되는 유학생들과 한국 학생들의 싸움을 해결하고 싶어. 서로의 입장을 조금씩만 생각해도 괜찮을 텐데 계속해서 자기 목소리만…

"예진아, 들어 보자 일단. 거두절미하고."
"오키."

엣, 흠.

예진이 특이하게 목을 풀고 노래를 시작했다.

"동해물과 백두산이 마르고 닳도록."

*

"하느님이 보우하사 우리나라 만세."
"…"
"김연아 박지성 한강 방탄 대한 사람 세계로 길이 뻗어 가세."
"…"
"…"

어떤 피드백을 해야 할지 곤란했다. 헌데 똑같은 멜로디로 다시 노래가 이어졌다.

"남산 위에 미세먼지 철갑을 두른 듯, 여름 왕국 대구는 우리 자랑일세."
"…"
"김연아 박지성 한강 방탄 대한 사람 세계로 길이 뻗어 가세."
"…"
"…"
"가을 하늘 살 만한데 높고 먼지 없이…"
"그만해, 이제."

“어? 지금 국가를 끊는 거야?”

“아, 국가였어?”

“국가를 중단시킨 거야?”

“아니, 아니, 아니, 아니, 아니, 아닙니다. 죄송해요….”

그렇게 4절까지 듣고 말았다.

예진이 잔뜩 기대에 찬 눈으로 나를 보고…. 소개팅 할 때도 그렇듯이, 원래 쥐어짤 말이 안 떠오르면 질문부터 해야 하는 법이다.

“국가를 부르는… 의도는 뭐야?”

“아, 이거 개사하고 편곡도 엄청 바꾼 거야. new 애국가야.”

동시에 지구의 국가. ‘지국가’이기도 하지. 가사에서는 한국을 이야기하지만 무대에서는 절과 절 사이에 세계인들을 위한 애드립을 할 거거든. 우리 새내기 때 시위 문구였던 ‘내 친구는 홍콩 사람입니다.’도 해도 되지? 그때 투표 끝나고 한동안 우울했지만… 그래도 멈출 수 없지. 안 할 순 없잖아. 우리는 다 같은 지구인이고 내 꿈은 그걸 모두가 잊지 않게 하는 거니까. 아무래도 시위는 사람들이 지루해하는 방식인 것 같아서 이번에는 축제 속으로 들어가 보려는 거야. 자! 그래서 가사에 대해 얘기하자면 후렴에서는 우리나라가 김연아와 박지성을 배출한 나라라는 자긍심을 드러내려고 했어. 2절에서는 남산 위에 미세먼지, 다들 헬조선스러움의 끝이 미세먼지라고, 차라리 쓰나미가 낫지 어떻게 이런 나라에서 사냐고 욕하는데 사실 조금만 생각의 전환을 해 보면 이런 날씨에도 매력이 있거든. 정 먼지가 싫은 사람은 좀만 버티면 가을이 찾아오니까 함께…

그렇게 저녁 시간 내내 쉬지 못하고 얘기를 들어 줬다.

참으로 고단한 대학 생활.

*

피곤함을 애써 지우려 핫식스를 마시고 알바하러 갔더니 이번에는 사장이 쌩쇼다.

"짭깨야, 오늘은 손님 없으니까 일찍 퇴근할래?"

평소 같으면 철판 깔고 앉아 있었겠지만 오늘은 정말로 피곤했다.

"한 시간으로 쳐 주는 거죠?"
"무슨 소리야, 35분이지."
"그러면 시급으로 쳐서 오늘 4,500원 정도 받는 건데 여기 오가는 데 교통비만 3,000원 들어요."
"아직 환승 될걸?"

그렇게 갑론을박하다가 50분으로 합의하고 나가려는데, 갑자기 단체 손님이 들어왔다. 공교롭게도 우리 과 애들. 그러니까 UN이었다.

"여기 짜장면 191그릇요."

사장이 나를 붙잡았다.

"시급 9,000원으로 합의 보자."
"그래 봤자 저 사람들 가면 또 강제로 퇴근시킬 거잖아요."
"와, 너 한국 놈 다 됐다?"

나는 과 애들에게 눈길을 주지 않고 서빙했다. 하지만 UN 회장님이 굳이 말을 거셨다. 어서 함께 회의하자고. 내가 알바 때문에 빠진다는 얘기를 듣고 일부러 이곳으로 왔다고. 나는 좀 도와 달라는 눈빛으로 사장을 쳐다봤지만,

"한국 놈들은 다 마라탕이나 먹으러 가는데, 우리 유학생분들이 맛을 아시네. 짭깨는 짜장면 서빙 끝나면 회의 참석해라."

그는 싱글벙글 웃으며 짜장면을 척척 만들어 냈고 나는 한참이나 셔틀 노릇을 했다. 회의에 참석하게 된 건 UN의 반 정도가 그릇을 비운 뒤였다. 한 명이라도 빠진다면 그건 진정한 의미의 UN이 아니오. 그 말과 함께 회의가 시작됐다. 다 같이 짜장면 그릇을 앞에 두고 지구대의 평등에 대해 얘기했다. 본디 회의가 그렇듯, 몇몇이 얘기하고 나머지는 듣는 식이었다. 나는 손톱 꾹꾹 누르면서 졸음을 참다가… 결국 화장실 가는 척하면서 튀었다.

기숙사로 돌아가는 길, UN의 대자보 옆에는 새로운 대자보가 붙어 있었다.

<대자보>

'착짱죽짱'. 지구대학교 에브리타임을 돌아다니다 보면
자주 볼 수 있는 이 말은
'착한 짱깨(중국인을 비하하는 단어)는 죽은 짱깨다.'
라는 뜻의 신조어다.

우리는 몰래 숨어들어 온 불법 체류자가 아니다.
정당한 절차를 밟고 학교에 입학한 학생들이다.
그렇게 우리가 꼴 보기 싫으면 학교에 항의하라.

시위하라. 너희도 정당한 절차를 밟아라.
진짜 비난해야 할 상대에게는 아무 소리 못 하면서
유학생들에게 화내는 꼴이 우습다.
미세먼지가 중국 탓이라는 핑계, 더 이상 받아 주지 않겠다.

착한 중국인은 죽은 중국인. 과연 중국인만 그럴까?
앞으로 그런 말을 사용하는 한국인들에게는
그들 자신도 같은 방법으로 착해질 수 있다는 걸
몸소 보여 주겠다.

계속해서 에브리타임에 익명 뒤로 숨은 글이 올라온다면
꽃을 봐야 할 축제에서 피를 보게 될 것이다.

- 지구대학교 중국인 유학생 일동

다음 날, 사장은 웃는 얼굴로 나를 반겼다. 어제 뒷정리도 하지 않고 도망친 죄를 묻지도 않았다. 어제 올린 매상의 구체적인 액수를 얘기하며 기뻐할 뿐이었다. UN의 회식 값. 그건 최고급 공기청정기를 한 대 사고도 남을 금액이었다.

그런데 UN은 오늘도 회식을 하러 왔다. 한 명이라도 빠진다면 그건 진정한 의미의 UN이 아니오. 오늘도 회의는 그렇게 시작됐고, 나는 중국인으로서 그 자리에 있었다. 그 짓을 학기 말까지 반복했다. 모든 것이 반복됐다.

중국인들은 지구 글로벌 라이프 수업마다
한국인들에 대한 분노를 키워 갔고

UN은 매일같이
줄넘기할 수 있을 만큼 기다란 영수증을 뽑아냈으며

사장님은 싱글벙글
역시 마라탕 먹는 한국인보단 짜장면 먹는 외국인이지.

예진의 지국가는 조금씩 가사가 바뀌었으나
내 귀에는 그거나, 그거나.

창밖은 여전히 미세먼지로 가득했지만 사실 그건 일상이 돼 버린 지 오래여서 아무도 의식하지 않았다. 미세먼지가 없던 날의 하늘이 기억나지 않을 지경이었는데, 생각해 보면 애초에 그런 걸 기억하기에 나는 너무 바빴다. 알바도 하고, 잠도 자고, 수업도 듣고, 졸업도 준비해야 한다. 그사이 하늘에 먼지가 꼈을 뿐이다. 한 달만 있으면 졸업이다.

*

아버지, 자꾸 전화를 안 받으셔서 음성 메시지 남겨요. 삐— 소리 이후에 통화료가 부과된다는 소리에 움찔해서 편지 보낼까 했는데, 생각해 보니 우리 집 재벌이었죠.

저 곧 졸업해요. 4년 동안 진짜 많이 배웠어요. 정경유착, 건물주 이론, 언론 통제 이론, 탈세와 소통…. 근데 사실 그런 수업보다 중요한 게, 인간에 대한 깨달음인 거 같아요. 제가 깨달은 건 인간은 애초에 대화가 불가능한 족속이다. 다들 본능적으로 자신의 입장을 옹호한다. 그걸 드러내는 시기와 방식에서 약간의 차이가 있을 뿐이지, 그러니까 그냥 돈이나 벌어야겠다는 거예요. 아버지가 왜 강해져야 한다고 말했는지 알겠어요.

펑펑 노는 주제에… 꿈이 뭐냐고 물으면 다 같이 행복한 세상을 만드는 거라고 대답하던 제가 아버지 보시기엔 얼마나 답답했을까요. 대학에 입학해서도… 좋은 친구를 만났다… 함께 졸업하고 복지 재단을 만들기로 했다… 그렇게 얘기하던 제가 얼마나 무책임해 보였을까요. 이젠 아버지 말처럼 그게 얼마나 허상인지 알아요. 현실을 봤어요. 대학생이 된 거죠, 한국 애들이 학교 커뮤니티에 올린 글 보면 한국만큼 불합리한 나라가 없거든요.

특허? 대기업이 소송 걸어서 뺏는다. 사업? 재벌이 시장 조절한다. 천재 과학자? 줄 안 서거나 노예 안 되면 대우는 없다. 학교는 비싼 등록금 받는데 어디에 쓰는지 밝히지 않고 학생 지원도 안 한다. 그렇게 욕하면서 세상을 바꾸자고 시위, 시위 하지만 정작 한국 애들 중엔 학교의 회계 내역을 찾아보든 대자보를 붙이든 행동하는 사람 아무도 없어요. 유학생들은 시위할 자격 없다고 비웃기만 하는 걸 보면… 걔네가 바꾸고 싶은 건 세상이 아니다 싶어요. 그냥 지들이 안에 있고 나머지가 밖에 있다는 걸 확인하고 싶을 뿐이지.

제가 알바를 하는데, 어제 사장님이 그런 말을 했어요. 한국인이고 외국인이고가 뭐가 중요해. 손님이 왕이지. 그 말이 정답인 거 같아요. 홍콩으로 돌아가면 정말 열심히 돈을 벌 거예요. 평화는, 연대는 사치죠. 여기서 배운 것 중 하나가 Maslow의 인간 욕구 5단계 이론인데요, 1단계 생리적 욕구, 2단계 안전의 욕구, 여기까지는 저차원 욕구이고, 그게 해결된 사람만이 다음으로 넘어가 3단계 사회적 욕구, 4단계 존경의 욕구, 5단계 자아실현의 욕구를 추구하게 된대요.

그리고 누군가의 생존 욕구와 누군가의 자아실현 욕구는 반드시 충돌하게 된대요. 그냥… 혼자 있으니까 마음 적적해서 제가 많이 성장했다는 걸 아버지한테 말하고 싶었어요. 제가 여기서 4년 동안 놀지 않았다는 걸요. 이제 끊어야 할 거 같아요. 발소리 들리거든요. 친구 노래 들어 줘야 돼요. 진짜 유치한… 아버지 정말… 저는 홍콩 사람인데 여기 있으면… 어, 왔어?

*

"동해물과 백두산이 마르고 닳도록."

*

오랜만에 과 사무실에 들렀다. 졸업 확인서를 받기 위해서다.

"챙총 선배, 안녕하세요."

새내기는 학기 초와 달리 잔뜩 늙어 있었다. 세월을 직방으로 맞은 후배가 서류에 도장을 찍고,

"참, 수석 합격이라면서요."
"어떻게 알았어?"
"인스타에 올리셨잖아요, 칭 선배."

내게 건넨다. 서류를 보여 주며 내 이름은 칭챙총이 아니라 말하려는데… 새내기는 크게 한숨을 쉬더니 "또 외국인이 수석이네요. 여긴 한국인데 한국인 자리가 없어져요." 자기 용건만 말했다. 한 학기 동안, 얼굴뿐 아니라 정신도 늙어 버린 것이다. 새내기인데 벌써 저런 생각을 하다니. 6월이면 새내기라 할 수도 없나. 그럼 달리 무엇인가.

헌내기야, 한국인아, 행정 조교야, 예비 백수야, 개고기야, 조센징아, 나도 그냥 그렇게 부를 수 있지만 그건 이름이 아니니까, 졸업하고 이곳을 떠난다고 해도 인연은 인연이니까—

"너는 이름이 뭐야?"

하고 물었다. 새내기가 키보드 치던 손가락을 멈추고 물끄러미 나를 올려다봤다.

"용건 끝났으면 빨리 니네 나라로 돌아가 시발아. 바빠 죽겠는데 말 걸지 말고."

그때 돌아갔다면 무언가 달라졌을까.

하지만 오늘은 졸업이 확정된 날임과 동시에 지구대 축제 날이다. 그 자식 말 따위 무시해 버리고 광장으로 갔다.

하늘에 미세먼지가 잔뜩 끼어 있지만 축제는 축제다. 다 같이 마스크 끼고 파티 타임.

헌데 축제를 즐기는 건 한국인뿐이었다.

울타리 안에서 한국인들은 미친 듯이 춤을 추고, 검은 정장들이 주변에서 그들을 보호하고 있었다. 보호라는 표현을 쓸 수밖에 없다. 중국인들이 피켓을 들고… 클럽 안으로 난입하려고 시도한 것이다. 간간이 박자에 맞춰,

Stop hating the Chinese!

구호도 외쳤다. 그러니 나도 선불리 울타리 안으로 들어가 엉덩이를 흔들 수가 없는 것이다. 어쩌면 새내기는 이 사태를 알고 있었던 걸까. 마스크 추켜올리고 일단 기숙사로 돌아가려는데 익숙한 목소리가 들려왔다.

“나는 한국인이라고. 시발 들어가게 해 달라고!”
“아니, 06학번은 안 된다니까요.”

몸싸움은 정장들이 국봉 선배를 던져 버리는 것으로 끝났다. 철퍼덕 넘어진 선배가 고개를 들고… 하필 그때 나와 눈이 마주치고 말았다. 눈물을 흘리면서, 선배는 비실비실 내 앞으로 왔다. 그러고는 다짜고짜 멱살을 잡았다. 또, 또, 나한테 화풀이지.

“여긴 한국 땅이야.”

내가 평생을 살아온 동네라고. 근데 언젠가부터 너 같은 중국 놈들이 나타났고, 내가 자주 가던 김치찌개집은 마라탕집으로 바뀌었고, 중국에서 오는 미세먼지 때문에 한국은 완전 지옥 됐지. 스트레스 풀려고 춤이라도 추려는데 이제 나는 너무 늙어 버렸어. 한 거라곤 50만 명이나 되는, 한국 살고 있는 중국인들한테 치인 거밖에 없는데. 걔네가 서비스업을 포함한 저임금 노동시장을 장악하고 학교도 장악하고 한국인들은 다 망하고 그러니 전원 추방해야 돼 중국인은. 이 칭챙총 새끼야. 네가,

저 홍콩 사람인데요?

라고 말하기도 전에 중국인들이 국봉 선배를 붙잡았다.

"감히 우리 동포한테 무슨 짓인가."

풀려난 나는 인사를 하고 기숙사로 돌아가려 했다. 하지만 그 순간 또 붙잡히고 말았다. 함께 투쟁해야지 어딜 가냐며 쓴소리를 들었다.

"저 홍콩 사람이라니까요."

여태껏 그 말을 못 들은 체했던 중국인들은… 축제 때문인 건지 아니면 시위 중이라 그런 건지, 갑자기 엄숙한 표정을 지으며 나를 둘러쌌다. 이제껏 참아 줬더니 보자 보자 하니까… 또 말해 봐. 저… 홍콩인이라니까요. 한 번 더 말해 봐. 아, 왜 이러세요. 이러지 마세요…. 겁먹고 몸을 움츠리는데 저쪽에서 갑자기 한 줄기 빛이 나더니,

"허허~ 그 손 떼지 못하실까~ 우리 멤버에게~"

UN이 등장했다. 등에 무언가를 멘 채였다. 처음에는

단체로 책가방이라도 하나 맞춘 줄 알았으나… 떡하니 웅진코웨이 마크가 붙어 있는 공기청정기였다.

"아니, 저거 우리 과 건데?"

중국인 중 하나가 입을 열었다. 다른 중국인들도 똑같은 말을 내뱉었다.

"지금부터 총장이 올 때까지 기다린다."

UN 회장이 앞으로 나오며 이야기했다. 등에 멘 공기청정기는 실시간으로 미세먼지들을 빨아들였다.

"우리가 메고 있는 건, 아웃풋을 성취와 분배의 잣대로 삼는 구시대적 학벌 이데올로기의 유물이다. 만약 총장이 우리 과에 공기청정기를 배치하기를 거절한다면… 그대로 뒤로 넘어져서 공기청정기들을 다 부숴 버릴 거다."

"미… 미친놈아!"

"평등을 위한 일이다. 단 한 사람이라도 불공평한 처지에 놓인다면, 모두가 함께 고통을 감내하는 게 맞지. 모두가 미세먼지를 마셔야지. 그러니 우리는 총장을 기다린다."

"안녕하세요, 지구대학교 총장입니다."

"아니, 벌써?"

어느새 총장은 무대 위에 서서 웃고 있었다.

"여러분들 불만이 많은 거 잘 알고 있습니다. 학교 임원들은 대자보를 나한테 안 보여 주려고 어떻게든 노력한 모양인데 나 그렇게 꽉 막힌 사람 아니에요. 우리나라 민주주의 국가 아닙니까. 본격적인 축제 개회식 전에, 먼저 대화를 합시다."

*

그때까지도 한국인들은 검은 정장의 보호를 받으며 모든 것을 무시한 채 축제를 즐기고 있었다. 국봉 선배가 말했다.

"한국인들아. 춤만 추지 말고 함께 투쟁하자. 너네도 나이 먹고 후회한다!"

하지만 그 목소리는 클럽 안에까지 들리지 않았다. 혼자라는 걸 깨달은 국봉 선배가 주저앉았다. 그 앞으로 UN이 나섰다.

UN 회장은 대자보를 읽었다. 자신들에게 공기청정기를 지원해 주지 않으면 뒤로 발라당 누워서 공기청정기를 부숴버릴 수밖에 없다고 협박했다. 하지만 총장은 태연했다.

"부수든가."

"네?"

"얘들아, 웅진코웨이한테 고마워해야지…. 우리가 산 게 아니라 그쪽에서 기부한 거야. 우리 사정에 맞춰서 기부 더 하라는 게 말이 되니?"

"…."

"그리고 성적으로 차별 대우하지 말라고? 그럼 다른 기준이 뭐가 있어?"

침묵.

"대학에서는 순수하게 학문을 교육해야 한다고? 말은 예쁘고 좋지. 다 같이 차별 없는 세상에서 깨끗하게 살자. 모두가 상류층이 될 필요가 없다. 각자의 행복이 있다. 그런데 그 말을 하는 사람들은 왜 맨날 '그러나 나는 어쩔 수 없이 부자로 태어났네, 미안~'이라는 말을 생략하는 여러분인 거죠?"

다음은 중국인들이었다. 미세먼지의 책임을 중국인들에게 덮어씌우면서 혐오를 정당화하는 한국의 풍토를 지적했으나 총장은 팩트로 승부했다. 이미 사태를 예상한 듯, 각종 기상 자료와 위성사진, 상하이 내 공장 구조 등의 자료를 가지고 와 조목조목 반박했다. 중국인들은 급격히 할 말이 없어졌다.

"하지만 인종차별은 잘못된 거 인정하시죠?"

"저는 인종차별 한 적 없는데요?"

마지막으로 국봉 선배가 나왔다.

"총장님께 감히, 말씀드립니다."

그는 공손한 목소리로, 한국 학생을 위해 세워진 한국의 대학교에 어째서 유학생이 더 많은가에 대해 차분하게 물었다. 아니, 질문을 가장한 청원이었다. 선배의 상식에서 한국 땅은 한국인들의 것이었으니까. 그러나,

"우리 대학은 애초부터 외국인을 위한 학교였습니다."

이번에도 침착하게 총장은 대답했다.

"생각해 보세요. 한국인들이, 서울대랑 지구대에 둘 다 붙었다 쳐요. 그럼 어디에 등록금 꼴아박겠습니

까?"
"애초에 원서 그렇게 쓰는 미친놈은 없어요."
"한국말은 끝까지 들으시오."
"네?"
"설립 의도는 그랬지만… 한국에선 법적으로 유학생을 위한 대학을 만들 수 없어요. 최소한의 한국 학생이 필요하단 말이야. EPL의 홈그로운 제도♣처럼."

침묵.

"너네 한국인들은 그냥 법적으로 머릿수 채우기 위한 구실이야. 그러니 이 학교의 주인이라도 된 듯이 유학생 혐오하고 그러지 말라고."

국봉 선배는 단단히 충격받은 모양이었다. 진실을 받아들일 수 없는지, 그대로 주저앉았다. "나는 학교를 위해 나라를 위해 살아왔는데 그들은 나를 이용할 뿐이었어." 한참을 중얼거리다가 중국인들과 눈이 마주치자,

"타이완 넘버 원!"

곧장 시비를 걸었다.

"타이완 넘버 원!"

중국인들은 폭발했다.

"퍽 유! 차이니즈 넘버 원!"
"차이나 넘버 포."
"퍽 유!"
"재팬 넘버 쓰리."
"국봉 선배."

♣ 홈그로운 제도: 잉글랜드 프리미어 리그의 규칙. 각 팀의 선수 [illegible]

누군가 그의 말을 막았다.

*

"그만하세요."

나다.

"선배가 학교를 위해 한 게 뭐가 있는데요? 에브리타임으로 욕하는 거요? 작년에 소개팅 주선한다면서 중국 학우들 운동장에 모아 둔 거요?
"그… 그거는…"

국봉 선배가 급격하게 당황해서 살짝 미안하기도 했으나… 이미 엎질러진 물이다.

"중… 중국인이라서 그런 거 아니야. 내 스타일 없어서 그냥 돌아온 거야."
"선배가 단 한 번이라도 제 이름 제대로 부른 적은 있어요?"

국봉 선배의 눈빛이 흔들렸다.

"그게 그렇게… 싫었니? 그랬다면 미안하다…. 챙총아… 아, 아니 서민…"

챙총.

선배가 습관적으로 내뱉은 그 단어에, 중국인들의 주먹이 움직였다. 큰일이다, 라고 느꼈을 때는 이미 국봉 선배 몸에 송송 구멍이 난 뒤였다. 김치처럼 빨간 피가 줄줄 흐르고… 살벌한 냄새가 퍼졌다. 한국인들은 그제야 춤을 멈추고 다 같이 달려와 국봉 선배를 붙잡았으나… 그땐 이미 상황이 모두 끝나 있었다. 국봉 선배는 마지막으로 유언을 남겼고,

"봐라… 시발… 짱깨 새끼들 위험하다니까…. 빨리 내쫓…"

한국인들은 즉각 그의 소원을 들어줬다. 마치 시위대처럼, 일제히, "한국 땅에서 한국인이 외국인에게 죽었다!" 구호를 외쳐 대고—

축제는 순식간에 아수라장이 됐다. UN은 뒤로 넘어져서 공기청정기를 부숴 댔으며, 거기서 나온 먼지가 공기중에 흩날렸다. 무대 위의 총장이 이마를 탁 쳤다. 그의 대머리에서 울린 소리가 경쾌하게 마이크를 통해 퍼져 나가는 동안,

"여긴 한국 땅이다."
"리스펙트 차이나."
"만인 평등."

학생들은 총장을 향해 각자의 목적을 외쳐 댔고,

"하는 수 없군요…."

총장은 고개를 저었다.

"투표를 하는 수밖에…."

*

"자, 기호 1번 이쪽에 서 주시고요."

새내기를 비롯한 한국인들이 왼쪽에 선다.

"기호 2번 이쪽에 서 주시고요."

부자학과 유학생들이 오른쪽에 선다.

"나머지 분들 여기."

중국인들이 가운데에 선다.

그러고 나니… 광장에 남은 건 나뿐이었다. 뭐지? 총장과 학생들이 일제히 나를 쳐다봤다. 그리고 나를 향해 각자의 목적을 외쳐 댔다.

"당연히 같은 과 학생인 우리를 선택하겠지?"
"저 졸업했는데요?
"당연히 한국에 있는 이상 우리를 선택하겠지?"
"저 홍콩 가는데요?"
"당연히 국적이 같은 우리를 선택하겠지?"
"저 홍콩 사람인데요."

나는 유일한 투표자였지만, 내 입장을 대변하는 선택지는 어디에도 없었다. 어쨌거나 사람들은 그런 데 관심 없다. 내가 결정해 주길 바랄 뿐이다. 모두가 나를 기다리고 있으니까. 아무튼 민주주의니까. 원하는 게 없더라도, 의견을 내야 했다. 문득 하늘을 바라본다. 잿빛 미세먼지가 가득하다. 잿빛이라고 하니까 엄마를 화장하던 때가 떠오른다. 어차피 먼지가 되는 게 인간인데 저들은 무엇을 위해 투쟁하는 걸까.

우주 안의 지구.
지구 안의 대한민국.

한국의 서울, 그 안에 있는 홍콩 사람.

저 구름 같은 먼지들 위치에서 보면
나는 얼마나 작을까.
그런 내 안에 아주 작은 먼지만큼도
남아 있지 않은 행복감.

왜 졸업을 하고 떠나게 됐는데도
홀가분하게 행복해지지 않을까.
어떤 애들은 행복이란 건
기말고사 끝나고 추는 춤이래.

하지반 언세부터인가 나는
춤도 맘 편히 출 수 없게 됐다.
그런 내가 지금, 투표해 봤자 뭐 해.

그냥 지그시 눈을 감을 뿐이다.

"라고 열린 결말로 은근슬쩍 넘어갈 셈이냐!"

"아, 이런…."

나는 다시 정신을 가다듬는다. 이제 저들의 인내심도 바닥난 모양이다. 그도 그럴 것이, 예정대로면 불꽃놀이가 열릴 피날레 시간인데, 나 때문에 전교생이 가만히 서 있는 것이다. 나의 의견을 기다리는 것이다. 그렇게 기다리던 사람들이 결국 내가—

"나는 의견이 없습니다."

라고 말했을 때, 상상했던 것보다 훨씬 심한 경멸의 눈빛을 보냈던 것은 어찌 보면 자연스러운 일이었다. 어떻게 민주주의 사회에서 자기 의견도 없이 사나. 이런 눈빛.

하지만 억울하다. 나도 내 나름의 고민 끝에 어렵사리 마련한 결론이다. 나는 광장 한가운데에서 전혀 움직이지 않은 채 다시 한번 내 의견을 피력했다.

"나는 의견이 없어요."

총장은 아무 말도 하지 않았다. 내 말을 시간이 부족하다는 의미로 받아들인 모양이었다. 긴 침묵이 흐른 후 총장은,

"이젠 정해졌나?"

다시 한번 물었고—

"나는 의견이 없어요."

나도 다시 한번 대답했다.

"빨리 의견을 내놔."

모두가 나를 답답하게 여겼다. 그들은 방방 뛰기 시작했고, 급기야 “빨리 대답해!” 외치면서 발을 굴렀다. 쿵쿵. 쿵쿵. 땅이 흔들린다는 느낌을 받았으나, 그저 착각이겠거니 했다. 나는 계속해서 입을 다물었고, 큰일이야 일어나겠어 하는 무책임한 태도로 잔뜩 열이 난 사람들을 바라봤다.

“얼른 대답해!”

그렇게 외치며 그들은 다 같이 튀어 올랐다. 몇 시간의 기다림이 만들어 낸 점프는 엄청난 높이였고 동시에 몇만 개의 그림자가 내 얼굴을 가렸다. 그 잠깐의 시간 동안,

중국인들이 한날한시에 점프하면 지구가 쪼개진다는

이야기가 떠올랐다. 지금 여기에는 온 나라 사람들이 다 있다. 나는 지레 겁먹고 귀를 막았다. 모두의 발바닥이 공중에 떠올랐다가 땅에 닿은 순간, 그 충격의 반동으로 —

나는 스프링처럼 튀어 오르고 말았다. 미세먼지를 뚫고 성층권을 뚫고 오존층을 뚫고 지구 밖으로 솟아올랐다. 나의 추진력은 우주 공간에서도 힘을 잃지 않아서, 정신을 차리고 보니 지구는 이미 저 멀리서… 터지고 있었다. 반으로 쪼개짐과 동시에 폭발했다. 고작,

투표 한 번 안 했다고.

이래도 되는 거야? 지구가? 말도 안 돼. 홍콩도, 아버지

도, 지구대학교도, 아직 알바비 정산 안 끝난 중국집도, 사라져 버리는 거야? 내가 할 수 있는 거라곤 가만히 먼지가 돼 버린 지구를 바라보는 것밖에는 없었다. 그마저도 멈추지 않는 추진력 때문에 끝까지 보지 못하고 멀어졌다.

그렇게 나는 우주의 끝까지 튀어 올랐다.

얼마나 시간이 지났을까. 주위가 어둠으로 가득 찼을 때쯤, 어렴풋이 알 수 있었다.

나는 블랙홀 속에 들어와 있었다.

<인터스텔라>의 한 장면처럼, 내 주변으로 과거의 장면들이 파노라마처럼 나타났다. 그중에는… 열아홉 살의 내 모습도 있었다. 나는 가만히 그것을 바라봤다.

"한국이요."
"한국?"

물론 목소리는 들리지 않는다. 입 모양을 보고 내가 알아차렸을 뿐이다.

다음 장면.

아버지는 눈을 크게 떴고… 드디어 우리 딸이 정신 차렸구나. 울먹였다. 하지만 울음은 금방 그쳤다. 내가 철없이… 아버지의 기쁨에 재를 뿌렸다. 한국 가서 재밌게 놀 거예요. 돈이 없는 사람이 있으면 우리가 가진 걸로 도와주고, 그렇게 다 같이 사는 세상을 만들 거예요!

무표정한 아버지를 두고 나는 방을 나간다. 그리고 치킨을 먹고… 지하에 있는 수영장으로 다이빙한다. 물속으로 가라앉는 내 모습은… 지금의 나와 비슷하다. 얼굴 주위에서 기포가 뿜어져 나온다. 따듯하고 익숙한 공기는 이제 주위에 없다. 열아홉 살의 나는 고개를 들고 수면 위로 올라간다.

하지만 스물세 살의 나는 멈춰 있다.

아니, 정확히는 추락하는 중이다. 열아홉 살의 내 모습이 멀어지고, 이제는 몇 달 전의 한 장면이 보인다. 기숙사다. 나는 예진의 노래를 듣는다. 그런데 왜… 이번에는 소리가 들리지? 나는 고개를 들고, 내 머리 위에 무언가 빛나고 있음을 알아챈다. 소리는 그곳에서 들려오는 중이다. 환청이 아니다.

동해물과 백두산이—

장면 속에서 나는 예진의 노래를 끊는다. 그리고… 그만하자, 예진아. 그런 거 유치해. 어떻게 다 같이 살아. 미세먼지 하나로 분열되는데. 너의 이야기는 너무 이상적이고 그건 누군가를 우울하게 만들 뿐이야. 그래서 솔직히 네 무대 안 보고 싶어. 훈수를 두고 방을 나간다. 하지만 지금, 노래는 계속해서 들려온다.

마르고 닳도록—

그 모습과 멀어질수록 소리는 커진다. 고개를 든다. 어느새 나는 블랙홀을 빠져나왔고, 지구는 머리 위에 있다. 곧 주위가 해가 뜬 것처럼 밝아지고, 어느새 오존층과 머리가 맞닿았을 즈음, 나는 깨달았다. 추락하는 게 아니었다. 나는 떠오르고 있었다. 머리부터 천천히 떠오르고 있었다.

다시 중력의 품으로 돌아가면서 내 몸은 팽이처럼 빙글빙글 돌았고… 그러면서도 중심을 잃지 않고 내가 출발했던 지구대학교 광장과 가까워져 갔다.

저곳에서는 모든 게 예정대로 진행됐다.

축제가 한창이었고, 무대 위에서 예진은 노래를 한다.

"이 의지와 이 꿈으로 혼신을 다하여 미래 바꿔 과거 미련 모두 청산하세."

마침내 노래가 끝났을 때, 나는 내가 발사됐던 광장 위에 떠 있었다. 사람들은 고개를 들어 그런 나를 바라보았고, 예진도 거기 있었다.

"민아, 돌아올 줄 알았어. 기다리고 있었어."

그 말을 시작으로 사람들은 환호하면서 박수를 쳤다. 나는 비로소, 진정한 축제의 현장에 도착한 것이다. 사람들은 서로의 손을 잡고 행복한 웃음을 지으며 따듯하게 나를 반겼다. 어딘가에는 이렇게 완벽한 세계가 존재했었군. 그걸 깨닫는 순간 내 영혼의 한 단면을 절단당한 기분이 들었다. 나는 따듯한 면도 있고, 유머러스한 면도 있고, 남들 잘되는 거 진짜 좋아하는 사람이었는데. 옛날엔 진짜 바보처럼 웃고 살았는데. 미세먼지 사태가 일어난 이후에는 그런 모습을 보여 주지 않으려 하다가 다른 사람이 돼 버린 거 같아서, 사실 그런 내 모습이 정말 싫었다. 결국은 이렇게 다시 돌아올 운명이었군.

그런 생각을 하는 동안에도 나는 계속 팽이처럼 돌았고 모두가 숨을 죽이고 내가 멈추길 기다렸다. 이 모든 게 꿈만 같았다. 천천히, 천천히, 나는 진짜 축제를 향해 내려가고… 천천히, 천천히, 천천히… 엔딩 크레딧이 올라가기 시작한다.

…크레딧?

놀러 오세요, 지구대 축제

환상이 끝났다. 나는 VR 고글을 벗었다.

사람들이 잔뜩 기대에 찬 눈으로 나를 본다. 현실이다.

"아시겠지만 이 기기는… 사용자의 기억을 활용하여 AI가 즉각으로 이야기를 만들어서 생생하게 보여 주는… 그런 시스템입니다. 훌륭한 문화 상품일 뿐만 아니라 우울증 치료, 교육 분야에서도 큰 도움이 될 거고요…. 5차 산업 시대는 서사의 시대이니까요. 방금은 회장님의 추억을 토대로 AI가 지금 회장님께 필요한 이야기를… 보여 드렸을 겁니다. 아직 자본의 한계로 인하여 기술력이 완벽하지 못하지만 투자만 해 주신다면 정말 열심히 혼신을 다하여…"

나는 손을 든다. 그러면 모든 게 조용해진다.

"우리 10분, 10분만 쉬었다 해요."

*

그때 돌아가지 않았다면 무언가 달라졌을까.

나는 테라스로 나와서 어디까지가 진짜였는지를 되짚어 본다.

그리고 운다.

서대전
네거리역
미세먼지
청정구역

김청귤

게임이나 취미를 시작해도 쉽게 질리고 다른 걸 찾는다.
유일하게 글쓰기만 오랫동안 놓지 못하고 있다.
기술 배울걸, 후회하면서도
오늘도 내일도 글을 쓰고 싶은 사람.

"도와주세요! 먼지 괴물이 나타났어요!"

TV 속에서는 아이들이 얼굴 전체를 마스크로 가리고 있었다. 기침을 하고 숨을 헐떡거리면서도 큰 목소리로 도움을 요청했다. 그러나 달려오는 사람이 아무도 없었다. 안개가 낀 듯 뿌연 공간 속에서 몇십 년 동안 쌓인 먼지로 빚어낸 듯한 괴물이 나타났다. 크하하하 비열한 웃음소리와 함께 먼지가 폭죽처럼 터졌다. 괴물이 아이들 가까이 다가가려 할 때 미세먼지를 가르며 청명한 하늘빛 제복을 입은 남자가 등장했다.

"미세먼지맨이다!"

남자가 바닥에 발을 딛고 우뚝 서자, 시야를 가릴 정도로 뿌옇던 공기가 순식간에 깨끗해졌다. 아이들은 마스크를 벗고 눈물을 닦으며 환호했다.

남자의 이목구비는 진한 회색이었다. 검은 눈동자를 둘

러싼 흰자 부분은 연한 회색이었고 머리카락에는 연한 회색부터 검은색까지 다양한 무채색이 섞여 있었다. 손끝부터 발끝까지 파란 유니폼을 입고 있어 보이는 건 얼굴뿐이었으나 온몸이 회색일 것이다. 전체적으로 미세먼지를 뭉쳐 사람 형상을 만들어 낸 것 같은 모습이었다.

"미세먼지맨 출동! 이 세상의 미세먼지를 다 없애 버리겠다!"
"크하하, 어림없는 소리! 세상을 미세먼지로 멸망시키겠다!"

괴물과 말을 주고받은 미세먼지맨의 발차기와 함께 유치한 액션이 시작됐다. 서로 공격을 치고받다가 미세먼지맨의 필살기, 길게 숨을 내뱉고 깊게 숨을 들이마시는 공격에 악당의 몸이 서서히 무너지더니 미세먼지맨의 몸속으로 결국 사라져 버렸다.

"이 세상에 미세먼지가 존재하는 한 언제고 다시 나타날 것이다!"

괴물은 그 말을 마지막으로 미세먼지와 함께 미세먼지맨에게 빨려 들어갔고 새파랗게 빛나는 하늘이 돌아왔다. 아이들은 두 눈을 반짝거리면서 미세먼지맨 멋있어요! 최고예요! 고맙습니다! 이런 말을 외쳤다. 미세먼지맨은 이제 괜찮다, 맑은 하늘은 내가 지킨다고 화답했다. 그러나 아이들과 미세먼지맨 사이에 머리를 쓰다듬는다거나 악수를 하는 등의 스킨십은 없었다. 일정한 거리를 유지한 채 나누는 대화가 공허해 보였다.

어둡고 허름한 골목 어딘가에서 미세먼지가 뭉쳐지며 서서히 악당의 형상으로 변해 가는 장면에서 영상은 끝이 나고 공기 청정 마스크 광고가 나왔다. 영상 속 아이들이 하고 나왔던 마스크와 같은 모델이었다.

"에휴, 미세먼지로 변이하는 사람들은 좋겠다. 그냥 숨만 쉬어도 돈 벌잖아. 저렇게 배우도 하고. 내가 나이만 되면 바로 미세먼지 인간이 되어서 엄마 호강시켜 줄 텐데!"

"우리 아들 어쩜 이렇게 마음이 고울까. 근데 엄마는 아들이 미세먼지 인간이 아니어도 좋아. 미세먼지 인간이 되면 우리 아들이랑 포옹도 못 하잖아."

"미세먼지 인간이 안 되더라도, 미세먼지 인간 담당 공무원으로 취직하면 되니까 걱정하지 마."

"뭐든 열심히 해, 뭐든. 엄마는 믿어."

"조금만 더 고생해 줘. 내가 얼른 효도할게."

동생과 엄마의 대화 때문에 얹힐 것 같아서 몇 수저 뜨다 말았다. 미세먼지 인간으로 변이하는 규칙도 조건도 뚜렷하게 밝혀진 건 아무것도 없었다. 되고 싶다고 해서 될 수 있는 게 아니라는 뜻이다. 그렇다고 해서 공무원이 되는 것도 쉬운 일이 아니었다. 무사태평하다 못해 생각 없는 가족들이 답답해졌다. 내가 이 집안의 가장이니 잘 챙겨 먹고 버텨야 했지만, 이럴 때면 다 그만두고 싶다는 생각이 들었다.

"다른 집은 딸이 애교 부리고 그런다는데 우리 집은 딸보다 아들이 더 애교쟁이야."

엄마는 꼭꼭 씹어 먹으라며 동생 밥그릇에 고기를 얹어 주었다. 동생 앞에 놓인 고기 반찬과 내 앞쪽에 모여 있는 김치와 김을 보고 있으려니 못내 서러워져 자리에서 일어났다.

"밥을 이렇게 남기면 아까워서 어떡하니. 이대로 둘 테니까 퇴근하고 먹든가 해."

엄마는 빨간 국물만 남아 있는 반찬 접시를 뚜껑 삼아 내 밥그릇에 덮었다. 걱정이 아니라 타박을 들으니 차라리 얼른 나가는 게 좋겠다는 생각에 재빨리 외출 준비를 했다. 엄마와 동생은 느긋하게 TV 채널을 돌리며 밥을 먹고 있었다. 그 모습을 몇 초 동안 지켜보다가 현관문을 열었다. 닫히는 문 사이로 앵커의 목소리가 들렸다.

"오늘 오전 10시 35분, 서대전네거리에서 교통사고가 발생했습니다. 운전자가 갑자기 미세먼지 인간으로 변이한 것이 원인이었습니다. 변이 때문에 교통사고 수습이 불가능하니 당분간 그 일대를 지나는 시민 여러분들은 또 다른 교통사고 피해가 없도록 주의하시길 바랍니다. 이 사건으로 인해 서대전네거리 일대의 미세먼지 농도가 '아주 좋음'이 되었다고 하니 근처 주민들은 마스크를 벗고 맑은 공기를 마시러 산책하러 나가도 좋을 것 같습니다."

어느 날 갑자기 사람이 미세먼지로 변했다. 최초의 사례는 이렇다.

허가받지 않은 개인 차량과 택시의 운행이 금지되고 버스만이 조심스레 다닐 수 있을 만큼 미세먼지가 심한 주말의 점심시간이었다. 미세먼지 수치가 최고치를 경신했다는 말이 나올 정도였는데도, 한 무리의 남자들이 마스크를 쓰지 않은 채 길을 걷고 있었다. 시끄럽게 떠들며 담배를 피우는 통에 주변 사람들의 눈이 찌푸려지는데도 아랑곳하지 않았다.

그 순간이었다. 갑자기 벼락이 내리치거나 UFO가 보인 것이 아니었다. 차원의 문이 열리지도 않았고 신의 음성이 들리지도 않았다. 남자들이 와하하 웃던 소리가 잘린 듯이 멈추고 비명이 뒤를 이었다.

뜻 모를 영어 단어가 난잡하게 적힌 하얀색 티, 무릎이 튀어나온 청바지, 때가 탄 운동화. 무리 중 한 남자의 차림새는 조금 전 그대로였다. 다만, 남자의 얼굴, 머리카락, 하얀 티 아래 희미하게 비치는 몸까지 모두 회색으로 변해 있었다. 남자는 눈을 깜박거리며 비명을 지르는 사람들을 쳐다보다 자신의 손을 내려다보았다. 회색의 손, 회색의 손톱, 평소에 푸르스름하게 보였던 핏줄도 회색이었다.

남자는 주먹을 몇 번 쥐었다 폈다 하더니 손을 매만져 보았다. 무언가 파스스 떨어졌다. 손가락 형체를 띠었던 먼지 덩어리였다. 그것은 이내 형체도 남기지 않고 사라졌다. 남자는 아홉 개밖에 없는 손가락을 보며 비명을 지르다 그 자리에서 기절했다. 경찰서에, 소방서에 신고를 하는 사람도 있었고, 다른 사람에게 전화를 걸어 지금 본 광경을 알리는 사람, 사진이나 동영상을 찍어 인터넷에 올리는 사람도 있었다. 남자가 회색으로 변해 기절하는 영상은 인터넷을 타고 전 세계에 핫 이슈가 되었다.

바야흐로 미세먼지 인간의 탄생이었다. 물론 이때는 괴물이라고 다들 손가락질했다.

그렇게 한두 명씩 미세먼지 인간으로 변이했다. 길거

리에서, 회사에서, 집에서, 담배 피우다가, 회의하다가, 공부하다가, 운동하다가, 잠을 자다가. 갑자기, 문득. 아빠가, 친구가, 회사 상사가, 길에서 마주친 낯선 사람이 그렇게 변했다. 인간이되 인간이 아니게 되었다.

처음에 사람들은 비명을 지르고 경찰서나 소방서에 신고하고 병원에 격리하고 괴물이라고 손가락질하고 기도로 이겨 내자 세상의 종말이 온다, 난리를 피웠다. 해외로 도피하려고 해도 다른 나라 역시 미세먼지 인간이 등장한 터라 소용없었다. 온 지구가 패닉 상태였다.

특히 한국에서는 자고 나면 변이자가 우후죽순으로 나타났다. 아주 큰 문제가 발생할 줄 알았으나, 이곳은 안전불감증의 나라였다. 개방된 장소에서는 미세먼지 인간이 된 사람에게 가까이 다가가지만 않으면 피해를 입지 않는다는 걸 알게 되자, 사람들은 나만 아니면 괜찮다는 생각에 일상을 이어 나갔다.

변이한 직장인들은 다 해고되었다. 인간이되 인간이 아니었기 때문이다. 이들이 컴퓨터 앞에 앉으면 키보드에 미세먼지가 들어갔고, 물류 창고에 들어가면 깨끗하던 물건에 먼지가 앉았다. 아니, 존재하는 것만으로도 그 공간의 미세먼지 수치가 올라갔다. 공기청정기를 돌리면 미세먼지 인간의 일부가 사라졌다. 공기청정기를 작동시키지 않으면 일반 사람들이 피해를 입었다. 미세먼지 인간들은 다수를 위해 어쩔 수 없다는 이유로 일자리에서 쫓겨났다. 그들은 길거리를 서성이며 무리를 이루었다.

모습은 변하기 전과 똑같았다. 다만 모든 신체가 먼지일 뿐이었다. 힘을 강하게 주면 신체가 분리되었지만, 그렇게 하지 않는 한은 모든 부분이 예전처럼 유지되었다. 머리카락 한 올 한 올의 결이 살아 있어 묶을 수 있었다. 가위바위보를 하거나 젓가락질을 할 수 있었고 걷거나 뛸 수도 있었다. 대화도 할 수 있고 잠도 잘 수 있었다.

그러나 심장은 뛰지 않았고 위장과 대장 또한 활동을 멈췄다. 음식을 섭취하지 않아도 살아 있었고, 배설을 하지 않아도 멀쩡했다. 폐가 움직이지는 않았지만, 숨은 쉴 수 있었다. 의식적인 노력이 필요하긴 했지만 그래도 엄연한 호흡이었다. 미세먼지 인간들은 숨을 들이쉬면서 주변의 미세먼지를 빨아들여 제 몸의 구성물로 삼았다. 숨을 내쉴 때는 깨끗한 공기를 내뿜었다. 기계보다 훨씬 성능이 좋고 전기도 필요 없는 인간 공기청정기였다.

이 사실은 한 과학자가 미세먼지 인간이 된 본인을 실험체로 삼아 밝혀낸 것이었다. 이를 시작으로 각종 연구가 활발히 이루어질 것 같았으나 모두 무산되었다. 아무리 모습이 변했다고 해도 말하고 생각하는 사람이라 그들을 대상으로 생체 실험을 할 수 없다는 윤리적인 문제가 불거졌기 때문이었다.

그 과학자의 기괴할 정도로 집념이 가득한 실험 정신으로 인해 밝혀진 사실은 다음과 같다.

1) 미세먼지 인간의 주변은 미세먼지 수치가 0이 된다. 일명 '청정구역'으로, 그 범위나 유지 시간은 일정하지 않다. 정화 능력이 좋은 미세먼지 인간은 보다 큰 범위의 청정구역을 오랫동안 유지한다.

2) 미세먼지 인간의 몸은 공기청정기 근처에 가면 서서히 사라진다. 고통을 느끼지 못하기에 신체

일부의 소멸을 제때 인지하지 못하면 죽을 수도 있다.(이후에 공기청정기를 미세먼지 인간 한정 살해 도구로 인정하며, 미세먼지 인간의 주변에서는 공기청정기의 작동을 금지하는 법이 생겼다.)

3) 미세먼지 인간은 보통 사람처럼 스킨십을 하면 안 된다. 공기가 통하지 않는 옷을 입었다면 가벼운 악수, 포옹 정도는 가능하지만 오랫동안, 혹은 더 깊게 스킨십을 하는 것은 불가능하다. 적절한 거리를 유지하지 않으면 보통 사람은 미세먼지 가득한 거리를 마스크 없이 다닐 때보다 더 많은 미세먼지를 흡입하게 된다. 미세먼지 인간이 본인의 가족과 친구 등을 죽이고 싶지 않다면 주의해야 한다.

4) 미세먼지 인간이 되면 병에 걸리지 않고 이미 있던 병은 낫는다. 가벼운 감기부터 암과 같은 무거운 병까지 모조리 사라진다. 사고로 잃은 신체도 다시 생긴다. 미세먼지 인간이 신체 일부를 잃으면 미세먼지를 흡수해 해당 부위를 다시 만들 수 있다.

5) 25세 미만은 미세먼지 인간으로 변이하지 않는 것으로 보인다.

이 사실들이 알려지자 미세먼지 인간들에 대한 대중의 인식이 크게 바뀌었다. 미세먼지 인간이 되면 마스크를 끼지 않아도 되고, 식비가 들지도 않는다. 잠을 자지 않고도 활동할 수 있다. 무엇보다 일자리가 보장되니 많은 사람이 미세먼지 인간이 되기를 꿈꾸게 되었다.

국가는 미세먼지 인간들을 미세먼지 정화 공무원으로 채용했다. 이들이 그저 숨을 쉬는 것만으로 주변 공기가 정화되니 비싼 비용을 들여 공기청정기를 설치할 이유가 사라졌다. 이 사실이 알려지자 공기업에서도 미세먼지 인간들을 채용했고 사기업에서도 채용했고 외국에서도 채용했다. 말 그대로 숨쉬기로 취업하는 것이다. 미세먼지가 사라지지 않는 한 정년퇴직도 없다.

그런 상황을 생각하면 나도 미세먼지 인간이 되길 바라야 하는 건지, 머리가 터질 것 같다. 학교를 계속 다니는 건 막막하고, 그렇다고 취업을 하는 것도 어려워서 휴학하고 아르바이트를 하는 중이다.

미래를 생각하면 초조하다. 복권에 당첨되는 것보다 미세먼지 인간이 될 확률이 더 높으니 정말 고시 공부하는 셈 치고 미세먼지촌으로 가서 목숨을 걸고 버티는 편이 나은 걸까. 미세먼지 변이 명당이라고 소문난 곳에 가려고 해도 생활비가 필요하니 더 아끼고 모으고 일해야 한다. 여자보다 남자가 더 높은 비율로 변이하고 있으니 어쩌면 돈을 모아 동생을 지원하는 게 나을 수도 있다. 그런데 동생을 지원하고 나면? 그 후에 내 미래는 어떻게 되는 걸까?

답이 없는 고민을 반복하는 사이 버스는 일터에 가까워졌다. 몇 정거장 더 가면 내려야 해서 자리가 나도 앉지 않고 서 있었다. 내 앞에 앉아 있던 할머니는 미세먼지 마스크를 벗고 있었다. 버스 내 공기 정화 장치가 작동 중이긴 했지만, 문이 열리고 닫힐 때 미세먼지가 들어오기에 마스크를 미착용한 사람은 할머니 말고 없었다. 할머니의 이마에 땀이 송글송글 맺히다 못해 흐르고 있었다. 손수건으로 땀을 닦던 할머니는 손을 뻗어 창문을 열었다. 그 순간 버스 여기저기에서 욕설이 튀어나왔다.

"할머니 미쳤어요? 창문을 왜 열어요!"
"빨리 닫아요! 치매 아니야?"

할머니는 무의식적으로 창문을 연 건지 어쩔 줄 모르고 허둥지둥거렸다. 나는 재빨리 창문을 닫고 할머니에게 마스크를 씌워 주었다. 얼굴 전체를 조심히 넣고 머리 뒤쪽에서 끈을 묶었다. 다들 마스크를 쓰고 있었으면서 할머니를 그렇게 비난하다니 너무하다는 생각이 들었지만 대놓고 뭐라고 할 수는 없었다.

"괜찮으세요? 이렇게 창문을 여시면 할머니 건강에 안 좋아요."
"미안해요. 내가 딴생각하다가 그만…. 더워서 나도 모르게 그랬나 봐요. 미안해요."
"숨 쉬긴 괜찮으세요? 마스크 불편하면 끈 다시 묶어 드릴까요?"

내가 할머니를 돕자 욕을 하거나 투덜거리는 소리가 줄어들었다. 버스는 어느새 청정구역을 앞두고 있었다. 청정구역과 미세먼지 구역을 가르는 선명한 벽을 지나자 풍경의 색감이 확연히 달라졌다. 이쪽이 시야가 잘 확보되지 않는, 멸망 직전의 회색빛 도시 같다면 저 너머는 생명이 돋아나는 봄처럼 파릇파릇했다. 일반구역이 청정구역으로 변하면 잠들어 있거나 제대로 자라지 못했던 식물들이 이때다 싶어 자란다는 말도 있었다.

"괜찮아요, 고마워요 아가씨. 몇 년 전에는 창문 열어도 아무 문제 없었는데, 나쁜 놈들이 너무 많아서 하늘이 노하신 게야. 그렇지 않고서는 공기가 이럴 수가 있나."

때마침 서대전네거리역에 도착했다. 그 많던 사람들이 우르르 내리고 있었다.

"조심히 가세요. 정 창문 열고 싶으면 청정구역에서 잠깐 여시고요."

할머니의 인사를 받으며 정류장에 내렸다. 내리자마자 보이는 풍경에 조금 답답해졌다. 대전 시민들이 전부 몰린 것 같았다. 반대편 차선은 세이백화점과 홈플러스로 들어가려는 차들 때문에 주차장이 되어 있었다. 청정구역에서는 자동차에서 나온 매연이 공기에 아무런 영향을 주지 않으니 다행이었다. 미어터질 것 같은 인파에도 사람들은 웃으면서 마스크를 벗고 크게 숨을 들이마셨다.

휴대폰 매장, 식당, 카페 할 것 없이 이 일대의 가게들 모두 문을 열어 놓고 있었다. 공원 한쪽에서도 크고 작은 개들이 사람들과 함께 마음껏 산책하는 중이었다. 한정된 공간에 사람들과 동물들이 너무 많이 있어 복작복작했지만 나름대로 사이좋게 공존하는 것 같았다. 그러고 보니 동물이 미세먼지로 변이했다는 얘기는 들어 보지 못했다. 하긴, 동물이 변하면 말도 안 통하는데 얼마나 힘들까. 사람은 돈 벌어서 자기한테 쓸 수라도 있지 동물이 변하면 그들의 의사와는 관계없이 이용하려는 사람들이 너무 많아질 것이다.

내가 일하는 카페는 가까스로 청정구역에 포함되었다. 마스크를 쓰고 걸어오던 사람들이 청정구역에 들어오자마자 마스크를 벗었고 몇몇은 카페 앞 길게 늘어진 줄 끝으로 갔다. 그 모습을 보니 벌써 온몸이 쑤시는 것 같았다. 그래도 가야지, 가서 일해야지. 숨을 깊게 들이마신 다음 웃고 떠드는 사람들 사이를 애써 파고들며 카페로 향했다.

"새치기하지 마세요!"

"안녕하세요. 잠시만 기다려 주세요. 여기 직원이에요. 얼른 출근해서 만들어 드릴게요. 지나갈게요. 잠시만요."

웃는 얼굴을 유지한 채 손님들과 눈이 마주치면 살짝 고개를 숙여 인사를 했다. 내 말을 듣고 사람들이 살짝 움직여서 길을 터 준 덕분에 무사히 출근할 수 있었다.

"언니 왔어요? 사장님이 기혁이 오빠도 불렀대요."

"알았어, 얼른 화장하고 나올게."

스태프실에 들어가서 가방을 내려놓고 앞치마를 맨 후, 거울을 보며 화장을 시작했다.

화장하고 마스크를 쓰면 마스크에 닿는 부분의 화장이 지워지거나 습기 때문에 뭉쳐 버린다. 어쩔 수 없이 조금 더 일찍 나와 화장을 해야 했다. 쿠션 비비, 아이브로우, 색 있는 립밤. 나는 화장을 간단히 하니까 이 정도지 지수는 이른 아침에 출근하는데도 비비크림, 파운데이션, 아이브로우, 아이섀도우 세 개, 아이라이너, 블러셔, 쉐딩, 립스틱, 립틴트, 립밤에 각 화장품에 맞는 브러시까지 들고 다닌다. 수정해야 할지도 모른다며 클렌징

워터를 충분히 적신 화장솜 뭉치, 스킨로션 꼬마병까지 또 다른 파우치에 넣고 다녔다. 왠지 모르게 필사적인 느낌까지 들어서 몇 번 그렇게까지 하지 않아도 괜찮다고 말해도, 웃으면서 괜찮다고, 이래야 마음이 편하다고 하니 나는 그저 고개를 끄덕일 뿐이었다.

얼굴을 이리저리 돌려 확인하고 스태프실을 나왔다. 카운터 안으로 들어가기 전에 카페를 한 바퀴 둘러보았다. 공기청정기 코드는 다 뽑혀 있었고 구석에 버려진 쓰레기도 없었다. 테이블 위에 놓고 간 컵들을 챙겨 카운터로 갔다. 할 일은 많은데 아르바이트생은 한 명뿐이라 주문이 많이 밀려 있었다. 게다가 아직 주문조차 못 한 사람들도 많아서 불평하는 소리가 점점 커지고 있었다. 주문판을 확인한 후 재빨리 원두를 갈고 샷을 뽑았다. 다행히 아이스 아메리카노가 제일 많았다. 하지만 믹서기를 사용해야 하는 음료도 꽤 돼서 주문받는 걸 잠시 멈춰야 할 것 같았다.

"죄송합니다. 주문이 쌓여 있어서 잠시 후에 다시 주문을 받겠습니다. 금방 만들 테니 잠시만 기다려 주세요."

지수를 불러 샷을 뽑게 하고 나는 스무디를 만들기 시작했다. 딸기, 딸기, 청포도, 블루베리, 요거트. 주문도 가지각색이라 손이 바빴다. 전자저울에 냉동 과일 정량을 재고 시럽도 넣어 갈고. 정신없이 움직이는데 누군가 부산스럽게 카운터 안으로 들어왔다. 윤기혁이었다.

"손님 엄청 많네. 지수는 이렇게 바쁜 와중에도 완벽한 미모를 자랑하고 있구만! 우리 도연이는… 조금 더 꾸미라니까. 누가 도연이 데려갈까 걱정이야 걱정. 본판이 이쁘니까 조금만 더 꾸미면 남자들이 줄을 설 거야!"

앞치마만 입고 나온 윤기혁을 보면서 아무 말도 하지 않고 고개만 까닥거렸다. 바쁜 걸 핑계 삼아 대답하지 않아도 되니 다행이었다. 그러나 윤기혁은 윤기혁이었다.

"오빠가 왔는데 아무 말도 안 하기야? 이럼 오빠 그냥 간다? 미세먼지 인간이 나타났다는 뉴스 보고 바쁠까 봐 재빨리 달려왔는데 이렇게 섭섭하게 하면 안 돼."

먹히지도 않는 협박이었다. 사장님이 부르고 자기가 오겠다고 했으니까 왔으면서 이대로 갈 수 있으면 가라지. 무표정한 채로 일을 계속하고 있으니 지수가 어쩔 줄 모르겠다는 얼굴로 우리 둘을 살펴보고 있었다. 윤기혁은 능글거리는 표정을 지으며 앞치마 끈을 천천히 풀었다.

윤기혁은 일한 지 갓 한 달밖에 안 된 신입이었지만, 나이가 나보다 더 많고 무엇보다도 학과 선배였다. 1학기 개강 후에 전역해서 2학기에 복학한다고 했다. 같은 과에 아는 사람 있으면 학교 생활이 외롭지 않겠다는 둥 오빠가 족보를 잘 얻어 줄 테니 믿으라는 둥 헛소리를 시도 때도 없이 하면서 같이 복학하자고 했다. 들이박고 싶은 마음은 굴뚝같았으나 참아야 했다.

"예, 안녕하세요. 손님 밀렸으니까 얼른 설거지하세요."

"에이. 오빠는 설거지 말고 샷 뽑을게."

그러더니 당당하게 지수를 밀치고 본인이 기계 앞을 차지했다. 지수는 애써 웃으면서 싱크대로 갔다. 내가 뭐라고 하려 입을 열자 지수가 작게 고개를 흔들었다. 저는 괜찮아요. 입 모양으로 전한 말에 속으로 한숨을 삼켰다. 윤기혁에게 한 소리 하고 싶었지만, 억울한 척 목소리를 높일 게 분명했다. 그보다는 지수에게 음료 만드는 법을 가르쳐 주는 일이 더 중요했다.

"너도 이렇게 바쁠 때 커피 외 음료 만드는 거 손에 익혀야지. 내가 설거지할 테니까 얼른 음료 만들어 봐."

"네? 아니에요. 저 손 느려서 안 돼요."

"그러니까 해 봐야지. 밀리면 도와줄 테니까 해 봐."

"네!"

믹서기와 매장용 컵 등을 다 닦고 엎어 놓기가 무섭게 설거지할 것들이 새롭게 쌓였다. 매장을 살피면서 설거지도 하고 디저트류도 데우고 지수를 도와 음료도 만들었다. 이번 청정구역이 얼마나 유지될지는 모르겠지만 오늘 하루는 엄청 바쁠 것 같았다. 오후에 사장님도 오신다고 하니 다행이었다.

바쁘게 손을 움직이던 중이었다. 테이블 쪽에서 큰소리가 들렸다.

"언제까지 문 열어 둘 거야? 문 닫고 공기청정기 돌려줘!"

내가 출근하기 전부터 테이블에 자리 잡고 있던 아저씨 손님들 중 한 명이었다. 그 테이블 근처에는 커다란 공기청정기가 있었다. 직접 공기청정기를 작동시키려고 했는지 지금도 전원 버튼을 거칠게 누르고 있었다. 아무리 눌러 봤자 코드를 빼 놨기 때문에 작동할 리가 없었다. 손님은 화가 치솟는지 점점 얼굴이 벌게졌다.

"이건 왜 안 켜지는 건데!"

윤기혁을 보니 시선을 손님 쪽으로 두지 않은 채 컵만 만지작거리고 있었다. 지수는 입술만 달싹인 채 울상이었다. 오빠가 오빠가 할 때는 언제고 이럴 때는 아무것도 하지 않는다. 그래. 여기서 내가 나서야지 누가 나서겠어. 숨을 크게 들이마셨다가 내쉬었다. 한껏 죄송스러운 표정을 짓고 친절한 목소리 톤으로 말했다.

"손님, 정말 죄송합니다. 지금은 여기가 청정구역에 해당해서 에너지 절약을 위해 코드를 빼 놨습니다. 공기청정기를 작동하지 않아도 미세먼지 수치가 0이니 안심하세요."

"아니 언제 미세먼지가 들이닥칠 줄 알고 문을 열어 놓냐고! 여기는 청정구역의 외곽 아니야! 외곽부터 서서히 미세먼지 수치가 올라간다는 상식도 몰라?"

"미세먼지 체크기가 있으니 걱정하지 마세요. 알람이 울린 후 닫아도 괜찮답니다."

"나는 체크기보다 공기청정기가 더 믿음직스러우니까, 얼른 공기청정기 켜!"

이제 손님은 벌떡 일어나 삿대질을 하기 시작했다. 일행이 말리는 것 같기는 한데 항의 내용에는 동의하는지 적극적인 기세가 아니었다. 손님의 목소리가 커지자 주변에서 웅성거리기 시작했다. 저 손님 왜 저러냐는 사람도 있고 맞는 말 한다는 사람도 있었다.

"에너지 절약을 위해 청정구역에서는 전기 사용을 줄여야만 합니다. 죄송합니다."

"손님이 요구하는 대로 들어줘야 할 거 아니야! 얻다 대고 꼬박꼬박 말대꾸지? 사장 불러와! 여기 사장 어딨어!"

짜증이 솟구쳤지만 일하는 중이었다. 게다가 세 번 안내를 했으니 할 만큼 했다.

"청정구역이 발생하면 환경 지키미분들이 그 안에서 순찰을 돌며 공기청정기를 켜 놓은 곳이 있는지 확인합니다. 적발되면 과태료를 내야 하니, 저희는 공기청정기를 켤 수가 없거든요. 너무 걱정되시면 청정구역 중심 쪽으로 이동하시거나, 청정구역 바깥에 있는 카페를 이용하시는 건 어떠실까요?"

"뭐라고? 그게 지금 할 소리야?"

"손님이 요구하셔도 어떻게 해 드릴 수 있는 게 없으니 손님께 맞는 방안을 말씀드렸습니다. 사장님이 오셔도 같은 말씀을 드릴 겁니다."

때마침 초록색 조끼를 입은 환경 지키미 두 명이 걸어오고 있었다. 내가 시선을 밖으로 두자 사람들의 시선이 나를 따라 밖으로 향했다. 한참 흥분했던 손님도 환경 지키미를 확인하고는 헛기침을 하며 서둘러 짐을 챙겨 밖으로 나갔다. 그 뒤를 이어 바통 터치하듯이 환경 지키미가 들어왔다.

"안녕하세요. 환경 지키미입니다. 공기청정기 작동 중인지 확인하러 왔습니다. 카페 좀 둘러볼게요."

"안녕하세요. 마음껏 둘러보세요!"

아무래도 청정구역이 내일까지는 유지될 것 같았다. 오후가 됐는데도 사람이 끊이질 않았다. 그사이 지수는 퇴근하고 마감 타임 담당인 수영이가 지수를 대신했다. 나중에는 사장님까지 오셔서 총 네 명이 바쁘게 움직였다.

윤기혁에게 퇴근하라고 하자 앞치마만 벗고 테이블 위에 핸드폰을 내려놓으며 자리를 맡았다. 윤기혁은 고구마라떼를 주문하고 뒤에 손님이 있는데도 지갑에서 느긋하게 카드를 꺼냈다. 계산이라도 얼른 하려고 손을 내밀었는데 이 새끼가 줄 듯 말 듯 장난을 쳤다. 본인은 재밌는지 활짝 웃고 있었지만 나는 하나도 재미없었다. 표정 없이 윤기혁을 바라보자 김샜다는 듯 입술을 삐죽인다. 토 쏠려.

"손님, 계산 안 하세요?"

"진짜 받으려고? 사장님 저 그냥 마시면 안 돼요?"

윤기혁은 평소에도 많이 만들어 먹었다. 사장님이 먹고 싶은 음료는 마음껏 마시라고 하긴 했지만 이렇게 많이 먹는 아르바이트생은 처음 봤다. 카페에 온 자기 친구에게 공짜로 음료를 주면서 자신이 사는 거라고 생색내는 걸 보고 뭐라고 했더니 자존심이 상했다며 씩씩거리긴 했지만, 그런 일은 다시 저지르지 않았다. 그 대신 음료를 더 많이 만들어서 본인이 다 처마신다는 인상을 지울 수가 없었다.

오늘도 바쁜 와중에 아이스 아메리카노 주문 들어오면 자기 것도 만들어 마시는 모습을 여러 번 봤다. 스무디 주문이 들어오면 정량보다 많이 만들어서 본인 입으로 넣었다. 주문은 밀렸는데 먹으면서 놀았다. 어쩌면 놀려고 먹는 건지도 모른다. 그러면서 바쁜 와중에 화장실 간다고 카운터를 얼마나 들락날락했는지, 화장실에 갔다가 돌아올 때마다 손 씻으라고 지적하는 것도 일이었다.

"퇴근했잖아. 얼른 계산해. 손님 기다리신다."

근무시간에 먹는 건 뭐라 하지 않았으나, 퇴근 후에 먹는 것까지는 봐줄 수 없었는지 평소라면 무료로 주라고 했던 사장님이 돈을 내라고 하신다. 본인도 찔리는지 카드를 내미는데 그게 또 한 세월이다. 한숨을 삼키며 겨우 카드를 받으려는 순간 이 새끼가 내 손바닥을 손가락으로 긁듯이 스치네? 얼굴을 보니 실실 웃고 있다. 속으로 욕을 하며 잡아채듯이 카드를 받아 들고 결제를 마쳤다. 카드를 받기 위해 내미는 손을 무시하고 카운터에 내려놓자 픽 웃는다.

"두 잔 같은 한 잔 만들어 줘~"

바쁠 때 손이 제일 많이 가는 고구마라떼를 주문한 데다가 레귤러로 계산해 놓고 라지를 바라고 있었다. 눈치가 없는 건지, 눈치가 있는데 뻔뻔한 건지 모르겠다. 몸을 돌리다 수영이와 눈이 마주쳤다. 우리는 아무 말 없이 고개를 끄덕이고 각자 할 일을 했다. 일을 하는 중간중간 윤기혁과 시선이 마주쳤다. 내가 움직이는 방향을 따라 시선이 따라오는 것 같기는 했지만 무시로 일관했다.

보통 저녁 8시쯤 되면 한가해져서 9시 반쯤에 슬슬 청소 후 10시에 문을 닫는데, 오늘은 마감은커녕 연장 영업을 해야 할 것 같았다. 남아서 일을 도우려고 했으나 사장님이 밤이라 동네 주민만 오니까 걱정하지 말라며 정시에 퇴근하라고 하셨다. 윤기혁은 그때까지 고구마라떼 한 잔으로 테이블을 차지하고 있었다. 추가 주문도 없었다. 테이블 좌석을 원하는 손님 몇몇이 눈치를 줘도 꿋꿋했다. 사장님이 안 가고 뭐 하냐고 물어도 자기는 괜찮으니 신경 쓰지 말라고 했다. 누가 너 신경 쓰냐 영업에 방해되니까 그렇지. 뻔뻔함에 감탄이 나올 정도였다. 사장님은 혀를 차고는 내 쪽을 돌아보셨다.

"먹고 싶은 거 있으면 만들어서 가져가."
"감사합니다!"

요즘 딸기가 너무 먹고 싶었다. 작은 딸기 한 팩이 그렇게 비싼 건 아니었지만, 선뜻 사기가 망설여졌다. 게다가 딸기 한 팩을 사도 내 입으로 들어오는 게 적으니 더 사기 싫었다. 큰맘 먹고 딸기를 사서 집에 돌아간 후 옷을 갈아입고 나오면 딸기는 어느새 동생 앞에 있었다. 나는? 하고 물으면 카페에서 일하는 동안 한두 개씩 주워 먹으면서 뭘 그렇게 먹으려고 하냐, 살찐다, 하는 답이 돌아왔다. 별생각 없다는 동생 입에 하나씩 물려 주는 모습에 화를 내던 것도 옛날 일이다. 마음이 상할 때마다 일일이 반응하기란 지치는 노릇이었다.

믹서 용기에 딸기와 요거트 파우더를 잔뜩 넣고 우유를 부었다. 딸기와 우유의 비율이 1 대 1 정도인 것 같았다. 믹서기를 작동시키고 가방에서 900ml 텀블러를 꺼냈다.

"사장님 도연이 좀 봐요. 공짜라고 저렇게 많이 먹다니 이도연 양심 없다! 나도 돈 주고 사 먹는데 그걸 가득 채우려고?"
"도연이가 너랑 같아? 오늘 추가 근무까지 하느라 고생했는데 마음껏 먹어. 딸기 좋아하지? 딸기 주스도 만들어 줄게."

사장님은 약간의 물과 얼음, 거의 딸기 한 팩 분량 이상을 믹서기에 쏟아붓고 돌렸다. 동글동글했던 딸기가 순식간에 갈렸다. 감동의 눈으로 사장님을 바라보자 웃으면서 내 등을 토닥여 주셨다. 가득 찬 텀블러는 가방에 넣었다. 사장님께서 만들어 주신 딸기 생과일주스는 양이 너무 많아 두 개의 컵에 나눠 담아야 했다.

"오늘 고생했어. 가서 푹 자고, 내일은 내가 더 일찍 나올 거야."

"네. 들어갈게요. 안녕히 계세요. 너도 마감 잘하고."

"언니 내일 봐요!"

카페를 나서는데 윤기혁이 따라 나왔다. 그러더니 내가 양손에 들고 있던 딸기 생과일주스 중 하나를 가져가서 먹기 시작했다.

"이게 딸기 주스냐 완전 딸기지. 사장님이 딸기 너무 많이 넣었어."

나 먹으라고 만든 건데 선배가 왜 먹냐고 한마디 할까 하다 참았다. 말해 봤자 입 아프고 말 섞기도 싫었다. 내가 아무 말 하지 않으니까 몇 마디 더 하더니 이내 입을 다물었다. 우리 둘 사이는 조용했지만 주변은 적당히 소란스러웠다. 아직도 사람들이 많았다. 버스 정류장으로 갈까 하다가 공원으로 발걸음을 돌렸다.

"버스 타러 안 가?"

"제가 알아서 갈게요. 안녕히 가세요."

"데려다줄게. 어디로 가는 거야?"

"괜찮아요."

"에이, 밤이라 위험한데 같이 가. 가면서 대화도 하면 얼마나 좋아."

내 생각에는 윤기혁이 제일 위험했다. 같이 가기는 싫고 거절한 후 혼자 가기엔 찜찜했다. 윤기혁은 본인이 쿨한 줄 알지만 전혀 아니다. 얼마나 쪼잔하고 뒤끝 있는지 모른다. 일로 만난 사이면 마음 놓고 뭐라고 하겠는데 같은 과 선배니까 어떻게 할 수도 없었다. 학교에서 아무리 혼자 다닌다고 해도 이상한 소문이 돌면 불편해질 게 뻔했다. 윤기혁이 아르바이트를 시작한 지 한 달이 넘었는데, 그 기간 내내 괜히 말 걸고 쳐다보고 퇴근 후에도 몇 번이나 따라왔다. 한 번쯤 거부 의사를 확실히 밝히고 싶었지만 카페에서 대화하고 싶지는 않았고 미세먼지가 매우 심한 바깥에서는 대화하기가 어려웠다. 그래, 여기가 청정구역이 된 오늘이 기회다. 은근슬쩍 옆에서 따라오는 윤기혁을 향해 몸을 돌렸다.

"저한테 할 말 있으세요?"
"응? 내가? 아니 없어."
"……."
"아, 네가 할 말 있으니까 괜히 그러는 거야? 뭔데, 말해 봐."

윤기혁은 자기를 믿으라는 듯 빈약한 가슴을 팡팡 쳤다. 그러다 가슴 뚫리겠다. 애써 한숨을 삼키며 지금이 기회다, 오늘밖에 없다는 생각을 다짐하듯 떠올렸다.

"아니요, 그런 거 없어요. 앞으로도 없고요. 저는 이쪽으로 갈게요. 그럼 안녕히 가세요."
"아, 나도 그쪽으로 가는데. 가는 방향이 똑같네!"
"… 선배님. 자꾸 이러시면 불편해요."
"내가 뭘 어쨌는데?"
"계속 연락하고 퇴근 후에 따라오잖아요. 밤늦게까지

연락 오는 것도 불편하고, 저 퇴근할 때까지 기다렸다가 이렇게 따라오는 일도 없었으면 좋겠어요."

"허! 너 되게 웃긴다. 싫으면 진작 말하든가, 내가 연락하면 다 받아 주잖아. 그리고 이게 너 따라가는 거냐? 걱정되니까 바래다주는 거지! 이게 이쁘다 이쁘다 해줬더니 사람을 바보 취급하네?"

"저는 하고 싶은 말 했으니까 먼저 가 보겠습니다. 안녕히 가세요."

"너 할 말만 하면 다야? 난 아직 안 끝났어."

윤기혁을 지나쳐 걸어가는데 갑자기 손목이 잡히면서 몸이 돌아갔다. 씩씩거리는 숨소리와 손목을 옥죄는 악력에 순간 몸이 경직되며 공포심이 생겼다.

"이거 놓으세요!"

"사람을 완전 병신으로 만들고 그냥 간다고?"

"이러지 마세요! 아파요! 손 놓으라고!"

"가만히 있어! 사람들 다 쳐다보게 뭐 하는 거야?"

격렬하게 반항하며 몸을 흔들었다. 윤기혁은 당황하면서도 내 손목을 놓지 않았다. 손목이 끊어질 것만 같았다. 아프고 서러웠다. 눈물이 나올 것 같았지만 울면 지는 거라는 생각에 이를 악물고 주먹을 휘두르고 소리를 질렀다. 사람들은 못 본 척 지나가거나 가만히 서서 수군거렸다. 그러다가 나와 눈이 마주치면 피하고 자리를 옮겼다. 이 새끼는 이제 힘으로 나를 끌고 가기 시작했다. 몸을 뒤로 빼고 무게중심을 한껏 낮추며 끌려가지 않기 위해 안간힘을 썼다. 끌려가면 무슨 일이 일어날지 몰랐다. 살고 싶었다. 이렇게 살고 싶지 않았다.

"지금 뭐 하시는 거예요? 이분이 싫어하시잖아요!"

어떤 여성분이 근처로 와서 날카롭게 말했다. 윤기혁은 제 화를 이기지 못한 듯 얼굴이 벌게진 상태로 이를 악물었다. 내 두 눈에서는 어느새 눈물이 흘러넘치고 있었다. 기댈 곳이라고는 그 여성분밖에 없었다. 나는 크게 외쳤다.

"도와주세요!"
"별일 아니니까 그냥 갈 길 가세요!"
"여자분이 이렇게 울고 발버둥 치는데 별일 아니라뇨? 동영상도 찍었고 경찰에 신고했으니까 그쪽이나 어디 가지 말죠?"
"… 에이 시발. 이게 뭐라고 경찰에 신고해? 할 일도 없나, 아오. 도연아 오빠가 너무 당황해서 그랬어. 그러니까 누가 그따위로 말하래? 오빠가 네 말 듣고 순간 너무 욱해서 그런 거 알지? 오빠 갈 테니까 너도 얼른 가고. 어? 별일 아니었잖아. 조심히 들어가. 연락할게."

윤기혁은 말하면서도 주위를 쉬지 않고 둘러봤다. 그러더니 부리나케 어딘가로 달려갔다. 다리에 힘이 풀려 바닥에 주저앉았다. 윤기혁을 다그치던 여성분이 내 곁으로 달려와서 손수건으로 눈물을 닦아 주었다.

"괜찮아요? 저 사람이랑 아는 사이에요? 경찰에 신고한 건 거짓말이지만 동영상 촬영은 해 놨으니까 신고하고 싶으면 말해요. 내가 도와줄게요."
"감사, 감사합니다…."

아까는 내가 엄청 크게 발버둥을 치고, 크게 외치고

도움을 요청한 줄 알았다. 그러나 지금 내 목에서 나온 소리는 하염없이 떨렸고, 매우 작아서 코앞의 사람에게 들릴까 의문이 들 정도였다. 온몸이 너무 뻣뻣해져서 뻐근했고 계속 잡혀 있던 손목이 제일 아팠다.

"일어날 수 있겠어요? 마실 것 좀 사 올까요?"

"가지, 마세요…."

"알았어요. 옆에 있을게요. 괜찮아요. 본인 잘못 아니에요. 절대 아니에요. 괜찮아요."

여성분은 땅바닥에 주저앉아 있는 내 옆에 털썩 앉아 묵묵히 손을 잡아 주었다. 날 도와준 이 사람은 공원 근처에 살고 있으며 산책을 하던 중 내가 손목을 잡히는 걸 보고 그때부터 촬영을 시작했다고 말했다. 신고하고 싶다면 얼마든지 도와줄 수 있고, 이대로 묻어 두었으면 한다 해도 괜찮다고. 나는 아무 잘못이 없다고, 내 잘못은 하나도 없다고 내 눈을 마주 보며 몇 번이고 말해 주었다.

윤기혁에게 조금 더 친절하게 말했더라면, 윤기혁이 하는 말을 더 잘 들어 주었더라면, 밤늦게 다니지 않았더라면, 단호하게 대처했더라면, 더 크게 몸부림치고 소리쳤더라면.

부질없는 후회들이 다정하면서도 단단한 말에 천천히 녹아내렸다. 실은 알고 있다. 윤기혁은 내가 선을 그으면 그은 대로, 사근사근하게 말하면 말한 대로 멋대로 깔아뭉개고 휘두르려 했을 것이다. 아르바이트를 하니까 이 시간에 밤길을 걷는 건 나에게 당연하다. 아르바이트를 하지 않더라도 청정구역에서 걷고 싶은 사람은 누구든 낮이고 밤이고 자유롭게 걸을 수 있다. 이 밤길을 걸어가는 것도,

놀라고 무서워서 몸이 굳은 것도 내 탓이 아니다.

윤기혁은 돌아가면서 반성했을까? 자기 잘못은 알까? 끝까지 내 탓을 했으니 잘못을 저지른 줄도 모를 것 같았다.

"같은 과 선배에 아르바이트도 같이 해요. 그래도… 신고할 수 있을까요?"

"괜찮아요. 도와줄게요. 증언도 해 주고. 이렇게 폭력적으로 나온 건 처음이에요?"

"네. 그동안은 연락하고 뒤쫓아 오고 그랬어요. 그런데 정말 이걸로 신고가 돼요? 경찰이 그냥 가라고 하면 어떻게 해요…?"

"신고를 받아 주지 않을 땐 민원 넣으면 돼요. 같은 과 선배에 일터에서도 만나는 사이라 걱정된다면 신고하지 않아도 괜찮아요. 편한 대로, 하고 싶은 대로 해요."

"조금만 더 생각해 볼게요. 정말 감사합니다. 진짜 감사해요."

우리는 이름과 전화번호를 교환했다. 김다정. 이름처럼 다정한 사람이었다. 다정 언니는 택시를 잡고 택시비까지 주면서 집에 조심히 들어가라고, 들어가면 연락을 하라고 신신당부를 했다. 뒤를 돌아보니 언니는 핸드폰으로 무언가를 적고 있었는데, 시선을 보니 내가 탄 택시의 번호인 듯했다. 고개를 든 언니와 눈이 마주쳤다. 손을 흔드는 언니를 따라 나도 손을 흔들었다. 차갑고 딱딱하게 굳었던 손끝에 어느새 온기가 돌고 있었다.

다녀왔습니다 인사를 해도 아무 반응이 없었다. 거실에서 엄마와 동생은 예능 프로그램을 보며 눈물이 나올 정도로 웃고 있었다. 엄마 딸이 밖에서 무슨 일을 겪은 줄 알고 있냐고 말하고 싶었지만 참았다. 내 걱정은커녕 좋은 소리가 나오지 않을 터였다. 터져 나오는 한숨을 가까스로 삼키고 샤워 후에 갈아입을 옷가지를 챙겼다. 그제야 엄마가 나를 보았다.

"샤워하려고?"
"응. 얼른 씻고 자야지."
"어제도 샤워하지 않았어? 물 아깝게 뭘 매일매일 샤워하니? 피곤할 텐데 대충 양치만 하고 얼른 방에 들어가서 자."

엄마는 내가 들어오니 공기청정기가 시끄러운 소리를 내며 돌아가는 것을 보고도 저런 말을 했다. 나는 아무 말 없이 화장실 안으로 들어갔다. 엄마는 계속 잔소리를 하는 듯했지만 문을 닫자 뭐라고 하는지 잘 들리지 않았다. 옷을 벗고 있는데 누가 다급하게 문을 두드렸다. 동생일 게 뻔했다. 왜 내가 씻으려고 할 때마다 배가 아프다고 성화인 걸까. 왜 오늘 같은 날까지 이러는 걸까.

"나 화장실 가고 싶어!"
"참아."
"못 참아! 배탈 난 것 같아!"

마구잡이로 두드리는 통에 문이 덜컹거려 부서질 것만 같았다. 재빨리 옷을 입고 문을 여니 미간을 한껏 찌푸린 동생이 보였다.

화장실 밖으로 나오지 않고 가만히 선 채 동생을 바라보고 있으니 동생이 발을 동동 굴렀다.

"엄마, 누나 안 나와!"
"동생 배 아프다잖아. 얼른 나와!"

"안 비키면 누나 방에 똥 싼다? 빨리 비켜."

동생은 문 앞에 서 있는 나를 잡아당겨 문 바깥쪽으로 밀어낸 뒤 화장실 안으로 들어갔다. 문이 거세게 닫히고 곧이어 뿌직거리는 소리가 들렸다.

한껏 긴장해서 뻣뻣하게 굳은 몸을 뜨거운 물로 녹이고 싶었다. 물을 틀어 놓고 조금 울고 싶기도 했다. 집에서도 편히 쉬지 못한다는 생각에 가슴이 답답해졌다. 내 얼굴 엉망일 텐데. 내 얼굴 보면 분명 무슨 일이 있었다는 사실 정도는 알아챌 텐데. 엄마는 늦게까지 일하고 돌아온 딸 얼굴을 보지도 않는다. 동생은 말할 것도 없었다. 다정히 위로해 주던 다정 언니가 생각났다. 길거리에서 처음 만난 사람도 날 그렇게 걱정해 주는데, 가족이 남보다 못했다.

대충 양치랑 세수만 하고 방으로 들어왔다. 그래, 이렇게 샤워도 제때 못 하고 미세먼지랑 가까이 있다 보면 미세먼지 사람으로 변이할지도 모른다. 애써 긍정적인 생각을 하며 옷을 갈아입고 침대에 누웠다. 내일은 선배가 오지 않는다니까 다행이었다. 사장님한테 이런 일이 있었다고 말씀드리면서 그 인간 잘라 달라고 해야지. 카페에서라도 안 보면 좋겠다.

그렇게 생각하고 겨우 잤는데 출근하자마자 윤기혁의 얼굴이 보였다. 정말 뻔뻔했다. 난 그 얼굴을 보는 순간 발밑이 무너진 듯 한 발짝도 움직일 수 없었는데, 윤기혁은 카운터 근처 테이블에 앉아 있다가 나를 보자 손을 흔들면서 방정맞게 안녕 안녕 인사를 하며 웃고 있었다. 잘 떨어지지 않는 발을 겨우 달래 지나가는데 술 냄새가 진하게 풍겼다. 저절로 인상이 찌푸려질 만큼 지독한 냄새였다.

"큼큼, 어제 그렇게 가고 걱정돼서 온 사람한테 반응이 왜 그래? 연락했는데 답도 없고. 우리 도연이 삐졌어?"

아무 말 하지 않고 휴대폰을 들어 다정 언니에게 지금 통화가 가능하냐고 문자를 보냈다. 그러자 바로 다정 언니에게서 전화가 왔다. 천천히 몸을 돌려 윤기혁의 눈을 똑바로 바라보았다. 윤기혁은 여전히 실실 웃고 있었다. 나는 굳은 표정을 풀지 않은 채 전화를 받았다.

"언니 안녕하세요. 갑자기 연락드려서 죄송해요."
"응, 안녕. 무슨 일 있어?"
"어제 일 신고하려고요. 도와주실 수 있으세요?"
"도연아 왜 그래. 나랑 대화로 풀자."

전화기 너머로 윤기혁의 목소리가 들렸는지 언니는 알겠다며, 바로 내가 일하는 카페에 오겠다고 했다. 증거가 될 만한 건 뭐든지 남겨 놓으라는 말을 끝으로 듣고 전화를 끊자 윤기혁이 한껏 억울한 표정을 하며 내게 가까이 다가오려고 했다.

"오지 마!"

나도 모르게 비명 같은 말이 터져 나왔다. 카페 안에 어느새 차가운 침묵이 내려앉았다. 스피커에서는 지금의 분위기와 어울리지 않는 경쾌한 봄노래가 흘러나오고 있었다. 몇몇 사람들은 이런 분위기가 불편한지 자리를 떴고, 나머지 사람들은 아무 말 하지 않고 나와 윤기혁을 바라보거나 시선만 일행에게 두고 귀를 쫑긋 세우고 있는 듯했다. 윤기혁은 사람들을 곁눈질로 보다가 나지막하게 말했다.

"왜 이렇게 예민하게 반응해? 스태프실로 가서 대화하자."

"싫어요. 할 말도 없고 대화할 마음도 없어요. 그냥 가세요."

"아까 통화하면서 한 말은 농담이지? 내가 어제는 너무 욱해서 그랬어. 진정하고 이야기 좀 하자."

내 팔목을 잡으려고 팔을 뻗길래 뒤로 물러났다. 윤기혁은 억울해 미치겠다는 듯이 주먹으로 자신의 가슴을 퍽퍽 두드렸다.

"왜 자꾸 이상한 사람 취급하는 건데. 그냥 대화만 하자고 하는 거잖아. 복학 안 할 거야? 계속 얼굴 보고 지낼 건데, 바로 풀어야지."

그 말을 듣자마자 걱정이 나를 옭아맸다. 안 그래도 2학기 때 같은 학년으로 복학 예정이고, 그러면 같은 수업을 들어야만 했다. 하루에 몇 시간이고 같은 공간에서 얼굴을 봐야 한다는 사실에 생각만으로도 숨이 막힐 지경이었다. 동기나 후배도 아니고 선배라니. 안 그래도 새벽 내내 그것 때문에 참고 넘어갈까 하는 생각이 들어 쉽게 잠들 수가 없었다.

내가 미세먼지 사람으로 변이했다면 이런 일이 생길 가능성조차 없었을 텐데, 정말 스물다섯 살 이상이 되어야지만 각성할 수 있는 걸까. 정말 간절히 변이하고 싶었다. 그 새벽에 벗어 놓은 옷을 팡팡 털어 일부러 먼지를 잔뜩 내고 한참 들이마셨을 정도로 절실했다. 너는 이런 마음 모르겠지. 스물다섯 살 이상에 변이 확률이 높은 남자, 경제적 부족함 없이 아르바이트를 취미로 하는 사람.

분하고 서러워서 미칠 것 같았지만 일단 카페에서라도 만나지 않으면 괜찮아질 거라고 애써 속을 다스렸다.

그러나 출근하자마자 본 뻔뻔한 모습에 찬물을 맞은 듯 얼얼해졌다. 윤기혁은 자기 잘못도 모르고 당당하게 피해자 앞에 서 있었다. 내 분노를 장난, 농담, 삐짐 같은 가벼운 것들로 취급하며 오히려 내가 예민하다고 혀를 찼다. 도저히 참을 수가 없었다. 이번 일을 그냥 넘어가도 윤기혁은 나에게 혹은 다른 사람에게 잘못을 저지를게 분명했다. 저런 인간은 쉽게 변하지 않는다. 이번에는 재수 없게 걸렸을 뿐이라고 생각하겠지. 나는 아무 말도 하지 않고 윤기혁을 노려보았다.

"사람 말이 말 같지가 않아? 내 말 무시하냐?"

점점 더 화가 나는지 윤기혁의 얼굴이 붉어지고 있었다. 더는 상대하지 않고 스태프실로 들어가려는데 뒤에서 인기척이 느껴졌다. 온몸에 소름이 돋고 기도가 막힌 것처럼 숨을 제대로 쉴 수 없었다. 반사적으로 몸을 돌려보니 지수가 뒤에 서 있었다. 지수는 이런 내 반응에 놀라면서도 안쓰러운 표정을 지었다.

"사장님한테 연락드렸어요. 곧 오실 거예요."
"… 고마워."

윤기혁이 걸어오는 걸 보고 재빨리 들어가서 문을 잠갔다. 윤기혁은 문고리를 잡아 돌리고 문을 두드리며 애절한 목소리로 나와 봐, 대화하자, 등등의 말을 했다. 누가 보면 연인 사이의 싸움이라고 착각할 수 있을 것 같았다. 아니나 다를까 바깥 테이블에 앉은 사람들이 사랑싸움이 심하다며 적당히 하라고 외쳐 댔다.

"아가씨, 여자가 너무 튕겨도 매력 없어! 적당히 하고 받아 줘!"

"학생 힘내라! 사랑은 쟁취하는 거야!"

장난기 어린 목소리들, 와르르 팝콘 터지듯 들리는 웃음소리, 응원을 받아 기세등등한 윤기혁의 목소리. 열어 줘, 대화해, 받아 줘, 고백해, 이런 말들이 경쾌하게 쏟아졌다. 그러지 말라고 윤기혁을 말리는 지수의 작고 연약한 목소리, 무서워서 덜덜 떨리는 내 손은 사람들에게 들리지도 보이지도 않는다. 윤기혁의 목소리는 사람들의 응원에 힘입어 점점 커지고 강해졌다.

시발년, 개 같은 년, 경찰에 신고하면 가만두지 않겠다는 협박, 지금 당장 나와서 사과하면 넘어가겠다는 말 같지도 않은 말들. 그만두라고 말리는 목소리. 애원하는 목소리. 금방이라도 문을 따고 쳐들어올 것만 같은 아빠. 물건을 집어 던지고 쌍욕을 하며 마음껏 주먹을 휘두르던 그 새끼. 미세먼지가 되어 사라진 개새끼.

사장님 목소리가 들린 것 같았다. 덜컹거리던 문이 잠잠해지더니 이내 윤기혁이 큰 목소리로 억울함을 토로하고 있었다. 사람이 대화하자는데 무시한다, 오해가 있어서 풀고 싶은 것뿐이다, 도연이가 들어 주지 않는다, 온통 내 탓뿐이었다. 그러나 사장님은 단호하게 윤기혁이 아니라 내 편을 들어 주었다.

"해고야. 당장 나가."

"사장님! 같은 여자라고 이러시면 안 되죠! 공정하게 양쪽 말 들어 봐야 하는 거 아니에요?!"

"네 태도를 보니까 도연이 말 들을 필요가 없네. 이렇게 폭력적으로 행동하는 사람과 일하고 싶지 않으니까 이만 가."

"누굴 때리긴커녕 욕도 안 했는데 뭐가 폭력적이라는 거예요? 아무 짓도 안 했어요. 그냥 대화만 하자고 한 거잖아요."

"원하지 않는 상대에게는 그러는 것도 폭력이야. 싫다고 했으면 그냥 가야지."

"진짜 웃기지도 않아서. 도연아! 퇴근 시간 맞춰서 데리러 올게! 그때 이야기하자! 그러니까 그, 그 신고하지 말고 있어, 알았지?"

그때 문에 달아 놓은 풍경 소리가 적막을 깨고 들렸다. 손님이 들어온 것 같았다.

"잠깐만. 너 어제 그 여자지? 네가 순수한 도연이 꼬드겨서 신고니 뭐니 한 거 맞지? 솔직히 말해 봐. 꽃뱀이지? 맞지? 내가 너 신고할 거야!"

"윤기혁! 그만 난동 부리고 나가."

"사장님 저 억울해요. 여러분 저 억울합니다! 내가 무슨 짓을 했다고 신고를 해요? 남자가 좋아하는 여자 손목 잡은 게 죄입니까? 손도 못 잡아요? 왜 사람을 벌레 취급하고 대화도 안 해 주는 건데!"

무언가가 쓰러졌는지 우당탕하는 소리가 들리고 뒤이어 사람들이 비명을 질렀다. 소란스러움이 느껴졌지만 문을 열 수가 없었다. 도저히 열 수가 없었다. 문 앞에 멀거니 서서 주먹만 꽉 쥐었다. 이 모든 일의 원인은 나인데, 내가 아니라 다른 사람들이 피해를 보고 있었다. 그런데 나는 가만히 숨어 있다. 이러고 싶지 않았다. 나는 앞으로 나아가고 싶다. 이를 악물고 고개를 들었다. 한 발자국 내디뎠을 때 문이 열렸다.

"도연아."

다정 언니는 내 이름을 부른 후 아무 말 없이 손을 내밀었다. 꽉 쥐어서 부들부들 떨리는 내 손을 잡아 이름처럼 다정하게 쓰다듬어 주었다. 부드럽고 따스한 느낌에 손에서 힘이 빠졌다. 손톱자국이 남은 내 손바닥 위로 다정 언니가 자신의 손을 얹었다. 무의식적으로 그 손을 움켜잡았다. 언니도 내 손을 힘주어 잡았다. 다정 언니 너머로 사장님과 지수가 걱정스러운 표정으로 나를 바라보고 있었다. 나는 혼자가 아니었다. 다정 언니의 손을 잡고 문밖으로 나갔다. 사이렌 소리가 점점 가까워지고 있었다.

술을 잔뜩 마신 채로 카페에서 테이블을 쓰러뜨리는 등의 난동을 부린 탓에 윤기혁은 현행범으로 체포되었다. 나, 다정 언니, 사장님은 경찰서에 같이 가서 진술했다. 다정 언니가 증거로 찍은 동영상을 제출했고, 사장님이 찍은 카페 내부와 CCTV 영상도 나중에 증거 자료로 제출하기로 했다.

경찰서 내부에는 삭막하고 시끄럽고 불편한 분위기가 흘렀다. 내가 죄를 지은 것도 아닌데 마음이 가라앉고 위축되었다. 어제 일에 더해 카페에서 난동을 부렸으니 윤기혁은 확실히 처벌을 받을 거라는 생각과 양옆에 있는 언니와 사장님의 존재가 위안이 되었다.

윤기혁은 밖에서, 우리는 작은 방 안으로 들어와 진술을 했다. 우리의 말을 듣던 경찰에 따르면 윤기혁이 나에게 한 일로 어떻게 될지는 확답할 수 없지만, 카페에서 난동을 부렸으니 최소한 벌금형 정도는 받을 거라고 했다. 윤기혁은 카페에서 기물을 파손하고 다수의 사람에게 공포감을 조성했을지언정 누구를 다치게 하지는 않았다. 나에게는 실질적인 폭행을 가한 증거가 있는데 이걸로 처벌받을 수 있을지는 미지수라니. 어떤 방법으로든 처벌을 받는다는 사실에 안도했지만, 한편으로는 내가 겪은 일은 아무것도 아니라는 듯한 말에 참담해졌다. 한숨을 쉬느라고 크게 숨을 들이마시는데 청량함이 느껴졌다. 아무리 공기청정기를 작동시킨다 한들 이렇게까지 청량해질 수는 없었다.

"변이자다!"
"공기청정기 빨리 꺼!"
"경찰서 내에서 변이가 발생했나 봅니다. 잠시 다녀오겠습니다."

진술을 듣던 경찰이 방을 나가 소리가 난 쪽으로 향했다. 이내 미세한 소음을 내며 돌아가던 공기청정기가 작동을 멈추자 째각째각하는 시계 소리가 들렸다. 그 소리에 초조해져서 나도 모르게 계속 같은 곳을 긁었나 보다. 다정 언니가 아무 말 없이 내 손을 잡았다. 묵직한 침묵을 깬 사람은 사장님이었다.

"요즘 들어 미세먼지 인간으로 많이들 변이하는 것 같아. 오늘 아침에도 출근하던 중에 길거리에서 변하더라니까."
"그러게요. 이제 사고랑 엮이지 않으면 뉴스에도 안 나오잖아요. 며칠 전에도 저 복잡한 서대전네거리에서 몇 중 추돌 사고 나서 뉴스 탄 거지 아니었으면 카페 근처가 청정구역 된 것도 몰랐을 거예요."
"참 도연이 도와주셨다면서요? 정말 감사해요. 전 도

연이가 일하는 카페 사장 박수연이에요."

"안녕하세요. 김다정입니다. 별거 아니었어요. 그냥 하지 말라고 말린 게 다인걸요."

다정 언니는 살짝 웃으면서 가볍게 말했다. 나는 본능적으로 고개를 좌우로 돌려 언니의 말을 부정했다. 사장님은 그런 내 머리를 쓰다듬으며 말했다.

"그렇게 말려 준 게 고마운 거죠. 아까도 카페 안에서 말리는 사람 하나 없었는데 다정 씨가 도와주니까 몇 사람이 돕기 시작하더라고요. 도연이도 그렇고 나도 그렇고 도와줘서 고마워요. 다음에 카페로 놀러 와요. 음료랑 디저트 맛있게 만들어 드릴게요."

"알겠습니다."

언니는 사장님과 대화하면서도 내 손을 놓지 않았다. 긴장이 풀려서 그런지 조금 피곤했다. 눈을 감고 있는 시간이 점점 길어지는 것 같았다.

"도연이 많이 피곤하지? 진술 다 끝나면 맛있는 거 사 줄게. 밥 먹고 퇴근해."

"아니에요. 카페 얼른 치워서 청정구역 사라지기 전에 영업해야죠."

"내가 누구야, 사장 아니니! 오늘 하루 쉬고 고기나 먹자! 지수한테 문 닫고 기다리라고 전화하고 올게. 다정 씨도 오늘 시간 있으면 같이 밥 먹어요."

사장님은 웃으면서 방 밖으로 나갔다. 방 안에는 나와 다정 언니 둘뿐이었다. 우리는 계속 손을 잡고 있었다. 손을 빼기 어색해서 가만히 있는데 온 신경이 손에 몰린 것만 같았다. 반대편 벽을 바라보다가 왠지 손의 온도가 너무 높고 땀까지 차는 것 같아 다정 언니의 눈치를 보게 됐다. 그러다가 다정 언니와 눈이 마주쳤다. 우연히 눈이 마주친 건지 계속 나를 보고 있던 건지 모르겠다. 간지러운 기분에 손가락을 꼼지락거리자 다정 언니가 웃는다. 손의 열기가 얼굴로 옮겨 온 것 같았다. 무슨 말이라도 하려고 입을 벌리는데 거칠게 문이 열렸다.

"그놈이 변이자래! 윤기혁이 변이한 거야!"

사장님의 말을 듣자마자 방 밖으로 나갔다. 우리가 있던 방에서 한참 멀리 떨어진 책상 앞에 앉아 있는 미세먼지 인간, 앞으로 인간 공기청정기로서 국내는 물론 해외에서도 원하는 대로 취업할 수 있고 월급도 많이 받으며 살 윤기혁이 보였다.

윤기혁은 자신의 손을 바라보고 주위를 둘러보다가 나를 발견했다. 검은색에 가까울 정도로 짙은 회색의 눈동자가 나를 보고 웃었다.

순간적으로 '공기청정기를 틀어 버릴까? 얼마나 틀고 있어야 저 새끼가 사라질까?' 하는 생각이 들었다. 나도 모르게 몸이 공기청정기 쪽으로 향하는데 어느새 다정 언니가 다가와서 손을 잡아 주었다. 멍하니 다정 언니를 바라보자 고개를 살짝 내젓는다. 억울하고 화나서 눈에 열이 몰렸다. 그렇다고 윤기혁 앞에서 울고 싶지는 않아 천장을 노려보며 입술만 깨물었다.

"저희 가도 되죠?"
"예…. 나중에 필요하면 연락드리겠습니다."
"가요. 사장님, 언니, 우리 가요."

잡고 있던 언니의 손은 더 꽉 잡고, 다른 손으로는 사장님의 손을 잡고 밖으로 나가는 문으로 향했다. 아무렇지 않은 듯이 행동하고 싶었는데 윤기혁의 말이 뒤통수를 때렸다.

“이도연. 이제 대화할 마음이 생기지 않았어? 언제라도 연락해.”

잘못이라고는 하나도 없다는 듯한 뻔뻔한 목소리가 싫었다. 그보다 더 싫은 건 미세먼지 인간은 일반 회사원보다 월급도 많이 받고, 원하면 해외로도 나갈 수 있으니 스킨십이 불가능한 윤기혁과 섹스리스 부부로 사는 것도 마냥 나쁘지는 않겠다고 생각하는 나 자신이었다. 어떻게든 편하게 살고 싶은 마음에 잠시나마 저런 새끼와의 결혼을 상상했다는 자체만으로도 토기가 밀려왔지만 꾹 참았다. 순간 그런 생각이 들 수도 있지. 앞으로 안 그러면 된다. 괜찮다.

“윤기혁, 저 자식이!”

“사장님 그냥 가요. 제가 맛있는 거 살게요. 얼른 가요. 배고파요.”

경찰서를 나서자마자 눈물이 줄줄 흘렀지만 씩씩하게 앞으로 걸었다. 사장님도 언니도 아무 말 못 하고 내 옆에서 같이 걸었다.

“하나도 안 괜찮은데 괜찮아요. 이제 저놈은 이렇게 손도 못 잡잖아요.”

눈물은 흘렀지만 웃으면서 양손을 들어 가볍게 흔들었다. 꽉 쥐었다가 느슨하게 풀어도 보았다. 윤기혁이 자기 손으로 이렇게 힘주었다간 손가락이 떨어질 거다.

다시 붙일 순 있겠지만, 사라진 신체를 보는 기분이 좋지는 않을 것이다.

“맛있는 것도 못 먹고!”

앞으로는 먼지랑 먼지, 또 먼지만 먹겠지. 그렇게 좋아하던 술도 못 먹고 담배도 못 피운다. 근무시간에도 몇 번이고 담배 피우러 나가고, 돌아와서는 담배 냄새를 풀풀 풍겨서 인상 쓰게 하더니만 꼴좋다.

“그래, 도연아 가자! 사장님이 소고기 쏜다!”
“사장님 완전 멋있어요! 언니도 같이 가요, 네?”
“그래 같이 가요. 밥 먹고 후식은 내가 살게요.”
“다정 씨도 참. 내가 카페 사장…인데 정리가 안 됐지. 그래요, 고기는 내가 디저트는 다정 씨가 살 테니까 우리 도연이는 맛있게 먹자. 알았지?”

나는 고개만 끄덕였다. 끄덕끄덕. 아무 말도 못 하고 끄덕끄덕.

지금까지 대전에서 생성된 가장 큰 청정구역은 은행동 스카이로드를 중심으로 대전역과 대흥동 일대를 아우르는 것이었다. 규모 면에서 전국 10위 안에 드는 청정구역이었다. 유지 기간은 일주일로, 크기는 10위권이었지만 유지 시간으로 따지면 1위였다. 청정구역 안에 대전역이 포함되어 있어서 그랬는지 대전으로 오는 기차표가 연일 매진이라 암표를 파는 사람들까지 있었다. 기차에서 내릴 때부터 마스크를 벗은 사람들은 중앙시장에서 먹을 걸 사서 강가 근처에 자리를 잡고 놀곤 했다. 은행동과 대흥동 일대의 카페, 식당, 옷가게 등이 북적거렸다. 스카이로드를 배경으로 하고 맨얼굴로 찍은 인증샷이 SNS를 휩쓸었다.

그런데 윤기혁의 청정구역은 대전역, 서대전역은 물론 보문산과 뿌리공원을 모두 포함하는 역대 최대 범위였다. 범위가 워낙 크니 유지 기간으로도 최장 기록을 세우지 않을까 다들 기대하고 있었다. 인터넷에서 윤기혁이 왜 경찰서에 있는지 소문이 퍼지는 듯했지만 금방 수그러들었다.

만들어 낸 청정구역이 크면 클수록 공기 정화 능력이 뛰어나다는 의미이기 때문에 일자리 보장과 높은 연봉은 당연했다. 살인죄로 교도소에 들어간 범죄자도 미세먼지 인간으로 변이하면 사회로 나와 적게나마 월급을 받고 일을 했다. 적다고 해도 미세먼지 인간의 평균 월급에 비해 적은 것이지, 마트 직원으로 일하는 사람들보다 더 많이 받았다. 피해자의 유가족들이 모여 항의를 했지만, 대의를 위해 참아야 한다는 이유로 무시되었다. 미세먼지 인간의 수가 점점 늘어나고 있으니 나중에는 어떻게 될지 모르겠지만, 현재 상황은 그랬다. 윤기혁의 경우도 마찬가지였다. 뉴스에서는 연일 윤기혁의 능력을 칭찬하고 분석했다. 어쩌면 고위 공무원이 돼서 청와대에 들어갈지도 모르겠다. 시간이 지나면서 한 단계 한 단계 위로 올라가 미세먼지 인간의 권익을 대표하는 자가 될 수도 있을 것이다. 그렇게 나와의 격차가 점점 더 크게 벌어지겠지.

나는, 나는 윤기혁을 잡지 않은 걸 후회하게 될까?

손님이 너무 많이 몰려 단기 아르바이트생을 구한 덕

분에 정시 퇴근이 가능했다. 사장님은 나더러 며칠 더 쉬어도 좋고, 저녁에 돌아다니기가 불안하면 오픈 타임으로 옮겨도 좋다고 했지만 둘 다 거절했다. 미세먼지 인간이 변이 직후에 함부로 움직였다가는 몸이 부서져 사라질 위험이 있기에, 자신이 만든 청정구역이 사라질 때까지 변이한 그 자리에서 움직이지 않는 편이 나았다. 윤기혁도 죽기 싫다면 청정구역이 사라질 때까지 나를 찾아오지 않을 터였다. 윤기혁의 정화 능력 덕을 보기는 싫었지만, 그 자식이 만든 청정구역이 오랫동안 유지되길 바라야만 했다.

게다가 매일매일 다정 언니랑 같이 저녁을 먹는 게 좋았다. 집에 가면 8시가 넘어서 엄마와 동생은 저녁을 다 먹은 후라 나 혼자 대충 먹어야 했는데, 같이 먹을 사람이 있다는 것도 좋고 함께 식사하는 상대가 언니인 것도 좋았다. 언니는 혼자 살아서 그동안 2인분 이상 주문해야 하는 음식을 먹을 수가 없었는데, 도연이 덕분에 먹을 수 있어서 좋다고 했다. 그렇게 말해 놓고 카레, 초밥 등 1인분을 주문해도 되는 식당에 가서 이게 맛있다며 비싼 음식을 사 주었다.

오늘은 꼭 내가 사야겠다고 마음먹고 퇴근하자마자 서대전공원 쪽으로 뛰어갔다. 많은 사람 속에서 한눈에 다정 언니 모습을 찾을 수 있었다. 환한 가로등 불빛이 언니만 비추는 것처럼 보여 잠시 멍하니 서 있었다.

"왔으면 부르지 뭐 하고 있었어."
"… 언니가 너무 눈부셔서 잠시 멍해졌어요."
"그렇게 아부하는 걸 보니 오늘은 고기를 먹여야겠네."

"아부한 거 아니에요. 그리고 일주일 내내 언니가 샀으니까 오늘은 제가 살게요. 저도 돈 버니까 사 드릴 수 있어요."

언니는 아무 말도 하지 않고 웃더니 내 팔을 끌어당겨 옆에 앉게 했다. 서대전공원 가장자리에는 청정구역만 찾아 장사하는 푸드트럭이 열 개나 자리를 잡고 있었고, 그 앞으로 줄이 길게 늘어져 있었다. 다들 웃는 얼굴로 일행과 대화를 하거나 숨을 크게 쉬고 있었다. 공원 한가운데 돗자리를 깔고 앉아 있는 사람, 트랙을 따라 걷는 사람, 개를 산책시키는 사람 등이 북적거렸지만 시끄럽다기보다는 활기차고 생명력이 넘쳐 보였다. 사람들을 구경하다 문득 기분이 가라앉았지만 이내 고개를 흔들었다.

"왜 그래?"

"윤기혁 때문에 생긴 청정구역이라 생각하니까 조금 답답해졌는데 괜찮아요. 그건 그거고 이건 이거니까요."

"도연이 대단하네."

"대단하긴요. 실은 언니 저요, 그때, 윤기혁이 또 보자고 했을 때요. 순간적으로 흔들렸어요. 지금이라도 굽히고 들어가야 하나. 돈은 많이 벌 테니까 결혼하면 편하게 살 수는 있겠지, 그런 생각이 들더라고요. 미세먼지 인간으로 변한 걸 안 후에 바로 그렇게 생각했다는 것 자체가 짜증 나서 제가 너무 싫고 혐오스럽더라고요. 돈이 참 뭐라고…. 앗, 그렇지만 고기 살 수 있어요! 진짜예요!"

"그놈의 돈이 뭔지 싫고 적은 돈으로도 행복해질 수

있을 것 같고, 근데 돈이 더 많으면 더 많이 행복해질 것 같고. 나도 그래. 건강 갈아서 일을 하다 보면 돈보다 몸을 챙겨야 할 것 같지만, 그렇다고 쉬면 불안하니까 계속 채찍질하고. 휴식이 정말 필요한데, 도연이 너랑 같이 밥 먹고 수다 떠는 게 나한테 휴식이니까, 그래서 언니가 사는 거야. 알았지? 이제 고기 먹으러 가자."

다정 언니는 성격도 다정하고 목소리도 다정하고 말투도 다정하고 눈빛도 다정해서, 옆에 있는 사람의 마음을 흔들었다. 심장이 너무 두근거려서 숨을 크게 들이마시고 언니와 팔짱을 꼈다. 초록빛이 흐드러지는 다정한 봄이었다.

청정구역은 한 달 가까운 시간이 지났는데도 사라지지 않고 있었다. 거대한 능력이 작은 능력들을 일깨우는지 대전 곳곳에서 크고 작은 청정구역이 발생했다. 이대로 가면 대전 전체가 청정구역이 될지도 몰랐다.

이런 변화가 윤기혁의 변이를 기점으로 발생했다며 모든 언론에서 윤기혁에 대한 정보를 쉬지 않고 다뤘다. 윤기혁의 근처에 있으면 미세먼지 인간으로 변이할 가능성이 커 보인다는 보도가 나오자 전국 방방곡곡, 심지어 해외에서도 대전으로 여행을 왔다. 오가는 기차가 점점 줄어든다던 서대전역이 매일 북적이고, 인천공항에서 대전으로 오는 직행버스가 한 시간에 열 대씩 배차될 정도였다. 이마저도 부족해 배차를 늘릴 계획이라고 했다.

TV나 라디오, 인터넷 뉴스 곳곳에서 윤기혁의 업적을 칭송하고, 대전으로 몰리는 국내외 사람들과 자본에 대해 보도했다. 대전뉴스에서는 윤기혁 덕분에 대전이 호황을 누리고 있다며 대전시장이 경찰서까지 가서 윤기혁에게 감사패를 증정하는 모습을 보여 주었다. 윤기혁의 청정구역이 사라지면 청와대에서 스카우트 할 거라는 소문이 돌았다.

윤기혁은 언론 인터뷰에서 믿음직스러워 보이는 태도로 말했다. 한 자리에서 꼼짝도 못 하지만 대전 시민을 위해 능력을 펼칠 수 있어서 너무나도 기쁘다, 앞으로도 많은 사람을 위해 노력하겠다는 내용이었다. 윤기혁의 지인이라는 이유로 인터뷰를 한 사람들도 있었다. 그들은 하나같이 칭찬만 늘어놓았다. 괜찮은 집안에서 자란 좋은 아들, 수업을 잘 듣고 교수님의 총애를 받는 좋은 학생, 궂은일을 도맡아 하며 후배들을 챙겨 주는 좋은 선배.

윤기혁은 그저 그런 학생이었다. F를 맞지 않을 선에서 최대한 수업을 빠지고, 술 냄새를 풍기며 지각하고, 조별 과제에서 무임승차하는 사람. 자료 조사를 부탁하면 인터넷에서 검색하면 바로 보이는 첫 링크 페이지의 내용을 그대로 긁어 왔다. 농담을 한답시고 허구한 날 성희롱을 하고 친밀함을 가장하며 은근슬쩍 신체를 만졌다. 당사자가 하지 말라고 하면 오히려 펄쩍 뛰며 억울하다고 했다. 네가 예민한 것 아니냐, 이 정도 장난도 못 하냐, 이상한 사람 취급한다며 되레 화를 내기도 했다.

공부와 일에 치여 학교에 친한 사람이 별로 없는 나도 알 정도면 윤기혁의 인성은 학과 내에 알음알음 다 퍼진 정보일 터였다. 그런데도 미디어는 그 인간에게 좋은 사람이라는 도장을 찍어 주었다.

너무 답답하고 억울해서 인터넷에 윤기혁이 스토커

처럼 쫓아다니고, 폭력적인 행동도 했다고 털어놓았지만 미세먼지 인간이 부러워서 음해하는 거라는 댓글만 줄줄 달렸다. 경찰서에 있었던 이유는 불의에 처한 여성을 돕다가 뒤통수를 맞아서라는 이야기가 진실처럼 퍼졌다. 나는 그 글을 삭제할 수밖에 없었다. 내 신상이 털리지 않는 게 다행이었다.

대한민국에서 가장 큰 청정구역을 만들어 낸 사람의 과거는 쉽게 묻히고 미화되었다. 나는 그 거대한 거짓 앞에서 무력하고 나약했다. 윤기혁은 미세먼지 인간 전용 핸드폰을 받았는지, 가끔 문자를 보냈다. 잘 지내고 있냐, 곧 보려고 했지만 내 능력이 너무 좋아서 언제 볼지 모르겠는데 기다려라, 네가 날 보러 오라는 식이었다. 네가 언제까지 날 무시할 수 있을 것 같냐는 게 마지막 문자의 내용이었다. 스팸문자함에 쌓인 이 문자들을 지워야 하는지 보관해야 하는지 판단이 잘 서지 않았다. 인간 윤기혁의 문자라면 지속적인 괴롭힘의 증거겠지만 미세먼지 인간 윤기혁의 문자는 그저 안부 연락일 뿐이었다. 저쪽도 그걸 아니까 이렇게 연락을 하는 거겠지.

윤기혁이 미세먼지 인간으로 변이했다는 걸 안 뒤로, 일주일 동안 고민한 끝에 산 휴대용 공기청정기를 만지작거렸다. 윤기혁이 언제 찾아올지 몰라 매일 들고 다니는 제품이었다. 갑자기 만났을 때에 대비해 재빨리 꺼내서 전원을 켜는 연습까지 했다.

이상하지. 미세먼지 인간이 있을 때 공기청정기를 작동시키면 살인죄가 적용되는데, 미세먼지 인간이 보통 사람을 죽게 하면 죄가 성립하지 않는다. 죽음의 원인이 그동안 쌓인 미세먼지인지, 미세먼지 인간의 어떤 행동인지가 불분명하기 때문이었다.

윤기혁이 내 앞에 나타나자마자 정말 공기청정기를 작동시킬 수 있을지는 모르겠지만, 가지고 다니는 것 자체가 마음에 위안이 되었다. 이렇게 작은 기계를 작동시킨다고 해서 바로 죽을 리는 없고, 신체 일부가 사라지는 정도야 주변 미세먼지로 복원할 수 있으니 나는 그사이에 도망가면 될 것이었다. …잘 도망갈 수 있겠지?

막막함에 한숨이 절로 나왔다. 그러자 엄마가 내 등을 가볍게 때리며 잔소리를 했다.

"한숨 쉬면 복 나가는데 계속 그럴래? 네 동생 시험 준비하는데 용돈이나 챙겨 줘."
"엄마, 나 돈 없어."
"돈이 없긴 왜 없어. 너 돈 벌잖아. 그러지 말고 조금만 챙겨 줘. 돈이 없어서 점심을 잘 못 챙겨 먹나 봐. 엄마가 이번 달에 아파서 며칠 쉬었더니 월급이 적게 나와서 그래."
"진짜 없어. 저번 달 월급은 월세랑 도윤이 학원비로 나갔잖아."
"비상금도 없어?"
"없어."
"어휴, 비상금도 안 모아 두고 뭐 했니."

비상금은 있었다. 쪼개고 쪼개서 모은, 정말 절실하게 모은 비상금. 그 돈을 이도윤 점심값으로 쓰고 싶지 않았다. 쓰기 싫었다. 휴대용 공기청정기를 살 때도 많이 망설였다. 돈과 내 안전을 며칠 동안 저울질하다가, 이런 일조차 망설이는 스스로가 너무 서럽고 서글퍼서 마음 굳게 먹고 산 것이다.

엄마에게는 어떤 일이 있었는지 털어놓지 못했다. 윤기혁에 대해 말하면 그 새끼랑 잘해 보라고 부추길 수도 있었다. 아니, 분명 그럴 것이다. 돈이 많으니 우리 집안을 도울 수 있을 테고, 이도윤이 미세먼지촌이 아니라 윤기혁을 따라다니며 미세먼지 인간이 될 가능성을 높일 수 있을 테니 좋다며 반기는 모습이 훤했다. 인간적으로 쓰레기라고 얘기해도 남자는 여자 하기 나름이라며 참으라고 하겠지. 생각만으로도 진이 빠졌다.

"돈도 없다면서 어디 가?"

"친구네 집 가서 공부할 거야."

"친구 누구? 언제 들어올 건데? 정말 공부하러 나가는 거야? 딴짓하는 거 아냐? 요새 일 끝나고 바로 안 들어오고 계속 늦게 들어오잖아. 남자 생겼어? 그런 거니? 남자는 나중에 만나. 네가 열심히 공부해서 얼른 취업해야 엄마 마음이 놓이잖아. 카페 일 그거 언제까지 할 거야? 번듯한 대학 가 놓고 왜 그런 일 하는 거야. 사무보조나…. 아니다, 예비 미세먼지 인간을 대상으로 영업하는 카페 있잖아. 공기청정기 안 틀고 문 열어 놓고 영업하는 카페. 거기서 일하는 건 어때? 네가 좋아하는 카페 일도 하고 미세먼지도 먹으면 일석이조 아니니? 아, 여자는 변이가 잘 안된다고 했었지. 공장, 그래 공기청정기 만드는 공장에서 일하는 건? 그쪽이 취업에 더 도움 되지 않겠어?"

엄마 말을 듣는 동안 속에서 뭔가가 치밀어 올랐다. 친구 이름을 말하면 누군지는 알아? 나한테 관심이나 있었어? 내가 쉬지 않고 일해서 생활비 감당하는데, 그걸로도 부족해? 나는 빨리 졸업해 돈 벌어야 한다는 생각으로 애초에 가고 싶은 과가 아니라 취업 잘되는 과로 갔잖아. 도윤이도 공부하면서 일하면 안 돼? 왜 나만, 나만….

서럽고 화가 나서 눈물이 고였지만, 아무 말도 하지 않고 집을 나섰다. 뒤에서 엄마가 혀를 차는 소리가 들렸다. 집을 나오고 싶었다. 엄마와 동생 없이 살고 싶었다. 그런 집은 나오라던, 자기 집에서 같이 살아도 된다던 다정 언니의 말이 머릿속을 맴돌았다. 한 발자국만 내디디면 될 것 같은데, 그게 뜻대로 안 됐다. 우리 집안에 내가 없으면 정말 큰일… 나는 걸까?

이 동네에 미세먼지 인간으로 변이하는 사람들이 정말 많은지, 집 근처도 공기가 청량했다. 어제 몇몇 동네 사람이 미세먼지로 변이했다는 소문이 사실인 것 같았다. 해외에서도 변이하는 사람이 증가하고 있었다. 앞으로 변이자 증가율이 더 가파르게 오를 거라는 풍문이 돌고 있었다.

청정구역이 겹치고 겹쳐 다정 언니 집까지 마스크 없이 걸어갈 수 있게 되어, 버스비도 아낄 겸 걸어가고 있었다. 횡단보도 앞에서 신호가 바뀌기를 기다리고 있는데 머리에 회개라고 적혀 있는 띠를 두르고 팻말을 들고 있는 미세먼지 인간이 우렁차게 말하고 있었다.

"미세먼지는 점점 더 심해지고 있습니다! 선택받은 자만이 이 지옥을 벗어날 수 있습니다! 저를 보십시오. 저는 폐암 말기였지만 신께 구원받아 모든 병이 사라졌습니다. 신은 고통으로 제대로 숨 쉬지도 못해 죽을 날만 기다리는 저를 가엾게 여기사 축복을 내려 주신 겁니다! 병에 걸렸어도 병이 나으며 앞으로도 병으로 인해 고통받지 않습니다! 굶어 죽는 이도 생기지 않습니다! 신을 믿으십시오! 신이 당신에게 대답할 것입니다!"

그 반대편에서는 단정하게 차려입은 아주머니가 배 속에서부터 깊이 우러나온 목소리에 빠르지만 정확한 발음으로 말하고 있었다.

"종말이 다가오고 있습니다. 과거에는 물로 벌했다면 이제 공기로 벌을 내리는 것입니다. 마귀는 우리의 눈을 속이고 거짓을 늘어놓고 있습니다. 인간의 형상을 취하고 있으나 겉모습에 현혹되어서는 안 됩니다. 어머니 신을 믿으셔야 합니다. 우리 이웃들이, 특히 남자들이 마귀의 유혹에 쉽게 넘어가고 있습니다. 어머니의 품 안에서 기도해야 천국에 갈 수 있습니다. 우리 모두 기도합시다."

달리는 차들을 사이에 두고 미세먼지 인간과 아주머니가 치열하게 대립하고 있었다. 어느 쪽이든 관심 없었다. 지금 나에게 제일 중요한 문제는 연어덮밥과 연어초밥 중 무엇을 먹을 것인가였다. 언니에게 온 문자를 보며 한참을 고민하다가 연어덮밥이 좋다고 답했다.

우리 집에서 연어를 좋아하는 사람은 나뿐이었다. 밖에서 먹기에는 너무 비싸고, 연어를 사서 집에서 만들어 먹자 하니 눈치가 보였다. 그 돈으로 라면을 사면 몇 개를 사고, 반찬거리를 사면 얼마나 살 수 있는지에 대해 잔소리를 듣는 것도 지겨웠다. 정작 엄마와 동생은 내가 먹지 못하는 치킨을 잘도 시켰다. 난 치킨 안 먹잖아, 말하는 것도 한두 번이지. 항의하길 포기하고 혼자 라면을 끓여 먹은 적이 많았다. 어쨌거나 언니 덕분에 몇 달 만에 연어를 먹게 되었다. 생각하는 것만으로도 기분이 좋아져서 웃음이 나왔다.

횡단보도를 다 건널 무렵 쿵 하는 소리가 들렸다. 서대전네거리에서 또다시 교통사고가 난 것이었다. 서대전역에서 대전역 가는 방향으로, 사거리 한가운데에서 뒤차가 앞차를 박은 채 서 있었다. 교통량이 많아 차들이 느리게 가고 있어서 큰 사고가 난 것 같지는 않았다.

다행이다 싶어 안심하고 계속 걸어가려는데 차 한 대가 사람들이 지나가는 횡단보도를 향해 돌진했다. 운전석을 바라보니 미세먼지로 변이한 남자가 핸들을 놓은 채 당황하고 있었다. 사람들은 놀라서 공원 쪽으로 뛰어갔다. 미세먼지 인간이 운전하던 차는 다른 차를 박고서야 멈췄다.

"시동을 끄고 차에서 내리세요!"

연이은 사고에 누군가가 소리쳤다. 사람들은 그 말을 듣고 신속하게 자동차에서 내려 인도 쪽으로 뛰어왔다. 뛰어오는 와중에도 몇몇 사람들이 미세먼지 인간으로 변이했다. 이게 무슨 일이냐고 놀라는 말들 사이로 기뻐서 어쩔 줄 모르는 목소리가 크게 들렸다.

"나, 나도 변이했다! 인생 폈다!"

"엄마 나 성공했어!"

여기저기서 변이했다고 외쳤다. 눈 깜박하면 옆 사람이 미세먼지 인간이었다. 사람들은 당혹스러워하면서도, 혹시 자신도 변이할까 기대감에 찬 표정을 하고 있었다. 핸드폰을 손에 쥐고 있던 남자도, 아이를 안고 있던 여자도 모두 미세먼지로 변이했다. 여자는 아이가 바닥으로 떨어지는 걸 보고 몇 번이나 허우적거렸으나 잡을 수가 없었다. 먼지로 이루어진 손만 거듭해서 사라졌다 다시 생겼다. 여자는 바로 옆에 있던 아저씨가 아이를 안아 들자 그제야 안도의 한숨을 내쉬었다. 여자는 우는 것처럼 얼굴을 찡그렸으나 눈물은 나오지 않았다. 아이만 엄마 엄마 목 놓아 불렀다. 여기서 우는 사람은 이 상황에 대해 잘 모르는 아이들뿐인 것 같았다. 미세먼지 인간들은 기쁨을 주체하지 못해서 만세를 부르다가 팔을 잃어버렸다. 그래도 물컵에 빠진 잉크 한 방울이 퍼지듯이 팔꿈치부터 손가락까지가 천천히 다시 생겨났다.

바로 옆에 서 있던 아저씨도 어느새 미세먼지 인간으로 변이해 나도 모르게 뒷걸음질을 쳐 거리를 벌렸다. 사람들은 미세먼지 인간을 건드리지 않으면서 이곳을 벗어나기 위해 조심스럽게 움직였다.

“어? 왜 내 몸은 이렇게 흐려?

“뭔가 이상해! 손이 다시 안 생겨!”

“너 때문에 재생이 안 되잖아! 다른 데로 가지 못해?”

“저도 방금 변이해서 못 움직이는데 어딜 가요!”

“다들 숨 쉬세요!”

같은 공간에서 변이한 미세먼지 인간이 너무 많았다. 이 일대가 청정구역이 되어 저들의 몸을 구성할 미세먼지가 너무 부족한 것이 문제였다. 대부분의 미세먼지 인간이 흐릿했다. 보통의 미세먼지 인간과는 달리 주변 사물이 훤히 비쳐 보였다. 어느새 변이의 기쁨은 온데간데 없이 공포에 질린 음성들이 도로를 메웠다. 서대전공원에서 일광욕을 즐기고 있던 이들도 이리저리 흩어졌다. 변이하지 않은 자들은 혹시라도 자신들에게 피해가 올까 미세먼지 인간이 없는 지하철 입구 쪽으로 모여 주변을 둘러보았다.

저만치 보이는 모자를 쓴 미세먼지 인간은 발이 뭉개지는 것도 아랑곳하지 않고 한 걸음씩 걸었다. 오룡역을 지나면 청정구역이 끝나니 그리로 걸어갈 생각인 것 같았다. 그러다가 원피스를 입고 있는 미세먼지 인간과 부딪혔다. 그의 몸은 순식간에 형체를 잃고 무너져 내렸다. 공기 중에 흩어졌던 그는 담배 연기 같은 형상이 되어 그대로 사라지는가 싶더니 옆에 있던 여자의 몸으로 흡수되었다. 여자는 눈에 띄게 불투명해졌다. 그 광경을 본 미세먼지 인간들은 재빨리 주변에 있던 미세먼지 인간에게 손을 뻗었다.

발차기를 하고 주먹질을 했다. 멱살을 잡고 바닥에 패대기쳤다. 팔꿈치로 찍어 내리고 무릎을 세워 찍어 올렸다. 팔을 잡아 꺾고 뜯어냈다. 아무 소리도 들리지 않았다. 아픔으로 인해 터지는 비명, 겨우 새어 나오는 신음, 거친 욕설, 몸과 몸이 맞부딪치는 소리, 몸이 바닥으로 떨어지는 소리, 죽어 가는 소리. 그런 소리도 없이 미세먼지 인간들은 서로를 없애고 흡수하고 강해지고 다시 사라졌다. 몸의 선을 유지하지 못할 정도로 미약한 미세먼지 인간은 누군가에게 흡수되지도 못하고 청정구역 안에서 깔끔하게 모습을 감추었다.

그 모습을 지켜보는 사람들 사이에서 갖가지 외침이 터져 나왔다. 어떡해, 어떻게 해, 신고했어? 경찰 왜 안 와? 인터넷에 기사 떴어요! 엄마아아아, 여기만 이러는 게 아니라 다, 다 그렇대요! 우리나라만 아니라 다른 나라도 이래요 변이하기 싫어! 살려 줘! 세상이 멸망할 징조입니다 늦지 않았습니다 지금이라도 신을 믿고 회개하십시오 닥쳐 이 아줌마야 지금 그런 소리가 나와? 이 사람도 미세먼지로 변이한다! 차라리 지하철역으로 내려가요 거긴 공기청정기 돌리잖아요! 정부는 뭐 하는 거야!

무리 지어 싸우던 미세먼지 인간들은 어느새 세 명만 남았다. 진한 회색빛의, 밀도 있는 신체. 다른 이들을 잡아먹고 살아남은 것이다. 그들은 삼삼오오 모여 떨고 있는 사람들에게로 천천히 다가왔다. 얼마나 많은 이들을 흡수한 건지, 땅을 딛는 발이 단단했다. 우리는 모두 예비 미세먼지 인간이었다. 언제고 저들의 몸을 단단하게 해 줄 배터리 같은 것. 사람들은 도망가려 했으나 서대전 공원 쪽에서도 싸움에서 이긴 이들이 지하철역 쪽으로 다가오고 있었다.

도와줘요 미세먼지맨, 먼지 괴물이 우릴 죽이려고 해요.

겁에 질려서 어찌할 바 모르는데 손에 쥐고 있던 핸드폰에서 진동이 느껴졌다. 엄마에게서 어디냐고, 혹시 미세먼지로 변이했냐고 물어보는 문자가 왔다. 그런 게 아니라면 우선 집으로 오라고 했다. 동생은 뭔가 이상하니 라면 같은 것 좀 사 오라는 메시지를 보냈다. 뒤이어 다정 언니가 보낸 문자도 왔다. 괜찮냐며, 조심해서 오라고 했다.

순식간에 가방에 있던 휴대용 공기청정기를 꺼내 작동시켰다. 총을 겨누듯이 앞으로 내밀자 미세먼지 인간들이 주춤거렸다. 나는 망설이지 않고 발을 내디뎠다. 다시 한 걸음, 또 한 걸음. 시야가 맑아 더듬거리지 않고도 원하는 방향으로 똑바로 갈 수 있었다. 깨끗한 공기 덕분에 뛰어도 숨이 차지 않았다.

나는 어느새 달려가고 있었다.

미세먼지 살인 사건-탐정 진슬우의 허위

박대겸

니카노르 파라의 《시와 반시》(읻다)를 번역했다.
독립 문예지 《영향력》(밤의출항)에 몇 편의 글을 발표했고,
현재 <구원의 궤적>이라는 일기 형식의 소설을
연재하고 있다.

다다미가 깔려 있는 다실에 앉아 슬우 씨가 차를 만드는 모습을 바라본다. 무릎을 꿇고 앉아 말차 가루가 담겨 있는 나쓰메 뚜껑을 주홍색 다건으로 쓰다듬듯이 닦고, 더운물로 검정색 다완을 헹군 뒤 퇴수기에 버린다. 흰색 수건으로 물기 남은 다완을 닦아 낸 뒤, 주홍색 다건으로 찻숟갈을 닦은 후, 팡팡, 소리가 나도록 다건을 잡아당긴다. 아르바이트를 시작하고 어느덧 한 달째 듣고 있는 소리지만, 들을 때마다 묘한 쾌감이 일어나는 소리, 팡팡. 그 후 슬우 씨는 검정색 다완에 말차 가루를 담고 더운물을 부은 뒤 다선으로 빠르게 젓는다. 한 치의 오차도 없이 반복적으로 행해지는 슬우 씨의 동작을 보고 있노라면, 매일 어떤 의식을 치르고 있는 기분이 든다. 아침을 맞이하는 의식처럼 보이기도 하고, 하루의 안녕을 비는 의식처럼 느껴지기도 한다. 조금 과장해서 말하면 종교의식처럼 여겨지기도 한다.

잠시 후, 내 앞에 연녹색의 말차 한 잔이 놓인다. 옆에는 방금까지 양갱이 있던 접시가 있다. 말차를 마시기 전엔 항상 떡이나 양갱 등 달달하고 가벼운 먹거리가 준비된다.

"드세요."
"고맙습니다."

통도사의 성진 스님에게 아르바이트 제안을 받고 슬우 씨를 처음 만났을 때도 지금과 같은 모습이었다. 경건하게까지 보이는 그 모습에 나도 모르게 자세를 고쳐 무릎을 꿇고 앉았는데 슬우 씨는 그냥 편하게 앉아 있어도 괜찮다고 말해 주었다. 그렇지만 상대방이 저런 자세로 있는데 나만 편하게 앉아 있기도 뭐해서 슬우 씨가 데마에를 행하는 동안에는, 즉 한 잔의 차를 만드는 동안에는, 나 역시 무릎을 꿇고 앉아 있게 되었다.

양손으로 다다미에 놓인 검정색 다완을 받쳐 들고 몇 모금에 걸쳐 말차를 마신다. 처음엔 살짝 씁쓸한 맛이 느껴지지만 그 이후 달짝지근하면서도 맑은 느낌이 입안을 휘감는다.

"음, 맛있네요."

매일같이 마시는 차지만, 매일같이 나오게 되는 말이다.

"특히 오늘처럼 미세먼지가 자욱한 날에 좋죠. 미세먼지뿐만 아니라 몸 안의 유해 물질을 배출하는 데 말차만큼 좋은 음료도 드무니까." 슬우 씨가 말했다.

"오늘도 미세먼지 지수 최악 떴더라고요. 부산이나 양산도 이제 맑은 곳이 아니에요. 일주일 사이에 벌써 최악이 두 번이라니."

"미세먼지 뚫고 매일 여기까지 걸어오느라 고생이 많네요."

그가 말하는 여기란 그의 집이자 사무실 겸 다실. 부산 지하철 2호선 증산역에서 도보로 10분이 채 안 걸리는 위치에 있다. 한편 내가 사는 곳은 증산역과 바로 다음 역인 부산대양산캠퍼스역의 중간쯤에 위치한 원룸. 집에서 이곳까지, 신호등에 안 걸리고 빠르게 걸으면 15분 정도, 천천히 걷고 신호등에 걸리면 20분 정도 걸리는 거리다. 이제 막 주택단지가 조성되고 있는 지역이라 아직 집에서 이곳까지 운행하는 버스 노선이 없기에 운동 삼아 걸어서 출퇴근하고 있다.

"외국에서 직구로 스위스제 방진 마스크 몇 개 사 둬서 괜찮아요."

그렇게 말하며 나는 숄더백에서 방진 마스크와 필터를 꺼내 슬우 씨에게 건넨다.

"아니, 뭐 이런 걸."

"이거 성능 되게 좋아요. 특히 오늘 같은 날 마스크는 필수죠."

가격도 비싸고, 라는 말은 차마 입에서 떨어지지 않았다.

"제가 사 드려야 되는데."

"아니에요, 덕분에 저도 이 일 할 수 있게 됐으니까."

"성진 스님이 소개해 준 덕분이죠."

나는 다실 밖 쥐똥나무 울타리 너머, 자욱하게 깔린

미세먼지 너머, 양산천을 건너 호포역으로 향해 가는 전철을 바라본다.

올해 초, 성진 스님께 인사드리러 갔다가 이 일을 소개받게 되었다.

성진 스님과의 인연은 대학교 친구들과 통도사 자비원이라는 요양원에 봉사 활동을 하러 간 10년 전부터 시작되었다. 당시 그곳 원장님이 성진 스님이었던 것.

봉사 활동을 끝내고 스님과 함께 차를 마시던 30분도 안 되는 시간. 그 짧은 시간이 왠지 모르게 행복했다. 차의 깊은 맛에 반했던 것도 아니고, 유달리 잊지 못할 대화가 있었던 것도 아니었다. 하지만 마음이 차분히 가라앉으며 평온한 기분을 느낄 수 있었다. 결국 그 기분을 잊지 못해 그 후로도 두 달이 멀다 하고 자비원을 찾았고, 부산에서 대학을 졸업하고 서울에서 지내면서도 명절 때마다 스님을 찾아뵙고 인사를 드렸다. 그사이에 스님은 자비원에서 통도사 내 암자로 자리를 옮긴 상태였다.

그러니까 이 일을 소개받던 지난 겨울, 난 강제 휴직 상태에 있었다. 대학 졸업 후 곧장 서울의 영세 신문사에 취직했고 이후 6년 동안 몇 군데 신문사와 출판사를 전전하며 지냈는데, 마지막으로 일하던 출판사가 망해 버렸기 때문이었다. 취직은 취직대로 쉽지 않았고, 하고 싶었던 소설 집필 역시 마음처럼 진행되지 않았다. 나이는 어느덧 서른. 고민이 깊어 가던 무렵이었다.

성진 스님이 제안한 아르바이트는 난생처음 들어 본 일이었다.

"탐정 보조요? 그게, 무슨 일을 하는 거예요?"

"말 그대로여. 탐정을 보조하는 일이지."

"탐정이라면, 막 그거, 살인 사건 조사하고, 그런 탐정 말하는 거예요?"

"허허, 그렇게 위험한 일이면 내가 너한테 소개를 할까. 내가 이 친구 연락처를 알려 줄 테니까, 직접 만나서 한번 얘기나 들어 봐. 특이한 일이라 니 소설 쓰는데도 제법 도움이 될걸?"

그리하여 며칠 후, 탐정 진슬우 씨와 만나게 되었고, 차츰 흥미가 생겨 2주 정도 부산 부모님 댁에 머물며 내가 해야 할 일을 익혔고, 결국 6년 동안의 서울 생활을 접고 슬우 씨 집 근처에 원룸을 얻은 뒤 본격적인 탐정 보조 일을 시작하게 된 것이다.

나와 슬우 씨는 Korea Detective Club(한국 탐정 클럽), 줄여서 KDC라는 조직에 소속돼 있고, 급여 역시 이곳으로부터 받는다. 항상 온라인상으로만 접하기 때문에, KDC라는 조직이 어떤 식으로 작동되는지도 모르고 KDC의 대표가 누구인지조차 모른다.

KDC에 대해 알고 있는 내용이라면, 우선 KDC에 소속된 탐정이 전국에 총 서른 명 정도라는 사실, 그리고 탐정들 각자 자기만의 독특한 능력을 지니고 있다는 점이다. 그리고 그 능력을 바탕으로 탐정의 호칭이 정해진다.

당연히 슬우 씨에게도 특별한 호칭이 있는데, 그건 바로 진위 판별 탐정. 슬우 씨는 누군가가 하는 말을 들으면 그 말이 진실인지 거짓인지 곧바로 판별할 수 있는 특이한 능력을 가지고 있다.

만화나 판타지 소설에서나 나올 법한 이런 황당무계한 이야기를 처음 들었을 땐 고개를 갸웃할 수밖에 없었다.

이 사람 나랑 장난하는 건가? KDC라는 조직도 의심스럽기 짝이 없는데 면전에서 저런 엉뚱한 소리만 늘어놓다니.

하지만 그의 능력이 사실이라는 것을 몸소 체험하고 나선 입이 떡 벌어질 수밖에 없었다. 내가 하는 말 하나하나를 진실과 거짓으로 판가름했던 것이다.

"혹시 실례가 안 되다면, 제가 하는 말이 진실인지 거짓인지 판별하실 수 있겠어요? 그냥 말로만 들어서는 잘 믿기지가 않아서."
"그러면 아무거나 말해 보세요."

그는 흐트러짐 없는 온화한 얼굴로 그렇게 말했다.

음, 그러면 무슨 말을 해 볼까. 간단한 것부터?

"제가 태어난 곳은 양산입니다."
"거짓이네요."
"제가 태어난 곳은 창원입니다."
"거짓."
"제가 태어난 곳은 김해입니다."
"진실."

오호. 이런 식인가?

"내가 제일 좋아하는 음식은 초밥이다."
"진실."

어라? 바로 맞히네. 그렇다면.

"대학교 때 전공은 신문방송학이다." "거짓." "그러면 영문학?" "거짓." "기계공학?" "거짓." "물리학?" "거짓." "경제학?" "거짓." "문헌정보학?" "거짓." "문예창작학?" "진실."

연달아 진실과 거짓을 족집게로 집어내듯 판별했기에 놀랄 수밖에 없었지만, 한편으로는 의심의 끈을 완전히 놓을 수 없었다.

성진 스님이 미리 알려 줬을지도 모르는 일이잖아.

하지만 함께 일하는 시간이 늘어나면서 그의 이능력에 대한 의심은 완전히 사라졌다. 그는 살아 있는 거짓말 탐지기였고, 실패 확률은 제로. 단, 전제 조건이 있었다. 상대방과 잠시라도 눈을 마주 봐야 한다는 것.

목소리의 떨림이나 눈빛의 미미한 흔들림, 아니면 안면 근육의 미세한 변화 같은 것을 관찰해서 알아내는 건가? 라고 생각했는데, 아니었다. 그의 이능력은 관찰의 영역이 아니라 직관의 영역이었다.

그는 절대음감에 비유해서 설명해 주었다. 절대음감을 가진 사람이 어떤 음을 들으면 그 음이 어떤 음인지 곧바로 알 수 있는 것과 마찬가지로, 그는 누군가의 말을 들으면 그것이 진실인지 거짓인지 단번에 파악할 수 있다고 말했다.

"사실 우리가 하는 이야기 대부분에는 어느 정도 조작이 가해져요. 말하는 사람의 기억이 얼마나 정확한가에 따라서, 아니면 이야기의 재미를 배가하기 위한 의도적인 조작도 있을 수 있겠죠. 이런 경우는, 아까 말한 절대음감으로 다시 비유하자면, 하나의 음으로 들리는 것이 아니라 대개 화음으로 들려요. 반면에 진실과 거짓은 어떻게 들리느냐. 누군가 진실을 말할 때는 주로 안정적인 도 음처럼 들려요. 반대로 거짓을 말할 땐 불안정한 반음인 시 음처럼 들리고. 아까도 말했듯이 이건 비유고, 실제로 상대방이 하는 말에 소리가 입혀지는 건 아니에요. 제가 그런 식으로 받아들인다는 거죠."

알 것 같으면서도 다소 아리송한 비유였지만, 그가 남들에게 없는 특이한 능력을 갖고 있다는 점은 분명했다.

KDC의 또 다른 특징 중 하나는, 항상 탐정과 탐정 보조가 짝을 이뤄야 한다는 점이다. 이건 KDC의 철칙이라고 했다. 슬우 씨도 정확한 이유는 모르겠다며 "사건들이 사건들이니만큼, 둘이 같이 다녀야 조금이나마 더 안전하기 때문에, 그러니까 최소한의 안전장치 아닐까요?" 정도로만 말했다.

사실 슬우 씨가 담당하는 사건들은, 슬우 씨의 이능력 특성상 다른 탐정들의 사건에 비해 안전한 편이라고 할 수 있다. 사건 현장을 직접 조사하고 범죄자를 쫓기보다는, 경찰서에 수감된 용의자나 범인을 상대로 질의응답하는 것이 업무의 대부분이니까. 그렇기에 내가 하는 일 역시 탐정 보조보다는 탐정 매니저라는 호칭이 좀 더 어울릴지도 모르겠다.

탐정 보조, 혹은 탐정 매니저로서 내가 하는 일은 다음과 같다.

주 5일 출근해서 KDC에서 지급된 스마트패드로 KDC 전용 SNS인 '리퀘스트'를 확인하는 것. 리퀘스트

에는 매일 여러 건의 사건 조사 의뢰가 올라오는데, KDC에 소속된 전국 약 서른 명의 탐정들은 자기가 맡고 싶은 사건 아래에 멘션을 달고, 그 후 KDC 본부로부터 의뢰인의 연락처를 받아 탐정 업무를 진행하는 식이다.

사실 슬우 씨는 리퀘스트에 올라오는 사건 의뢰에는 크게 관심이 없다. 아니, 정정하자. 그는 사건 의뢰는 물론이거니와, 거의 대부분의 세상사에 관심이 없다. 어쩌다 보니 KDC에 소속되어 탐정 일을 하고 있지만, 가능하면 아무것도 하지 않은 채, 차를 마시거나 가만히 앉아 자신이 가꾼 자그마한 정원을 내다보는 일을 선호하는 편이다. 그렇게 보인다.

물론 조직에 소속돼 급여를 받고 있는 만큼 반드시 해야 하는 일이 있다. 바로 경찰 측에서 요청해 온 업무.

부산지방경찰청에서는 슬우 씨의 전용 메일함을 개설해, 해결하기 곤란한 사건에 대해 업무 협조 메일을 보내온다. 하지만 KDC는 어디까지나 사설 기관이다. Japan Detective Club(일본 탐정 클럽), 즉 JDC와는 다르게 아직 국가에서 공인받은 단체가 아니다. (JDC와 비교하면 소속된 탐정 수도 턱없이 적고, 대중 인지도도 부족하다.) 그래서 아직 경찰과 공식적인 업무 협약을 맺지는 않았지만, 범죄 방지라는 목적 자체는 경찰이나 KDC나 같기 때문에 종종 경찰 측에서 업무 협조 메일을 보내는 것이다.(나로선 경찰과 KDC가 어떤 과정을 거쳐 협력하게 됐는지 궁금하지만 슬우 씨 역시 둘의 관계에 대해서는 잘 모르는 것 같다.) 경찰의 협조 메일은 외부에 노출돼선 안 되기에, 우리가 확인하고 나면 5분 후에 자동으로 삭제된다. 그래서 메일을 확인하면 곧장 캡처를 해 둬야 한다.

내가 하는 또 다른 업무는 슬우 씨를 목적지에 데려다 주는 일이다. 차량은 KDC에서 지급된 검정색 포드 토러스. 목적지는 주로 경찰청이나 경찰서. 그야말로 매니저가 하는 일이라고 볼 수 있다.

마지막 업무는 슬우 씨가 담당한 사건에 대한 보고서를 작성해서 KDC 본부에 보내는 일. 지금까지 세 번밖에 해 보지 않았는데, 방금 경찰 측에서 보내온 협조 메일을 보아하니 내일은 네 번째 보고서를 작성하게 될 것 같다.

경찰의 협조 메일을 확인하기 20분 전, 슬우 씨와 나는 증산역 근처에 있는 돼지국밥집에서 나란히 앉아 점심 식사를 하고 있었다. 테이블 맞은편에는 슬우 씨의 친구이자 역시 KDC 소속 탐정인 쿠와시 씨가 앉아 있다. 쿠와시 씨는 탐정 일을 하면서도 틈날 때마다 슬우 씨 집에 놀러 와 식사를 하거나 차를 마시곤 했다.

적어도 일주일에 한 번씩은 만날 만큼 친한 사이지만 둘 사이에는 눈에 띄게 다른 점이 두 가지 있었다.

우선 이름. 쿠와시 씨는 슬우 씨와 달리 '쿠와시'라는 탐정명이 있다. '쿠와시'는, 잘 알고 있다, 정통하다, 상세하다, 라는 의미의 일본어 くわしい를 한글로 독음한 것인데, 그의 이능력을 상징할 수 있는 이름이었다. 쿠와시 씨는, 어떤 사건의 범인이 누구인지 단숨에 알아내는 이능력을 지니고 있다고 했다. 단서도 필요 없고, 추리도 필요 없다. 사건을 저지른 사람을 보기만 하면, 그 사람이 범인이라는 것을 알 수 있다. 도저히 믿을 수 없는, 그야말로 막강한 이능력.

또 다른 하나. 쿠와시 씨는 슬우 씨와 달리 말이 많은 타입이었다.

"나 요즘 시간 날 때마다 부산 곳곳에 있는 돼지국밥집 찾아다니면서 별점 매기고 있다니까. 누나는 혹시 즐겨 찾는 국밥집 없어요?"

쿠와시 씨가 나를 누나라고 부르는 것 또한 슬우 씨와는 다른 점이다.

"이 동네로 이사 오고 나선 여기 자주 오는 것 같네요."

"뭐, 여기도 나름 괜찮네요. 국물도 진하고 MSG 맛도 별로 안 나고. 아무튼 오늘처럼 미세먼지 많은 날은 국밥을 먹어 줘야 한다니까요."

"돼지국밥이 미세먼지에 좋아요?" 내가 물었다.

"좋은지 안 좋은지는 잘 모르겠지만, 이렇게 기름지고 뜨뜻한 국물 먹으면 왠지 목구멍에 들러붙어 있는 미세먼지가 쫘악 내려갈 것 같지 않아요?"

"미세먼지에는 말차가 좋지."

가만히 우리 얘기를 듣고만 있던 슬우 씨가 한마디 했다.

"하여간 누가 말차쟁이 아니랄까 봐. 하하하하."

나는 스마트폰을 꺼내 미세먼지에 좋은 음식을 검색해 봤다. 미나리, 마늘, 녹차, 배, 브로콜리, 해조류, 고등어, 귤, 물 등의 순으로 자주 언급되었고, 오리고기, 굴, 도라지 등도 눈에 띄었다.

쿠와시 씨는 잠시 돼지국밥을 몇 순갈 떠먹는가 싶더니 다시 입을 열었다.

"부산이 이 정도인데 서울에서는 다들 어떻게 사는가 몰라. 사진으로 봐선 완전히 고담 시티나 마찬가지던데. 누나 그동안 서울에서 어떻게 살았어요? 공기도 그렇게 안 좋은데."

"그러게요."

"근데 어디서 보니까 미세먼지 수치는 2000년 이후로 조금씩 줄어들고 있다고 하더라고요."

"줄어들고 있다고요?"

네, 라고 답한 쿠와시 씨가 나와 슬우 씨를 번갈아 보며 말을 이어 갔다. "물론 2010년 즈음부터 더 이상 안 줄어들고 현상 유지 상태. 옛날이 좋았다고들 하지만 따지고 보면 옛날이 더 안 좋았지. 사실 우리 어렸을 때만 해도 산성비 맞으면 몸에 안 좋다느니 머리카락 빠진다느니 말 많았잖아요. 근데 요새는 산성비 얘기하는 사람은 거의 없지. 산성비에 대한 공포가 미세먼지 쪽으로 다 쏠린 거 같아. 둘 다 공기 오염이 문제긴 하지만. 아무튼 그게 다 언론에서 떠들어 대서 그런 거더라고요. 실제로 우리가 미세먼지에 관심 갖게 된 건 몇 년 안 됐으니까. 그전까지 좋았던 공기가 갑자기 나빠졌을 리도 없고. 미세먼지 보도량이 2010년대 초반까지만 해도 별로 없었는데 2010년대 중반 지나면서 기하급수적으로 늘었다고 하더라고요. 자연스럽게 사람들 사이에 공포심이 조장되지, 기업들에선 그 공포심을 마케팅에 이용해서 공기청정기 같은 거 엄청 팔아먹고 있고."

"저는 공기청정기는 아직 안 샀는데 마스크는 몇 개 샀어요."

나는 주머니에 넣어 둔 스위스제 마스크를 만지작거

리며 말했다.

"오늘 같은 날엔 마스크 정도는 껴 줘야죠, 하하하하. 그나저나 미세먼지, 초미세먼지, 몸에 안 좋다고 말은 많은데 실제로 구체적인 사례 같은 건 아직 본 적 없죠? 미세먼지 때문에 폐암이 발생했다느니 누가 사망에 이르렀다느니."

나는 고개를 끄덕였다. 옆에 있던 슬우 씨도 "아직 그런 기사는 못 본 것 같네."라고 말했다.

하지만 쿠와시 씨의 저 말이 방아쇠가 되었는지 그로부터 불과 1, 2분 후, 나는 경찰 측에서 보낸 협조 메일에서 미세먼지로 인한 사망 사건 사례를 확인할 수 있었다.

협조 메일에 담긴 사건 내용은 다음과 같았다.

일주일 전, 부산시 수영구에 거주 중인 최길남 씨(88세)가 방에 누운 채 사망한다. 최초 발견자는 함께 살던 손자 최성호 씨(41세, 교사). 만성 폐쇄성 폐질환을 앓던 환자였고 건강 상태도 좋지 않은 노인의 죽음이라 사건이라고 할 만한 요소는 없었다.

문제는 상을 치르고 나서 이틀 후에 벌어진다.

최성호 씨의 부인 차지현 씨(40세, 간호사)가, 시할아버지를 죽인 사람은 자신이라며 경찰서에 자백해 온 것이다. 그 후 한 시간도 채 지나지 않아, 이번에는 차지현 씨의 시아버지 최대석 씨(66세, 야간 경비)가, 아버지를 죽인 사람은 자신이라며 경찰서에 자백해 왔다.

둘 다 최길남 씨가 앓던 만성 폐쇄성 폐질환을 이용해

죽였다고 주장했다.

다만 방법이 서로 달랐다.

차지현 씨의 경우, 방 안에서 24시간 가동 중인 공기청정기의 전원을 뽑았다는 것. 당시 미세먼지와 초미세먼지 농도가 굉장히 짙던 날이라, 공기청정기 가동을 중단시키는 것만으로도 치명상을 일으킬 수 있다는 걸 알고 그렇게 했다고 자백했다.

한편 최대석 씨는 방의 창문을 열었다고 말했다. 창밖의 광안대교가 흐릿하게 보일 정도로 공기가 안 좋다는 걸 알았기 때문에 창문을 열어 최길남 씨를 죽음에 이르게 했다고 주장했다.

나는 사건 담당 형사와 연락을 주고받았고, 곧장 만날 시간과 장소를 정했다.

"말이 씨가 됐네요. 이렇게 곧바로 사건이 생길 줄이야." 내가 말했다.

"누나 아직 모르는구나. 그건 말이 씨가 된 게 아니에요. 탐정 법칙 1조 1항에 나와 있는 내용이지."
"탐정 법칙? 그게 뭔데요?"
"탐정 법칙 1조 1항. 탐정이 있는 곳에 사건이 발생한다."

나는 쿠와시 씨의 당당한 얼굴을 보다가 슬우 씨 쪽으로 시선을 옮겼다. 슬우 씨는 고개를 절레절레 젓고 있었다.

식당에서 나와 쿠와시 씨와 헤어진 뒤, 경찰서나 경찰청으로 가던 평소와 달리 우리는 직접 당사자의 집으로 향했다. 경찰 측에서는 누구의 주장도 신뢰하기 힘든 상황이라 조사 후 귀가 조치 시켰는데, 누구의 말이 진실인지 알아봐 달라는 것이 협조 메일의 주된 내용이었다.

차량에 탑승해서 목적지로 갈 때마다 슬우 씨는 항상 이런 질문들을 한다.

"어떻게 생각하세요?"
"누가 진범인 것 같아요?"
"어느 쪽이 거짓말을 하고 있는 것 같아요?"

탐정 보조라고 해도 사건에 대해 추리하는 습관을 갖는 것이 좋고, 자꾸 추리하다 보면 실제로 추리 능력이 좋아진다는 말도 덧붙이면서.

슬우 씨 본인이 당사자를 직접 만나 보면 누가 진실을 말하는지 알 수 있는데 왜 내가 굳이 추리를 해야 하는지 의구심이 들기도 했지만, 운전하는 내내 입 다물고 있기도 뭐해서 나는 생각나는 대로 추리를 시작한다. 추리라기보다는 가능성을 열거하는 것에 불과하지만.

차량은 호포대교를 건너 양산대로로 진입하고 있었다. 나는 아까 받은 메일 내용을 머릿속으로 찬찬히 되새기다가 입을 뗐다.

"우선 차지현 씨가 진범일 가능성이 있겠죠? 그렇다면 곧바로 최대석 씨는 왜 거짓 자백을 한 것인가, 하는 의문이 생기겠네요. 최대석 씨는 왜 허위 자백을 한 것인가. 며느리를 위해서 죄를 뒤집어썼다? 남편인 최성호 씨도 아니고 시아버지인 최대석 씨가? 음, 글쎄요…. 이 케이스는 잘 모르겠으니 우선 넘어가기로 하고, 그다음, 최대석 씨가 진범일 가능성을 따져 보죠. 그렇다면 이번에는 차지현 씨가 허위 자백을 한 셈이 되는데, 차지현 씨가 허위 자백을 한 이유는 나름대로 추측할 수 있을 것 같아요."

"어떻게요?"

"힘들었던 거예요. 차지현 씨 간호사잖아요. 밖에서는 환자들 간병하느라 바쁜데 집에 와서는 시할아버지까지 간병해야 하는 상황이니까. 요즘 세상에 시아버지에 시할아버지까지 모시고 사는 집이 얼마나 있겠어요. 심지어 집에 여자라고는 차지현 씨 한 명밖에 없어. 시아버지에, 남편에, 자기 마음 헤아려 주는 사람 한 명 없는 남자뿐인 그런 공간에서, 계속 스트레스를 받으면서 살아왔던 거예요. 그게 쌓이고 쌓이다가 결국 폭발한 거죠."

"근데 시할아버지가 돌아가셨으면, 그만큼 집에서 해야 할 일이 줄어드는 셈 아닌가요? 굳이 허위 자백을 할 이유는 아닌 것 같은데."

"겉으로 봐선 그렇게 생각할 수도 있죠. 근데 이미 그 집 자체가 스트레스를 유발하는 공간이 된 거예요. 바꿔서 생각하면 시할아버지의 죽음이 도화선이 된 건지도 모르죠. 누군가의 죽음이 드리운 공간. 아, 도저히 여기서 못 살겠다. 나가야겠다."

슬우 씨는 잠시 음, 하며 고개를 주억거리더니 다시 반론을 꺼냈다.

"그러면 차라리 이혼하는 편이 낫지 않을까요? 어차피 그 공간에서 벗어나는 게 목적이었다면, 살인했다고 허위로 자백하는 것보다는 괜찮은 선택지 같은데."

아, 맞네.

슬우 씨의 말에 나는 말문이 딱 막히고 말았다.

그래, 저 말이 맞지. 굳이 경찰서까지 찾아가서 거짓 자백을 해서 죄를 뒤집어쓰느니 이혼하는 게 낫지.

그리고 그렇게 생각하는 순간, 왠지 묘하게 기분이 나빠졌다.

이 인간은 이렇게 일일이 따지고 들 거면 왜 나한테 추리해 보라고 한 거지? 이렇게 일일이 태클 걸 작정이었으면 본인이 직접 하면 될 것을. 명색이 탐정이라는 사람이.

내가 잠시 입을 다물고 있자 슬우 씨가 다시 말을 걸었다.

"또 어떤 가능성이 있을 수 있을까요?"

내 생각만 묻지 말고 본인 생각을 한번 말씀해 보시지.

"슬우 씨는 어떻게 생각하세요?"
"저요?"
"탐정님이 어떻게 추리하는지도 궁금해서요."

서로에 대한 호칭은 이 일을 시작하던 날 정했다. 각자 이름 뒤에 씨를 붙여서 부르기로. 그러니까 방금 내 입에서 나온 '탐정님'은 약간의 빈정거림이 들어가 있는 호칭이었다. 왜 탐정 본인이 직접 추리하지 않고 탐정 보조인 나에게 그 일을 시키느냐에 대한 비아냥.

"일전에도 잠깐 말한 것 같긴 한데, 꼴에 탐정인데 이런 말 하는 것도 좀 웃기긴 하지만"까지 말하더니 슬우 씨는 잠시 입을 다물었다.

차량은 화명교를 건너 금곡대로에서 서서히 속도를 줄이다가 와석교차로에서 좌회전 신호를 받기 위해 멈춰 섰다.

나는 슬쩍 조수석 쪽을 쳐다보았고, 마침내 슬우 씨가 조심스레 입을 뗐다.

"솔직히, 저 추리하는 거 별로 안 좋아하거든요."

음?

"안 좋아한다기보다는 뭐랄까, 추리 자체를 잘 못한다고 해야 할까. 추리를 못하니까 안 좋아하게 되고, 안 좋아하다 보니 계속 못하게 되는 악순환의 반복이랄까."

피식, 웃음이 새어 나왔다.

뭐야, 이 사람.

"근데 저한테는 왜 자꾸 추리해 보라고 그러세요?"
"아, 그게 말이죠, 뭐라고 해야 할까, 제가 추리를 잘 못하니까, 수영 씨라도 잘하면, 보기에 좋달까, 아니, 그게 아니고, 뭐랄까, 우리는 한 팀이고, 하나의 팀, 탐정과 탐정 보조의 원 팀, 탐정인 제가 추리를 못하니까, 둘 중 한 명이라도 추리를 잘하는 게, 글쎄 이렇게 말해도 되려나 모르겠지만, 원 팀의 측면에서 낫지 않을까, 그런 생각도 들고."

늘 단정한 모습으로 차를 마시거나 온화한 얼굴로 정원을 바라보면서 할 말만 간단히 하는 타입인 줄 알았는데, 이렇게 당황한 얼굴로 횡설수설할 때도 있는 모양이다.

와석지하차도를 지난 차량은 순식간에 부산산성터널

로 진입했다.

슬우 씨가 계속해서 말을 이었다.

"솔직히 추리라는 게 그렇잖아요. 소설 속 명탐정처럼 한 번에 딱 떨어지는 추리 같은 건 현실에선 있을 수 없죠. 소설이나 영화니까 그런 게 가능한 거예요. 제 생각엔 셜록 홈즈도 일종의 이능력 탐정이 아니었나 싶어요. 어떻게 사람 겉모습만 보고 그 사람이 과거에 어떤 직업을 가졌는지, 방금 무슨 일을 겪었는지 딱딱 맞힐 수 있겠어요. 말도 안 되지."

"듣고 보니 그렇네요. 어쩌면 셜록 홈즈도 슬우 씨처럼 실존 인물이었을지도 모르겠어요. 작가가 창조한 캐릭터라고는 하지만 사실은 실존 인물을 본떠서 만든 캐릭터. 게다가 캐릭터가 작가보다 훨씬 유명한 드문 케이스 중 하나죠. 셜록 홈즈를 아는 사람은 많아도 작가 이름이 뭔지 아는 사람은 얼마 안 되니까."

"어, 저도 모르는데. 누구예요?"

나는 곁눈질로 빠르게 슬우 씨를 쳐다봤다가 다시 정면으로 시선을 돌렸다. 명색이 탐정이라는 사람이 이런 것도 모를 줄이야.

"아서 코난 도일."

"수영 씨 추리소설 많이 보는 것 같았는데, 역시 맞네요!"

"제가요?"

"평소에 항상 책 들고 다니잖아요. 제목에 '살인'이나 '죽음' 같은 단어 들어간 책들. 잠깐 말이 다른 쪽으로 샜는데, 그런 소설 좋아하니까 당연히 추리하는 것도 좋아한다고 생각했어요. 그래서 수영 씨한테 추리해 보라고 부탁했던 거고."

평소에 책을 들고 다니는 건 대학 시절부터 생긴 습관이지만, 제목에 '살인'이나 '죽음'이 들어간 책을 본격적으로 들고 다닌 지는 한 달도 채 지나지 않았다. 그러니까 탐정 보조라는 아르바이트를 시작하면서부터 생긴 일. 내가 하는 일에 조금이나마 도움이 될까 해서 참고삼아 읽는 것이지 추리를 좋아해서 그런 것은 아니다. 하지만 이러이러해서 그러그러했다 일일이 변명하기도 뭣했고, 슬우 씨가 횡설수설하던 의외의 모습까지 봤기에.

"알았어요, 알았어. 그럼 또 다른 추리도 한번 시도해 볼게요."

실은 추리하는 걸 딱히 싫어하지 않는다. 떠오르는 대로 말하면 되는 거니까. 어차피 진범을 찾아내야 할 사람은 탐정 진슬우. 탐정 보조인 내가 하는 추리 따위 틀려도 아무 상관 없다. 피해받는 사람은 아무도 없다. 어차피 슬우 씨가 상대방과 대화하면서 진실과 거짓을 가려낼 것이다.

그나저나 또 어떤 가능성이 있을 수 있을까.

그렇지.

"둘 다 거짓말했을 가능성도 있겠네요."

"둘 다 거짓말이라." 슬우 씨가 혼잣말을 하듯 구시렁거렸다.

"진범은 손자인 최성호 씨예요. 그 두 명은 최성호 씨를 감싸기 위해 거짓 증언을 한 거죠."

"그것도 그럴싸한 가능성이군요."

"이런 경우엔 동기를 찾아내는 게 중요한 문제가 될 텐데. 첫 번째론 최성호 씨가 할아버지를 살해한 동기를 알아야겠고, 두 번째론 부인과 아버지가 최성호 씨를 감싼 동기를 알아내야겠죠. 첫 번째 동기는 쉽게 추측할 수 있을 것 같아요. 모시고 살기 힘들어서 그랬을 수도 있고, 아내가 고생하는 기 보는 게 싫어서 그랬을 수도 있고, 아니면 금전적인 문제 때문일 수도 있겠죠. 문제는 두 번째 동기예요. 살인은 최성호 씨가 했는데 자수는 왜 차지현 씨와 최대석 씨가 했는가."

"그렇죠. 그걸 알아내는 게 관건이겠네요."

"설마 집안의 가장, 뭐 그런 이유 때문은 아니겠죠?"

"집안의 가장? 그게 무슨 말이에요?"

"가장 있잖아요, 가장. 남편이 한 집안의 가장이고, 나머지 구성원들은 가장을 받들어야 하고, 그런 구시대적인 발상이랄까."

"하하하." 슬우 씨가 꽤 유쾌한 소리를 내며 웃었다.

"웃을 일이 아니에요. 저 어렸을 때만 해도 아버지가 집안의 가장이라느니 하는 말 심심찮게 들었는데."

"21세기 접어든 지도 벌써 20년이 다 돼 가는데, 설마요. 그런 이유로 가장의 죄를 대신 뒤집어쓸 리가… 설마, 없겠죠?"

"모르는 일이죠. 방송이나 인터넷 보면 남녀평등이라느니 여성 인권이라느니 말이 많지만 매체에서 보이는 것과 실제 생활 사이에는 괴리가 큰 법이니까. 부산 하믄 또 가부장과 보수의 중심지 아닙니꺼? 하하."

내 회심의 사투리 개그에 슬우 씨는 아무 반응을 보이

지 않았다. 순식간에 얼굴이 달아올랐지만 나는 아무렇지 않은 듯 정면을 바라보며 운전을 계속했다. 슬우 씨 역시 다른 생각을 하는 건지 아무 생각이 없는 건지 창밖만 바라보고 있었다.

터널을 빠져나온 차량이 수림로와 금정로를 지나 번영로로 접어들었다.

마침내 내 머릿속에 가장 그럴듯한 아이디어가 떠올랐다.

"아! 공범일 수도 있겠네요."

"공범?" 슬우 씨가 되물었다.

"차지현 씨와 최대석 씨. 혼자 하려니 용기가 안 나 둘이 합심해서 일을 저질렀고, 아무한테도 걸리지 않은 채로 무사히 지나가긴 했는데, 정작 시간이 지나면서 죄책감에 사로잡힌 거죠. 최길남 씨만 죽고 나면 삶이 편안해질 줄 알았는데 점점 괴로움이 커져 간 거예요. 차지현 씨나 최대석 씨 둘 다. 그래서 결국 자수를 한 거죠. 어차피 혼자서도 충분히 죽일 수 있었으니까 그냥 혼자 했다고 허위로 자백한 거고."

"그러고 보니 자백한 살해 방법이 서로 달랐죠."

"맞아요. 최대석 씨는 창문을 열어서 바깥의 나쁜 공기를 들어오게 했다고 했고, 차지현 씨는 공기청정기를 꺼서 방 안의 공기가 정화되지 않게 했다고 했어요."

"각자 그 일을 한 게 아니라."

"맞아요. 둘이 같이 했네요. 창문을 열어 둔 상태에서 공기청정기를 꺼 버린 거죠."

"오호."

"그러면 효과가 더 컸을 테고."

"지금까지 나온 이야기 중에 실현 가능성이 제일 큰 것 같아요."

나는 슬우 씨의 한 마디에 입꼬리가 스르륵 올라갔다.

수영강변대로를 달리던 차량이 마침내 광안대교에 이르렀다.

잠시 후면 목적지에 도착한다. 그리고 문득 이런 생각이 들었다.

내가 떠올렸던 가능성 중에 진실이 있으면 좋겠어.

광안해변로를 지나 드디어 목적지인 아파트 단지에 도착했다.

정면으로 광안리 해변과 광안대교를 동시에 볼 수 있는 곳에 차를 세웠다. 잠시 후 핸드폰이 울렸다. 사건을 담당하고 있는 형사였다. 슬우 씨에게 형사가 있는 위치를 알려 주자 슬우 씨는 "그럼, 다녀올게요."라고 말하며 차에서 내렸다. 나도 함께 차에서 내려 슬우 씨가 멀어지는 모습을 바라보았다.

슬우 씨의 업무 협조는 비공개로 진행되었기에, 경찰 측에서는 슬우 씨 본인 이외에 민간인의 접근을 금하고 있었다. 덕분에 슬우 씨가 자리를 비우면 나는 혼자만의 시간을 가질 수 있다.

쭈욱 기지개를 켰다가, 허리를 돌리거나 무릎을 굽혔다 펴는 등 가볍게 체조를 했다. 숨을 들이마실 때마다 바다 내음이 밀려들어 왔다.

아침에 출근할 때와 비교하면 미세먼지가 걷힌 느낌

이었다. 광안대교의 웅장한 모습을 멀리까지 제법 뚜렷하게 볼 수 있었고, 해변을 거닐거나 운동하는 사람들도 눈에 많이 띄었다. 실제로 미세먼지 농도가 옅어졌을 수도 있고, 아니면 바닷가에서 부는 바람 때문에 양산에 비해 미세먼지 수치가 낮은 건지도 모른다.

광안리 해변 풍경을 바라보고 있노라니 순간 아까와는 다른 마음이 일었다.

여기까지 오면서 떠올렸던 생각들은 전부 틀렸고, 살인 사건 따위 애초에 없었던 일이 됐으면 좋겠어.

나는 운전석으로 돌아와 뒷좌석에 놓아 둔 더플백에서 엊저녁부터 읽기 시작한 니시자와 야스히코의 《일곱 번 죽은 남자》를 꺼냈다. 자기 의지와 무관하게 하루를 아홉 번 반복해서 살 수밖에 없는 남자 고등학생이 주인공인 소설인데, 반복되는 날을 스스로 선택할 수 없다는 것도 설정 중 하나다. 친척들과 함께 새해를 축하하고 이튿날, 주인공의 반복이 시작되면서 이야기는 본격적으로 진행된다. 하필 반복이 시작되는 날 주인공의 할아버지가 살해당한 것이다. 주인공은 할아버지가 살해되지 않도록 고군분투하지만 그다음 날에도, 그다음 날에도, 계속해서 할아버지가 살해당한다. 과연 주인공은 할아버지의 죽음을 막을 수 있을 것인가. 이야기는 어떻게 끝이 날 것인가. 등장인물들의 간단한 이력이나 인물들 사이의 관계를 설명하는 초반부가 조금 지루한 편이지만 그 부분만 지나가면 스토리에 빠져들어 흥미롭게 읽을 수 있다. 그야말로 엔터테인먼트적인 소설.

한 장 한 장 책장을 넘겼다.

점점 독서 속도가 빨라졌다.

소설 스토리가 한창 중반부를 지나갈 무렵, 갑자기 머릿속에서 엉뚱한 생각이 떠올랐다.

혹시 차지현 씨나 최대석 씨도 같은 하루를 반복해서 살았던 거 아닐까? 어떤 하루에선 차지현 씨가 최길남 씨를 살해하고, 또 어떤 하루에선 최대석 씨가 최길남 씨를 살해하고. 주인공은 이 둘을 막아 보려 하지만 결국 막을 수 없었고. 그래서 둘은 시간 차이를 두고 각각 살해를 자백하게 된 거고. 그렇다면 이 사건의 주인공은 최성호 씨가 되는 건가? 근데 소설 속에선 주인공 외 다른 인물들은 반복이 시작되면 그 전에 무슨 일이 있었는지 기억을 못 하잖아. 그러면 차지현 씨나 최대석 씨도 기억을 못 해야 하는데… 까지 생각했다가 손바닥으로 머리를 톡톡 두드렸다. 나 지금 무슨 생각 하고 있는 거야. 지금 읽고 있는 소설 속 설정을 현실에 대입해서 어쩌자는 거야. 이건 소설이고 판타지잖아. 한 번도 아니고 두 번도 아니고, 하루를 아홉 번이나 반복해서 사는 게 어떻게 말이 돼, 하루를 반복해서 산다는 것 자체가 그야말로 허구적 설정인데… 까지 생각했다가 나는 다시 고개를 갸웃거렸다. 근데 어쩌면 진짜로 일어날 수도 있는 일 아닐까. 아홉 번까지는 아니더라도, 최소한 한두 번 정도는. 내가 매일 만나는 슬우 씨만 해도 그렇지. 상대방이 하는 말이 진실인지 거짓인지 정확하게 판별할 수 있는 특이한 능력이 있잖아. 추리는 잘 못하는 탐정이지만, 진위를 판가름할 수 있는 이능력으로 KDC에 소속돼서 탐정 일을 하고 있어. 지금에 와서 셜록 홈즈가 실존했는지 아니었는지는 중요한 일이 아니야. 세계적으로 수많은 사람들이 셜록 홈즈를 실재하는 인물처럼 느끼고 있으니까.

그렇다면 중요한 건 무엇인가?

….

그나저나 나 지금 무슨 생각 하고 있는 걸까?

혹시 추리하는 걸 좋아하는 건가?

나는 다리 위에 올려 둔 《일곱 번 죽은 남자》를 물끄러미 내려다보았다.

책이나 읽자. 어차피 나중에 슬우 씨가 돌아오면 이번 사건의 진상을 알 수 있을 테니.

소설의 마지막 챕터만을 남겨 뒀을 즈음, 누군가 톡톡, 차창을 두드렸다. 슬우 씨였다. 자동차 문 잠금장치를 열어 주자 슬우 씨가 문을 열고 조수석에 올랐다.

형사에게 연락이 오고 나서 두 시간 반 정도가 지나 있었다. 이전 사건들에 비해 시간이 더 걸린 편이었다.

평소와 마찬가지로 슬우 씨의 표정은 무덤덤했다. 사건을 해결하고 나서든, 차를 마실 때든, 쿠와시 씨와 만나 대화를 나눌 때든, 슬우 씨의 표정은 한결같았다. 감정의 기복이 별로 없는 사람이라고 할 수도 있겠고, 도대체 무슨 생각을 하는지 알 수 없는 사람이라고 할 수도 있을 것이다.

"그래서 진범이 누구던가요? 제가 추리한 것 중에 답이 있나요?"

두 번째 질문은 나도 의식하지 못한 채 나와 버렸다. 내심 내가 추리한 내용 중에 답이 있기를 바란 모양이다.

하지만 슬우 씨는 내 질문에는 답하지 않은 채 음, 하고 소리를 냈다가 "이상하네요."라고 구시렁거렸다.

"뭐가 이상해요?"
"기억도 반추해 볼 겸 처음부터 말해 볼게요."
"네."

지난 세 번의 사례와는 조금 다른 반응이다. 나는 조심스레 침을 삼켰다.

"차에서 내려 아파트 현관문 쪽으로 가니까 형사님이 있더라고요. 구 형사님. 인사를 나누고, 엘리베이터를 탔죠. 8층이었어요. 30평대의 집이었고, 방은 총 세 개. 돌아가신 최길남 씨가 안방을 썼고, 최대석 씨가 제일 작은 방, 중간 크기의 방을 최성호 씨와 차지현 씨가 함께. 아, 아이가 한 명 있더라고요, 이번에 초등학교 6학년이 된 최지웅 군. 가족사진을 보고 알게 됐죠. 저희는 먼저 최길남 씨가 쓰던 방으로 들어갔어요. 작은 화장실이 하나 딸려 있었고. 침대, 공기청정기, TV, 옷장을 빼면 별다른 가구나 전자 제품은 없는 공간이었어요. 역시 공기청정기가 눈에 띄더라고요. 100만 원을 호가한다는 외제 공기청정기. 그러고 나서 침대 쪽 벽으로 다가가 창문을 열어 봤죠. 8층 높이라 그런지 경관이 아주 멋지던데요. 광안대교도 거의 비슷한 높이에서 볼 수 있고, 멀리까지 쭉 뻗은 광안리 해변도 근사했고요. 최길남 씨는 보통 침대 위에 누워서 지냈다고 했어요. 잠을 자거나 TV를 보면서.

아무래도 거동이 불편했으니까 그럴 수밖에 없었겠죠. 식사할 때만 잠깐 주방으로 나왔다고 했고요. 아무튼 그렇게 최길남 씨가 쓰던 방을 한번 훑고 나서 중간 크기의 방으로 들어가 차지현 씨와 먼저 이야기를 나눴어요."

*

책상, 책장, 옷장, 화장대 등 가재도구가 가득한 방 안.

진슬우와 차지현은 방 가운데 방석을 깔고 앉아 있고, 둘 사이에는 물이 담긴 물컵 두 개가 어색하게 놓여 있다.

진슬우가 말없이 가만히 앉아 있자 차지현 쪽에서 먼저 입을 뗀다.

"아버님이 왜 그런 말씀을 했는지 모르겠어요. 전부 제가 저지른 일인데."

"차지현 씨."

"네?"

"저를 보고 말씀해 주시겠어요?"

물컵을 바라보며 말하던 차지현이 고개를 슬쩍 들어 올려 진슬우의 눈을 바라본다. 1초, 2초, 3초. 하지만 이내 물컵 쪽으로 시선이 내려간다.

"바닥만 보지 마시고, 제 쪽을 보고 말씀을 해 주세요."

한편으로는 친절하게 들리지만 다른 한편으로는 위압적으로 들리는 진슬우의 어조에 차지현은 다시 한번 고개를 들어 올리려 하지만 여의치 않다.

"됐습니다. 하던 얘기 계속 해 볼까요."

차지현이 맥없이 고개를 몇 번 주억거린다.

"단도직입적으로 묻죠. 최길남 씨를 살해한 사람이 차지현 씨 본인 맞습니까?"

직설적인 진슬우의 질문에 차지현의 얼굴이 순간적으로 경직된다. 하지만 이내 풀이진다.

"네, 맞습니다."

진슬우는 차지현의 이 대답이 거짓이라는 것을 즉각적으로 알 수 있다.

"공기청정기의 코드를 뽑아서 최길남 씨를 살해했다고 했는데, 맞습니까?"
"네, 맞아요(거짓)."
"잘 이해가 안 되는데요, 공기청정기가 꺼졌다고 사람이 죽을 수 있습니까? 아무리 만성 폐쇄성 폐질환을 앓고 있는 환자라고 하지만."
"저는 간호사예요(진실). 할아버님을 간병한 지 몇 년이나 됐고요(진실). 병원에 입원하셨을 땐 산소호흡기를 부착하고 계실 정도로 안 좋았는데(진실), 몇 달 전부터 상태가 호전돼서 산소호흡기를 떼고 지낼 수 있게 됐어요(진실). 할아버님이 입원 생활에 염증을 느끼셔서 결국 퇴원을 하게 됐고(진실), 이 집도 실은 할아버님이 원해서 구한 거예요(진실). 할아버님이 나고 자란 곳이 이곳 광안리라서(진실), 죽기 전에 여기서 살고 싶다고 말씀하셔서(진실). 운이 좋았죠, 마침 매물이 있었으니까(진실). 그래서 대출 받아서 집을 샀고(진실), 급하게 이사하게 됐고(진실)… 근데 뭐 물어

보셨죠?"

"공기청정기가 꺼졌다고 사람이 죽을 수도 있느냐, 하는 질문이었습니다."

"네, 죽을 수 있습니다(진실). 그냥 평범한 사람이라면 아무 상관이 없죠(진실). 하지만 할아버님은 상태가 완화됐다고는 해도 엄연히 환자였어요(진실). 형사님이 만성 폐쇄성 질환에 대해 얼마만큼 아시는지는 잘 모르겠지만, 후우, 경찰서에서 했던 말을 또 반복하게 되는데(진실), 그걸 알았으니까 제가 공기청정기 코드를 뽑은 거예요(거짓). 밖에 잠깐 나갔다 온 것만으로 코랑 목에 텁텁한 느낌이 들 만큼 미세먼지 수치가 높다는 걸 알았으니까(진실)."

"밖에 잠깐 나갔다 오셨나 보군요?"

"네, 그날이 나이트, 그러니까 밤 근무라서(진실), 다음 날 반찬거리를 좀 사 두러 나갔었죠(진실)."

"밖에선 얼마나 있었습니까?"

"글쎄요, 시간을 정확하게 재 보진 않았는데(진실), 아마 한 시간 정도는 있지 않았을까 싶네요(진실)."

"그러고 나서 집으로 돌아와서 최길남 씨를 살해했다?"

"… 네(거짓)."

"궁금한 게 있는데, 밖에 있는 동안 공기가 안 좋다는 걸 알았으면서, 왜 굳이 공기청정기 코드를 뺐죠?"

"그게 무슨 말씀이죠? 공기가 안 좋다는 걸 알았으니까 코드를 뽑았죠(거짓)."

"아니, 아니, 그것보다는 창문을 여는 게 훨씬 효과적이지 않았을까 해서요. 바깥의 미세먼지가 방 안으로 들어오면 최길남 씨의 폐에 금세 악영향을 미쳤을 테니까."

진슬우의 말을 들은 차지현은 대답을 찾으려는 듯 눈동자를 좌우로 바쁘게 움직였고, 잠시 후 변명하듯 말한다.

"미처 거기까지는… 생각하지 못했네요(진실)."

"그렇군요. 근데 혹시 최대석 씨가 최길남 씨를 어떻게 죽였다고 주장하는지 아십니까?"

"아버님요? 아니요(진실)."

차지현은 고개를 저으며 대답했다.

진슬우는 차지현의 대답을 듣고 최대석과 차지현의 공범설을 기각했다. 만약 둘이 공범이었다면, 최대석이 최길남을 어떻게 죽였는지 차지현이 알고 있었을 테고, 차지현의 저 대답은 '거짓'으로 판별되었을 것이다.

"방금 말씀드린 그 방법입니다. 창문을 열어서 살해했다고 말했습니다."

차지현은 놀란 표정을 지었지만 이내 표정을 감추었다.

"최길남 씨를 살해한 사람은 차지현 씨 본인이라고 자백했습니다. 맞습니까?"

"지난번부터 벌써 몇 번이나 말씀드리고 있잖아요(진실)."

"그럼 그동안은 가만히 있다가 왜 며칠이나 지난 후에 자백을 했습니까?"

"이것도 전에 말씀드렸는데(진실), 죄책감 때문에 자백했어요(진실). 할아버님을 살해할 당시에는 잘 몰랐는데(거짓), 시간이 지날수록 죄책감이 점점 커져서(진실), 너무 고통스러워서(진실), 자백했습니다."

"원래는 그 사실을 은폐하기 위해서 공기청정기 코드를 다시 꽂아 뒀는데 말이죠?"
"네(진실)."

진슬우는 차지현의 대답이 진실로 판별되자 조금 놀랄 수밖에 없었다.

"코드를 꽂은 사람이 차지현 씨 본인 맞습니까?"
"네, 제가 꽂았어요(진실)."

공기청정기 코드를 뽑았다는 말은 거짓으로 판별되고, 코드를 꽂았다는 말은 진실로 판별된다는 것은 어떤 의미인가. 진슬우는 빠르게 머리를 굴렸다. 코드를 뽑은 사람과 다시 꽂은 사람이 다르다는 의미이다. 코드를 다시 꽂은 사람은 차지현 씨가 맞지만, 코드를 뽑은 사람은 차지현 씨가 아니다. 진슬우는 오는 길에 류수영이 했던 추리 중 하나를 떠올렸다.

진범은 손자인 최성호 씨예요. 그 두 명은 최성호 씨를 감싸기 위해 거짓 증언을 한 거예요.

"사건을 벌이던 시간, 최성호 씨가 어디에 있었는지 아십니까?"
"남편요? 그 시간이면 당연히 학교에 있었겠죠."
"확실합니까?"
"확실한지 아닌지는 잘… 근데 남편 얘기가 갑자기 왜 나오죠?"
"차지현 씨가 장을 보러 집을 비운 시간에, 최성호 씨가 잠깐 집에 들렀을 수도 있지 않을까요?"

차지현은 잠시 생각하는 것 같더니 무언가 깨달은 듯 손으로 입을 막고 놀란 표정을 지었다. 말어 채 나오기도 전에 차지현은 손사래를 쳤다.

"아니에요, 아니에요. 남편이 그 시간에 집에 있을 리가 없잖아요. 그 시간이면 학교에서 애들 가르치고 있을 시간이었을 텐데."
"왜 그렇게 당황하십니까?"
"남편이랑 할아버님은 사이가 좋았어요(진실). 남편이 그런 짓을 했을 리가 없어요!"
"남편이 그런 짓을 했을 리가 없다."
"네, 남편이 왜 그런 짓을 했겠어요."
"그럼 누가 그런 짓을 했다고 생각하십니까?"
"네?"
"할아버님을 살해한 사람이 누구라고 생각하시냐고요!"

진슬우의 목소리 톤이 조금 올라갔고, 그제야 차지현은 자신이 어떤 실수를 저질렀는지 깨달았다. 자신이 진범이라면, 남편이 그런 짓을 했을 리가 없다는 추측성의 발언은 하지 않았을 것이다. 차지현은, 아, 라는 음성 외에는 그 어떤 말도 할 수 없었다. 그녀의 눈동자가 빠르게 초점을 잃어 갔다.

진슬우가 다시 차지현에게 묻는다.

"왜 다른 사람이 저지른 짓을 본인이 뒤집어쓰려고 하셨습니까?"
"제가 할아버님을 살해했습니다(거짓)."
"할아버님을 살해한 사람이 누구인지 아십니까?"
"제가 할아버님을 살해했어요(거짓)."

차지현은 전의를 상실한 채 이 말만 기계적으로 반복했다.

진슬우는 더 이상 대화가 어렵다고 판단해 자리에서 일어나 방 밖으로 나간다. 거실 소파에서 최대석이 구 형사 옆에 가만히 앉아 있다.

진슬우가 최대석을 바라보며 말한다.

"방으로 들어갈까요."

최대석은 흐음, 하는 소리를 내며 소파에서 일어나 자기 방으로 향한다. 진슬우가 뒤를 따른다. 방으로 들어가기 전, 최대석은 주방의 식탁 의자를 하나 집어 든다. 방으로 들어간 최대석은 식탁 의자를 방 가운데 놔두고 자신은 방에 있던 책상 의자에 앉는다. 진슬우는 자연스레 식탁 의자에 앉는다. 앉은 채로 빠르게 방 안을 둘러본다. 눈에 띄는 가구는 책상과 옷장과 침대뿐. 최길남이 사용하던 방만큼이나 단출하다.

차지현과 달리 최대석은 대화에 적극적이다.

"형사 양반은 나이가 굉장히 젊어 보이네."
"스물일곱입니다."
"좋은 나이구만."

진슬우는 아무 대꾸도 하지 않는다.

"근데 경찰들은 시간이 많은가?"
"무슨 말씀입니까?"
"내가 아버지를 살해했다고 자백했으니 순순히 잡아가면 되잖아. 무슨 이상한 이유를 대면서 집으로 돌려보내질 않나, 이젠 형사들이 직접 집에까지 찾아와서 조사를 하지 않나."
"최대석 씨가 최길남 씨를 살해한 게 맞습니까?"

"경찰서에서 몇 번이나 말했잖아(진실). 내가 했다니까(거짓)."
"왜 거짓말을 하시죠?"
"거짓말이라니?"
"최대석 씨가 한 일이 아니지 않습니까!"

진슬우의 단호한 어조에 최대석의 기세가 단숨에 꺾인다. 진슬우의 얼굴을 똑바로 바라보던 최대석의 시선이 아래로 내려간다.

"내가 했어(거짓). 창문 열어서 아버지를 죽였어(거짓)."
"창문을 연 사람이 최대석 씨 맞습니까?"
"그, 그렇다니까(거짓)."
"그럼 창문을 다시 닫은 사람은 누굽니까?"
"그것도 당연히 내가 닫았지(진실)."

차지현 씨 때와 마찬가지야. 진슬우는 생각했다. 창문을 연 사람과 닫은 사람이 달라. 창문을 닫은 사람은 최대석 씨가 맞아. 그럼 연 사람은 누구지?

"창문을 왜 닫았죠?"
"그건 당연히, 숨기고 싶었기 때문이지(진실)."
"뭘 숨기고 싶었습니까?
"내가 저지른 짓(거짓)."
"근데 왜 다시 자수를 한 겁니까?"
"사람이 말이야, 죄짓고는 못 사는 것 같아. 머릿속에서 떠나가질 않더라고(진실). 괴로워서 자수했어(진실)."
"뭐가 그렇게 괴로웠습니까?"

"뭐긴 뭐야, 내가 한 짓이지(거짓). 아까 말했잖아, 창문 열었다고(거짓). 그래서 미세먼지를 방 안으로 들어오게 한 거야(거짓)."

진슬우는 잠시 질문을 멈췄다. 괴로워서 자수를 했다는 말은 진실로 판별된다. 괴로움의 이유가 무엇인지는 정확하게 알 수 없지만, 최소한 최길남 씨를 직접 살해한 일은 아니다. 진슬우는 그렇게 판단했다. 그렇다면 이제 알아내야 할 것은 최길남 씨가 사망에 이르게 된 가장 큰 원인, 창문을 연 사람이 누구인가 하는 점이다.

"그날, 차지현 씨가 잠깐 외출했다가 들어온 일이 있는데, 기억하십니까?"

"장 좀 보고 오겠다고 말하고 나갔지(진실)."

"얼마나 외출했는지 혹시 기억나십니까?"

"며느리가… 아니, 근데, 며느리 얘기가 갑자기 왜 나오지? 아, 지금 며느리를 의심하고 있는 건가? 걔가 한 게 아니야. 전부 내가 한 거야(거짓). 도대체 걔는 무슨 생각으로 자수를 한 거지? 그것 때문에 일이 더 복잡하게 됐잖아."

"차지현 씨를 의심하고 있는 건 아닙니다."

"그럼 며느리 얘기는 왜 하는 건가?"

"차지현 씨가 외출한 사이에 혹시 최성호 씨가 집에 오지 않았습니까?"

"성호? 우리 아들? 그런 적 없는데(진실)."

"그사이에 최대석 씨는 계속 집에 있었습니까? 혹시 방에 있어서 누가 집에 들어왔는지 몰랐던 건 아닙니까?"

"며느리 나가고 계속 거실에 있었어(진실). 거실에서 TV 보고 있었어(진실). 뭐야, 설마 우리 아들 의심하고 있는 거야? 걔가 그런 짓을 왜 해! 내가 했다니까(거짓), 내가. 왜 사람 말을 안 믿고 엄한 사람을 의심하고 있어!"

"의심하는 게 아니라, 하나하나 확인하고 있는 겁니다."

"의심을 하니까 확인을 하는 거 아니야!"

"하나하나 확인하는 게 제가 해야 하는 일입니다."

"며느리가 장 보러 나간 동안 들어온 사람 아무도 없어(진실). 며느리가 나 몰래 들어온 적도 없고(진실). 아, 아니구나. 손자 놈이 학교 마치고 돌아왔구나(진실)."

최대석이 하는 말을 들으며, 진슬우는 자신의 진위 판별 능력의 결점을 다시 한번 생각한다. 실제로는 거짓이라도, 말하는 사람이 그것을 진실이라고 착각하고 말하면, 그것은 진실로 판별된다. 차지현이 장을 보러 나간 사이 실제로는 손자 최지웅이 집에 돌아왔다. 하지만 최대석이 "며느리가 장 보러 나간 동안 들어온 사람 아무도 없어."라고 한 말이 진실로 판별된 이유는, 최대석이 그 말을 내뱉을 당시에는 그것이 진실이라 착각하고 있었기 때문이다.

"뭘 그렇게 골똘히 생각하고 있어. 하다 하다 이제는 초등학생까지 의심하는 건가?"

진슬우는 최대석의 말을 듣고 나서 천천히 그의 눈을 바라본다. 지금까지 전혀 생각해 보지 못한 가능성. 말이 된다. 진슬우는 그렇게 생각했다. 말이 되잖아. 진슬우는 다시 한번 그렇게 생각했다. 최성호 씨를 감싸기 위한 것이 아니다. 최지웅 군을 감싸기 위한 것이다. 최성호 씨를 진범으로 두면 억지스러웠던 상황도, 최지웅 군을 진범으로 두면 자연스럽게 해결된다. 최대석 씨가 죄책감을 느끼는 이유도, 차지현 씨가 죄책감을 느끼는 이유도, 충분히 납득할 수 있는 일이다.

"허허, 이 형사 양반. 설마 진지하게 생각하고 있는 건가. 지웅이는 노인 냄새 난다고 내 방에도 안 들어오려 하는 애야(진실). 아버지 방엔 얼씬도 안 한다고(진실)."

최대석의 마지막 말이 진실로 판별됐음에도, 진슬우는 최지웅 진범설에 조금 더 확신을 갖게 된다.

*

"뭐예요, 그럼 그 애가 저지른 일이에요? 그 애는 만나 봤어요?"

나는 한참 동안 슬우 씨가 하는 이야기를 듣다가 물어보았다.

"차지현 씨랑 최대석 씨 조사 끝내고, 아파트 나와서, 나가는 척하면서, 아파트 현관에서 지웅 군이 오길 기다렸어요. 구 형사님께는 둘 다 거짓으로 자백했다고 말씀드리고 먼저 돌려보냈고."

"그래서 평소보다 시간이 더 걸렸구나."

"그렇죠."

"만났나 보네요."

"네."

"뭐라던가요?"

슬우 씨는 내 질문에 잠시 뜸을 들였다.

나는 궁금한 마음에 재촉하듯 다시 한번 물었다.

"걔가 진범이었나요?"

진슬우는 그제야 천천히 고개를 가로저었다.

"지웅 군은 그날, 최길남 씨 방에는 들어가지도 않았더군요."

석양이 깔리고 있는 시간. 우리는 포드 토러스 안에 나란히 앉아 있었다. 광안대교에 불빛이 들어왔고, 광안리 해변의 상점 간판에도 하나둘 빛이 들어왔다. 공기가 두어 시간 전보다 눈에 띄게 맑아졌기에 자연의 빛과 인공의 빛이 어우러진 근사한 광안리 풍경을 감상할 수 있었다.

우리가 탄 포드 토러스는 처음 주차된 곳에서 1센티미터도 움직이지 않은 상태였다.

나는 고개를 갸웃거리며 슬우 씨에게 말했다.

"그럼, 뭐예요? 왜 범인이 아무도 없지?"
"한 명 남았잖아요."
"한 명? 누구요? 최대석 씨도 아니고, 차지현 씨도 아니고, 최성호 씨가 중간에 집에 들어온 적도 없고, 최지웅 군도 아니라고 했고. 남은 사람 없는데?"
"최길남 씨."
"최길남 씨?"
"네, 최길남 씨가 최길남 씨를 살해한 겁니다."
"자살… 했다는 말인가요?"
"그것 말고는 남은 선택지가 없는 것 같네요."
"그러고 보니. 최대석 씨는 창문을 다시 닫기는 했지

만 열진 않았다고 했죠. 차지현 씨도, 공기청정기 코드를 다시 꽂긴 했지만 뽑은 사람은 아니고. 최성호 씨는 출근하고 나서 퇴근하기 전까지 중간에 집에 돌아온 적이 없고, 최지웅 군은 방에 들어가지도 않았다. 결국 남은 사람은 최길남 씨 하나밖에 없네요."

나는 머릿속을 정리하며 독백하듯이 말했다. 그러고 나니 곧바로 다음 물음이 떠올랐다.

"그러면 최대석 씨랑 차지현 씨는 왜 굳이 거짓 자백을 한 거죠? 그냥 자살했다고 말하면, 아니, 그냥 가만히 있었으면 자연사로 처리됐을 텐데. 아니지, 둘 다 죄책감을 느꼈다고 했죠? 그건 또 뭐 때문이지?"

"그래서 지금 계속 여기에 있는 거예요."

"네? 왜요?"

"차지현 씨가 오늘 야간 근무라고 했으니까, 저녁 식사 마치고 나오겠죠. 어쩌면 조금 더 빨리 나올 수도 있겠고. 그때 따로 만나 보려고 기다리고 있는 중이에요."

일종의 잠복근무 같은 건가, 하고 나는 생각했다. 그럼 영화에서 나오는 것처럼 빵이나 우유 같은 걸 사서 검정색 비닐봉지에 담아 와야 하는 거 아닌가. 아, 이제 슈퍼에서 비닐봉지 안 주는구나. 어쨌거나 출근 시간에 맞춰 나올 테니 굳이 그럴 필요까진 없겠네. 근데 차지현 씨가 차를 몰고 나오면 어떻게 확인할 생각이지. 차지현 씨가 타고 다니는 차종이나 차 넘버는 알고 있는 건가. 아니, 잠깐만. 그러면 나한테 미행을 시킬 셈인가. 자동차 미행은 여태 한 번도 한 적이 없는데. 언젠간 할지도 모른다고 생각하긴 했지만. 그래도 그냥 차지현 씨가 일하는 병원에 가서 기다리는 편이 나을 텐데, 하고 밑도 끝도 없는 생각이 이어지던 와중, 옆에 있던 슬우 씨가 사이드미러를 보며 "나왔네요."라고 말했다.

나는 고개를 돌려 차지현 씨의 모습을 확인했다. 보통 키에 어깨까지 오는 검정색 머리칼. 갈색 코트에 검정색 숄더백을 메고 있었고, 청바지에 하얀색 스니커즈를 신고 있었다. 겉모습만 봐서는 간호사라는 인상도 희박했고, 누군가의 엄마라는 느낌은 거의 들지 않았다.

"지금 막 아파트 밖으로 나간 사람, 차지현 씨 맞아요?"
"네, 우리도 천천히 따라가 보죠."

나는 서둘러 시동을 걸고 천천히 차를 후진시켰다.

"아직 6시도 안 됐는데 빨리 나왔네요. 야간 근무면 보통 저녁 9시 이후부터 시작할 텐데."
"머릿속이 복잡하지 않을까요. 여러모로."

슬우 씨는 '여러모로'를 강조해서 말했다.

"그렇겠죠. 이번 조사로 거짓 자백 했다는 게 들통난 셈이니까. 최대석 씨랑 같이 집에 있는 게 불편했을 수도 있겠고요."

포드 토러스가 아파트를 빠져나왔다. 차지현 씨가 사라진 오른쪽으로 방향을 꺾자, 10미터쯤 전방에서 차지현 씨가 터벅터벅 걷는 모습을 확인할 수 있었다.

"잠깐만 여기서 정지." 슬우 씨가 말했다.

나는 비상등을 켜고 인도 쪽으로 자동차를 바싹 붙였다.

"차지현 씨가 일하는 병원, 어디에 있는지 아세요?" 내가 물었다.

"수영역 근처에 있어요."
"그러면 저렇게 병원까지 걸어갈지도 모르겠네요. 시간도 넉넉히 남았을 테고."
"그렇겠죠. 자, 지금 출발."

나는 슬우 씨의 말을 듣고 비상등을 끄면서 액셀을 밟았다. 하지만 차지현 씨가 점점 가까워지자 자동차 속도를 줄일 수밖에 없었다.

"속도 줄이지 말고 계속 이 속도로 가세요." 슬우 씨가 말했다.

우리는 금세 차지현 씨를 지나쳤지만, 잠시 후 삼거리에서 신호를 받아 차를 멈춰야 했다.

뭐야, 설마 신호등 바뀌는 걸 계산한 건 아니겠지.

나는 백미러로 차지현 씨가 걸어오는 모습을 보았다. 옆자리의 슬우 씨가 차창을 내리고 있었다. 설마 진짜 신호등 바뀌는 타이밍을 노린 건가, 하고 내가 놀라고 있는 사이, 슬우 씨는 차지현 씨에게 말을 걸었다.

"차지현 씨, 지금 출근하시나 보네요."

자신의 이름이 불리자 잠시 멈칫, 했지만 차지현 씨는 슬우 씨의 얼굴을 확인한 듯 천천히 우리 쪽으로 다가왔다.

"형사님, 여기 계속 계셨던 거예요?"
"이쪽에 다른 볼일이 있어서 그거 처리하고 이제 복귀하는 길이에요."

슬우 씨가 능청스럽게 거짓말을 했다.

"아, 그렇군요. 그럼, 조심히 들어가세요."

차지현 씨는 더는 볼일이 없다는 듯 서둘러 인사를 하고 몸을 돌렸지만, 슬우 씨는 재차 차지현 씨를 불러 세웠다.

"차지현 씨, 잠깐만요."
"왜 그러시죠? 조사는 아까 다 끝난 거 아닌가요?"
"지웅 군에 대한 이야기입니다."
"우리 지웅이가 왜요?"

차지현 씨가 차 쪽으로 한 걸음 다가오며 물었다. 목소리 톤이 방금 전과 확연히 달랐다.

슬우 씨는 잠시 뜸을 들이더니 되물었다.

"지웅 군에 대해서 뭔가 하실 말씀 없습니까?"

신호등이 녹색으로 바뀌었고, 뒤에서 빵빵, 경적이 울렸다. 내가 비상등 버튼을 누르려고 하자 슬우 씨가 내 손을 제지했다.

"혹시, 우리 지웅이를 만났나요?"
"잠깐 타시죠. 지웅 군에 대해 말씀드릴 게 있습니다."

슬우 씨는 그렇게 말하며 뒷문 잠금장치를 해제했다.

자동차 경적 소리가 빵빵빵, 이어졌고, 뒤에 있던 자동차들이 옆 라인으로 빠져나와 우리 차를 지나갔다. 창문을 내리고 삿대질을 하는 사람도 있었다.

잠시 후, 덜컥, 하는 소리와 함께 뒷좌석 문이 열렸다. 차지현 씨였다. 그녀는 내 쪽을 보더니 "아까 있던 형사님이랑 다른 분이네요."라고 말했다.

"구 형사님은 다른 볼일이 있어서 먼저 가셨고, 이쪽

은 이번에 새로 들어온 신입 형사입니다. 류 형사, 이 쪽은 아까 말씀드린 차지현 씨."

"아, 안녕하십니까. 류수영이라고 합니다."

나는 슬우 씨의 갑작스러운 거짓말에 당황하며 인사를 건넸다.

"안녕하세요. 여자 형사님이네요. 여자 형사는 드라마나 영화에서나 나오는 줄 알았는데."

"류 형사, 이제 출발하지."

슬우 씨가 차지현 씨의 말을 자르듯이 말했다.

"아, 네."

나는 천천히 액셀을 밟았다. 자동차 경적이 잦아들었다.

"형사님, 우리 지웅이 만나셨죠?"

"병원으로 모셔다 드리면 될까요?"

어렵게 차에 태울 때는 언제고, 슬우 씨는 차지현 씨의 질문에 엉뚱한 소리를 했다.

"왜 말을 돌리세요?"

차지현 씨가 약간 발끈한 듯한 목소리로 되물었다.

"천천히 얘기합시다. 급할 거 없으니까. 아직 근무시간까지 많이 남은 거 맞죠?"

차지현 씨는 슬우 씨의 질문에 한동안 아무 대답도 하지 않다가 차량이 해변 끝에 다다를 즈음 이렇게 말했다.

"그러면 민락수변공원 쪽으로 가 주시겠어요? 그쪽에 주차할 수 있는 카페가 있으니까."

우리는 수영강과 광안대교가 내다보이는 카페 2층에 자리했다. 차지현 씨는 아까 자동차에 탔을 때와 달리 차분해진 상태였다. 테이블 위에 놓인 아메리카노를 마시며 슬우 씨가 먼저 입을 떼기를 기다리고 있는 것 같았다.

슬우 씨는 녹차를 몇 모금 마신 뒤 곧장 본론으로 들어갔다.

"차지현 씨나, 저희나, 이제는 다 알고 있습니다. 최길남 씨를 살해했다는 차지현 씨의 자백이 거짓이라는 것을."

차지현 씨는 별다른 반응을 보이지 않은 채 덤덤히 아메리카노를 홀짝였다.

"저희가 궁금한 것은 이것입니다. 차지현 씨는 왜 거짓 자백을 했는가. 아니, 왜 거짓 자백을 할 수밖에 없었나. 여러 가지 가능성을 추측해 봤죠. 차지현 씨가 거짓 자백을 할 수밖에 없었던 이유가 무엇인지. 그리고 하나의 결론에 이르렀습니다."

슬우 씨는 여기까지 말하고 나서 잠시 녹차를 마시며 목을 축였다. 차지현 씨의 얼굴은 어느새 조금 경직되어 있었다.

"차지현 씨가 장을 보고 집에 돌아왔을 때, 지웅 군은 학교 수업을 마치고 집에 와 있었습니다. 최대석 씨는 거실에 있다가, 아마 차지현 씨가 들어오는 걸 보고 다시 방으로 들어갔겠죠. 아니면 밖으로 나갔을 수도 있고. 아, 지금부터 하는 이야기는 어느 정도 상상이 가미됐으니까 감안하고 들어 주세요. 그 후 차지현 씨가 무엇을 했는지는 모릅니다. 장 봐 온 재료로 요리를 하고 있었을 수도 있고, 야간 근무를 대비해서 잠시 눈을 붙였을 수도 있고요. 문제는 이다음입니다. 간호사이니만큼 최길남 씨 체크를 몇 시간에 한 번씩 주기적으로 해 오고 계셨겠죠. 일종의 직업병처럼. 그래서 여느 때와 마찬가지로 시간에 맞춰 최길남 씨 방에 들어갑니다. 그런데 문득, 평소와는 다른 느낌을 받습니다. 왠지 모를 위화감 같은 것. 차지현 씨는 금세 위화감의 원인을 발견합니다. 공기청정기. 공기청정기의 전원이 꺼져 있는 상태라는 걸 알아챕니다. 그러고 나서 위화감의 원인을 또 하나 발견합니다. 네, 바로 최길남 씨가 죽어 있었던 겁니다."

차지현 씨는 눈에 초점을 잃은 채 멍한 얼굴로 앉아 있었다. 아까는 들려주지 않은 이야기였기에 나 역시 꽤나 놀란 상태로 슬우 씨가 하는 이야기에 집중했다.

"차지현 씨는 곧바로 공기청정기와 최길남 씨의 죽음을 연결시킵니다. 그리고 공기청정기가 꺼진 이유를 알아내죠. 전원 코드가 뽑혀 있었던 겁니다. 차지현 씨는 의아하게 생각합니다. 불과 몇 시간 전에 확인했을 때만 해도 제대로 꽂혀 있던 전원 코드가 어째서 뽑혀 있는가. 어째서? 왜? 하지만 이런 의문은 금세 이렇게 바뀝니다. '누가' 코드를 뽑았는가. 차지현 씨 본인은 하지 않았습니다. 직장에 있을 남편 최성호 씨 또한 하지 않았습니다. 용의자는 시아버지 최대석 씨 아니면 아들 최지웅 군 둘 중 하나. 근데 아무리 머리를 굴려 봐도 최대석 씨는 아닌 것 같습니다. 지금까지 최길남 씨를 잘 모시던 최대석 씨가 갑자기 왜? 그렇다면 의심은 최지웅 군에게 몰릴 수밖에 없습니다. 어렸을 때부터 할아버지, 증조할아버지와 함께 사니까 예절 교육 같은 것도 잘 받았겠죠. 식사할 때는 어른이 먼저 수저 들기 전에 들면 안 된다든지, 밖에 나갔다가 오면 어른한테 먼저 인사를 드려야 한다, 하는 것들. 그날도 지웅 군은 학교에서 다녀와 거실에서 TV를 보고 있었을 할아버지 최대석 씨에게 먼저 인사를 드리고, 증조할아버지 최길남 씨가 누워 있는 방에 들어가서 인사를 드렸을 겁니다. 근데 지웅 군은 평소에 노인 냄새가 난다고 증조할아버지 방에 들어가는 걸 꺼렸죠. 속으로는 꺼리지만 해야 할 건 해야 한다. 그래서 인사를 드리러 갔다가, 최길남 씨가 잠들어 있는 걸 확인하고, 약간 반항기 어린 장난을 친 게 아닐까, 라고, 차지현 씨는 혼자 생각합니다. 지극히 초등학교 6학년 학생다운 장난으로, 공기청정기의 코드를 뽑아 버린 게 아닐까, 라고 차지현 씨는 생각합니다. 일단 그런 생각이 들기 시작하니까 마치 그 사실이 진실인 것처럼 여겨지고, 급기야 그 사실을 숨겨야겠다는 판단에까지 이르게 됩니다. 네, 그렇습니다. 다시 공기청정기 전원 코드를 콘센트에 꽂고, 전원 버튼을 눌러 기계가 작동하게 한 것입니다. 그러고 나서 최길남 씨의 사망을 다시 한번 확인한 뒤 조용히 방에서 나옵니다."

상상이 가미되었다고 했지만 슬우 씨가 하는 말은 꽤 합리적인 추리처럼 보였다. 차지현 씨의 표정 또한 그 사실을 입증하는 것 같았다. 꼭꼭 숨기고 싶었던 진실이 발각됐을 때 드러나는, 허탈하면서 동시에 평온해 보이는 표정. 차지현 씨는 그런 표정을 하고 있었다.

자기는 추리 못한다고 엄살 떤 것이 불과 몇 시간 전이었기에 나로선 묘한 배신감이 들기도 했지만, 역시 탐정은 탐정이구나, 새삼 깨닫기도 했다.

"그냥 자연스럽게 넘어갈 수도 있는 일이었습니다. 당연한 일이지만, 의심하는 사람은 아무도 없었고, 의심받을 만한 상황 또한 아무것도 없었을 테니. 겉으로만 봐선 지웅 군 또한 평소와 다른 점을 찾을 수 없었습니다. 아니, 어쩌면 조금은 달랐을지도 모르겠네요. 왠지 모르게 불안한 표정을 짓는다든지, 아니면 몰래 한숨을 내쉰다든지. 어쨌거나 차지현 씨가 지웅 군에게 직접 물어볼 순 없었을 겁니다. 지웅아, 혹시 네가 증조할아버지 방 공기청정기 코드 뽑았니? 하고 말이죠. 만에 하나, 정말 만에 하나, 지웅 군이 그렇다고 대답할 경우, 그 사실을 받아들이기란 어려웠을 테니 말입니다. 그렇게 묻어 두고 살기로 결심하고, 최길남 씨 초상까지 다 치렀는데, 정작 차지현 씨의 마음에는 불안이 야기한 죄책감이 이미 차곡차곡 쌓여 있습니다. 그리고 그 죄책감은 이런 식으로 결론 나지 않았을까요? 만에 하나 지웅이가 공기청정기 전원 코드를 뽑았고, 그 일이 시할아버님 사망의 직접적인 원인이라면, 그 벌은 아들인 지웅이가 아니라 내가 받아야 한다. 내 잘못이다. 결국 차지현 씨는 거짓으로 자백을 하게 된 겁니다. 그런데 한 시간도 채 지나지 않아 최대석 씨가 경찰서에 왔을 때 꽤 놀랐겠죠. 내심 안도하는 마음도 들었을 겁니다. 지웅이가 아니었구나. 아버님이었구나. 다행이다. 그렇지만 기껏 자백을 다

했는데, 말을 돌릴 수도 없고, 결국 끝까지 허위 자백을 밀어붙인 것입니다."

슬우 씨의 이야기가 끝나고도 차지현 씨는 얼마간 텅 빈 찻잔을 바라보았다.

곤색 하늘 속 광안대교 위로 자동차들이 빠르게 지나갔다. 광안대교 뒤편의 높다란 건물들에서 환하게 빛이 났다. 그 빛을 받아 수영강 물결 또한 반짝반짝 빛났다.

"이미 다 알고 계시네요. 저는 더 할 말이 없는 것 같습니다."

차지현 씨는 그렇게 말을 끝맺는 것 같더니 잠시 후 다시 입을 뗐다.

"근데 오후에 혹시 우리 지웅이 만나셨나요? 만나신 거 맞죠?"
"네, 만났습니다."
"역시, 그랬군요."

"지웅 군이 무슨 말, 하던가요?" 슬우 씨가 물었다.

"아니, 그런 건 아닌데… 뭐랄까, 얼굴색이 조금 밝아진 것 같아서요."
"지웅 군에게, 증조할아버지 돌아가시던 날, 혹시 방에 들어갔냐고 물어봤어요. 잠깐 우물쭈물하더니, 그 날 집에 갔더니 엄마는 안 보이고 할아버지밖에 없어서, 증조할아버지 방에는 안 들어갔다고 하더군요."

차지현 씨는 안심했다는 듯 후우, 한숨을 내쉬었다.

"안 들어갔군요."
"네. 혹시 근래 지웅 군 안색이 안 좋았다면, 아마 그

것 때문일 겁니다. 하필 자기가 방에 들어가지 않은 날, 증조할아버지가 돌아가셨다는 것. 평소라면 엄마가 시켜서 증조할아버지께 인사하러 들어갔겠지만, 그날 마침 엄마가 집에 없었고, 매일 하던 일을 하루 빼먹은 거죠. 근데 우연히도 그날 증조할아버지가 돌아가셨다. 혹시 나 때문이 아닐까? 내가 그날 증조할아버지 방에 들어갔으면 괜찮지 않았을까? 그렇게 생각했을 겁니다."

"애초에 할아버님 방에는 들어가지도 않았네요. 거짓 자백을 할 필요도 없는 일이었어."

차지현 씨는 그렇게 독백하듯 말하며 몇 번 헛웃음을 내뱉었다.

이로써 차지현 씨 문제는 일단락됐구나. 최길남 씨가 사망한 슬픔은 아직 남아 있겠지만, 괜한 죄책감을 느낄 필요는 없게 됐어. 이제 마음 편히 하루하루 지낼 수 있을 거야. 지웅 군에게도 스스럼없이 대할 수 있을 테고. 지웅 군도 이제 마음 편히…

어?

"근데 잠깐만요."

아무 말도 없이 딸기라떼만 홀짝이고 있던 내가 돌연 입을 뗐다.

"방금 차지현 씨 말씀으로는, 오늘 지웅 군 얼굴색이 평소보다 조금 좋아졌다고 하신 것 같은데, 그건 왜죠?"

내 질문에 슬우 씨가 덤덤하게 말했다.

"아까 만났을 때, 증조할아버지 돌아가신 거랑 네가 방에 안 들어간 것과는 아무 상관이 없다고 지웅 군에게 말해 줬지. 엄마도 이미 그 사실 알고 있으니까 혼날까 봐 걱정 안 해도 된다고 덧붙였고."

병원까지 태워 주겠다고 했으나 차지현 씨는 극구 만류했다. 어차피 출근 시간까지는 두 시간 정도 남았고, 바람 쐬며 좀 걷고 싶다고 했다.

차지현 씨는 거짓말을 해서 정말 죄송하다고 사과했지만 감사하다는 말을 훨씬 더 많이 했다.

헤어지기 직전, 차지현 씨는 그제야 생각났다는 듯 슬우 씨에게 물었다.

"형사님, 그러면 아버님이 정말 범인인가요? 아버님 같은 효자도 별로 없을 텐데. 그럴 리가 없어요."

"최대석 씨도 범인이 아닙니다."

"그럼 누가 그랬죠? 그렇다고 공기청정기 전원 코드가 저절로 빠지진 않았을 테고요."

"차지현 씨가 거짓으로 자백했기 때문에, 그 벌로, 그 질문에는 답변하지 않는 걸로 하겠습니다."

차지현 씨가 약간 어이없어 하는 표정을 지었다.

"농담입니다, 농담, 하하하."

농담도 평소에 하던 사람이 해야 농담처럼 느껴지지. 어떻게 할 셈인가, 슬우 씨. 이토록 갑자기 싸늘해진 분위기를.

하지만 슬우 씨는 아랑곳하지 않은 채 다시 진지하게

말을 이었다.

"이제 최대석 씨 찾아뵙고, 마지막으로 확인해 보면 알 수 있을 겁니다. 나중에 아버님께 물어보면 알 수 있을 거예요."

포드 토러스가 다시 광안해변로로 접어들었다.

저녁이 됐기 때문인지, 아니면 공기가 맑아졌기 때문인지, 꽤 쌀쌀한 날씨임에도 광안리 해변에는 사람들이 많았다. 3월의 봄 바다. 바다를 바라보며 데이트를 하는 커플에서부터, 반려견을 데리고 산책하는 사람들까지. 버스킹을 하는 사람도 눈에 띄었고, 사람들을 피해 가며 자전거를 타는 사람들도 있었다. 백사장 쪽에서 간간이 작은 폭죽이 터지기도 했다.

몇 분 뒤 우리는 다시 최대석 씨네 가족이 살고 있는 아파트 주차장에 도착했다. 오후 때와 달리 동행한 형사가 없었기에 나는 슬우 씨와 함께 최대석 씨가 있는 곳으로 향했다.

집에는 최대석 씨 한 명밖에 없었다. 최성호 씨는 학교 야간 자율 학습 감독을 맡아 밤이 늦어서야 퇴근할 예정이라 했고, 최지웅 군은 수학 학원에 갔다고 했다.

"잘됐네요, 그러면 거실에 앉아서 얘기할까요?" 슬우 씨가 말했다.

"조사는 아까 다 끝난 거 아닌가? 뭘 또 물어볼 게 있다고." 최대석 씨가 투덜대더니 나를 보며 덧붙였다. "근데 이쪽 총각은, 아니, 아가씨인가?"

"성별은 중요하지 않습니다. 저는 신입 형사 류수영이라고 합니다."

슬우 씨가 뭐라 말하기 전에 내가 먼저 선수를 쳤다. 차에서 내려 집에 들어올 때부터 이미 나는 형사다, 나는 신입 형사다, 몇 번이나 되새기고 있어서인지 말이 술술 나왔다.

최대석 씨는 내 말을 듣더니 별 대꾸 없이 주방 쪽으로 갔다.

"거기 앉아들 있어요. 마실 거라도 좀 내올 테니까."

잠시 후 최대석 씨가 유리컵에 오렌지주스를 담아 와 소파 앞에 있는 작은 테이블에 올려 두었다. 그러고 나서 주방에 있는 식탁 의자를 하나 가져와 우리 맞은편에 앉았다.

"이거들 들어요. 형사님들 오셨으니, 그래, 이번에는 또 뭘 물어보려고? 아까 오후에 다 물어본 거 아닌가?"

"지금 막 차지현 씨를 만나고 오는 길입니다. 차지현 씨가 자신이 거짓 자백을 했다는 사실을 털어놓았습니다." 슬우 씨가 말했다.

"오, 듣던 중 반가운 소리네. 그럼 이제 내가 진범이란 걸 알았으니 체포 영장이 나오는 건 시간 문제겠군."

"그 전에 하나 물어보고 싶은 게 있는데, 혹시 차지현 씨가 최길남 씨를 어떻게 살해했다고 자백했는지 아십니까? 물론 허위 자백이긴 하지만."

"그건 나도 모르지."

"공기청정기 전원 코드를 뽑았다고 했습니다."

"공기청정기?"
"공기청정기 가동을 멈춰서 최길남 씨의 병환을 악화시켜 사망에 이르게 했다고 말했습니다."
"그거 잠깐 멈춘다고 문제가 되나? 걔는 뭐 하러 그런 거짓말을 해서…"

그렇게 말을 줄인 최대석 씨는 오렌지주스가 담긴 유리컵 쪽으로 손을 뻗었다. 그러나 유리컵을 손에 들고 천천히 입 쪽으로 옮기던 중, 슬우 씨가 하는 다음의 말을 듣고 움직임을 멈출 수밖에 없었다.

"그런데 완전히 거짓말은 아니었습니다."

최대석 씨는 손에 든 유리컵을 입에 갖다 대지도 못한 채 다시 테이블 위에 올려 두었다.

"완전히 거짓말은 아니다?"
"네, 공기청정기의 전원 코드가 뽑혀 있었던 건 사실이었으니까요. 차지현 씨는 그걸 보고 코드를 다시 꽂아 두었죠. 물론 코드를 뽑은 사람은 차지현 씨가 아니었습니다. 최대석 씨 진술과 유사하다고 생각하지 않습니까?"
"유, 유사하다니 그, 그게 무슨. 애초에 그깟 공기청정기 잠깐 끈다고 사람이 죽을 리가 없잖아. 나, 나처럼 아예 창문을 열어 두든지 했어야지."

최대석 씨가 눈에 띄게 말을 더듬었고, 슬우 씨의 어조는 지금까지와 달리 단호하게 바뀌었다.

"차지현 씨와 마찬가지 아닙니까. 창문을 연 사람은 최대석 씨가 아니지 않습니까? 왜 자꾸 거짓말을 하십니까. 최대석 씨가 최길남 씨 방에 들어갔을 때 이미 창문은 열려 있었습니다. 뿐만 아니라 그때 공기청정기 전원 코드도 뽑혀 있었고요. 최대석 씨는 열려 있는 창문은 닫았지만, 뽑혀 있는 전원 코드는 미처 발견하지 못했죠. 그래서 다시 꽂아 두지 못했던 거고, 장을 보고 온 차지현 씨가 최길남 씨 방에 들어갔다가 뒤늦게 그걸 발견하게 된 겁니다. 지금 제가 무슨 말씀을 드리고 있는지 아시겠습니까? 네, 최길남 씨를 살해한 사람은 최대석 씨도, 차지현 씨도 아니라는 말입니다. 최길남 씨가 사망한 이유는, 최길남 씨 본인이 직접, 거동이 불편한 와중에도, 창문을 열고, 공기청정기 전원 코드를 뽑았기 때문입니다."

슬우 씨의 폭풍 같은 논변이 지나간 후, 거실 안은 침묵에 잠겼다.

최대석 씨는 고개를 숙인 채 한동안 아무 말이 없었다.

슬우 씨 역시 입을 다문 채 최대석 씨가 할 말을 기다리고 있는 듯했다.

하여튼 평소에는 말도 별로 없는 사람이 이럴 때는 무시무시한 달변가가 된다. 옆에서 가만히 듣고만 있던 내가 괜히 목이 타서 오렌지주스 쪽으로 눈길을 보냈지만, 이런 상황에서 혼자만 주스를 꼴깍꼴깍 마실 수도 없는 노릇이었다.

잠시 후, 마침내 최대석 씨가 입을 뗐다.

"유대인 격언 중에 이런 말이 있어. 거짓말을 해서는 안 된다, 그러나 진실 중에도 입에 담아서는 안 되는 것이 있다."

최대석 씨는 잠깐 슬우 씨를 쳐다봤지만 슬우 씨가 별다른 반응을 하지 않자 계속 말을 이었다.

"부모를 모시고 사는 자식 입장에서, 부모가 자살한 걸 목격한 자식의 심정이 어떨지 상상이나 할 수 있겠나? 그쪽 신입 형사님은, 어떻게 생각합니까? 상상이 가요?"

줄곧 슬우 씨를 보고 말하던 최대석 씨가 돌연 내 쪽을 쳐다보며 물었다. 슬우 씨가 말이 없으니 애꿎은 나에게 질문이 날아온 것이다.

수사의문문인가. 아니면 대답을 바라고 물어본 걸까.

"많이 슬펐을 것 같습니다."

빠르게 고민한 후 적당한 말을 찾아 대답했다. 하지만 최대석 씨는 고개를 가로저었다.

"슬픔 같은 게 아니야. 죄책감밖에 안 들어. 아버지가 자살했다? 왜? 혹시 내가 뭔가 잘못한 게 아닐까? 그래, 내 잘못으로 아버지가 자살한 거야. 내가 제대로 못 모신 거야. 이게 무슨 말인 것 같아? 결국 내가 죽였다는 소리나 마찬가지란 말이지."

최대석 씨는 한숨을 내쉬며 말을 끝맺었고, 나는 대꾸할 말이 떠오르지 않았다.

그때 갑자기 슬우 씨가 입을 열었다.

"저는 조금 다르게 생각하는데요."

최대석 씨와 나는 동시에 슬우 씨를 바라보았다.

"뭐가 다르다는 말이지? 죄책감이 안 느껴진다는 말

인가?"

"그게 아니라. 우선 자리를 옮기죠. 여기서 말고, 최길남 씨 방으로 가서 이야기를 해 보면 좋을 것 같네요."

슬우 씨는 그렇게 말하더니 소파에서 일어나 최길남 씨 방으로 들어갔고, 최대석 씨와 나는 잠깐 멍하게 있다가 자리에서 일어나 슬우 씨 뒤를 따랐다. 방에 들어가자 콘센트에 공기청정기의 선원 코드를 꽂고 있는 슬우 씨의 뒷모습이 보였다.

"형사 양반, 지금 뭐 하는 건가?"

최대석 씨가 정말 궁금하다는 듯 물었다. 나 역시 묻고 싶은 말이었다.

"자, 이제 됐습니다. 이제 전원 버튼을 누르면."

삐리리릭 삐리릭 하는 소리를 내며 공기청정기가 가동되었다. 센서등에 주황빛이 들어왔고, 오토 모드로 설정된 공기청정기의 풍량이 자동으로 올라갔다.

"아마 평소에도 이렇게 오토 모드로 설정해 두고 사용하셨겠죠. 밤이라 그런지 소음이 제법 거슬리네요. 아마 그날도 그랬을 겁니다."

최대석 씨는 영문을 모르겠다는 얼굴로 슬우 씨를 바라보고 있었고, 나 역시 최대석 씨와 같은 마음이었다.

"제 추측은 이렇습니다. 최길남 씨는 자살한 게 아니다. 최길남 씨는 그저 창밖을 바라보고 싶었던 것이다."

그렇게 말하며 슬우 씨는 창문이 있는 벽과 침대 사이로 들어가 창문을 활짝 열었다. 차가운 봄바람이 훅, 방 안으로 밀려들어 왔다. 맑은 밤하늘이 창밖으로 보였다.

나는 창가 쪽으로 다가가 광안리 해변에 줄지어 있는 가로등과 상가 간판의 네온사인을 내려보았다. 고개를 내밀어 보니 해변 맞은편의 광안대교가 질세라 다채로운 빛깔을 내뿜고 있었다. 차량에서 볼 때와는 완전히 다른 풍광이었다.

슬우 씨가 말을 이었다.

"최길남 씨는 그저, 창문을 열고, 창틀에 몸을 기댄 채, 광안리 해변을 바라보고 싶었던 게 아닐까요. 자신이 어린 시절 뛰어놀던 그 해변, 지금도 누군가가 뛰어놀고 있을 그 해변을 말입니다. 몸이 불편하니 자유롭게 외출하긴 어려웠지만, 이렇게 창밖을 내다보면서 충분히 대리만족을 할 수 있었을 겁니다."

"무슨 말을 하고 싶은 건가?" 최대석 씨가 물었다.

"최길남 씨는 자살한 게 아닙니다. 그저, 운이 좀 안 좋았을 뿐이죠."

"운이 안 좋았다?"

"그날은 하필이면 미세먼지 농도가 극심하게 안 좋았던 날이었습니다. 최길남 씨는 창문을 열고 해변을 내려다보았죠. 아마 평소에도 종종 그러지 않았을까요. 저 역시 병원에 입원한 경험이 있어서 하루 종일 침대에 누워 있는 사람에게 창밖을 바라보는 일이 얼마나 소중한 일인지 잘 알고 있습니다. 어쨌거나, 최길남 씨는 창문을 열었습니다. 미세먼지가 방 안으로 들어왔을 것이고, 공기 오염을 감지한 저 공기청정기는 자동으로 풍량을 키웠을 겁니다. 풍량이 세지면서 동시에 소음량도 커졌을 테고요. 조용히 창밖을 바라보던 최길남 씨는 그 소음이 거슬렸던 겁니다. 그래서 침대 반대편으로 넘어가 공기청정기를 잠깐 꺼 두려고 했을 거고요. 근데 평소 공기청정기 조작은 최성호 씨나 차지현 씨가 하지 않나요? 이런 전자 제품 조작은 노인들에겐 어렵게 느껴질 테니. 어떤 버튼을 눌러야 할지 알 수 없던 최길남 씨는 그냥 전원 코드를 뽑아 버린 겁니다. 이렇게."

슬우 씨는 그렇게 말하며 공기청정기의 전원 코드를 뽑아 버렸다. 그러고 나서 다시 입을 뗐다.

"최길남 씨는 다시 창가 쪽으로 돌아와 창밖을 바라봅니다. 공기청정기가 꺼진 상태에서, 방 안에 들어온 미세먼지는 자꾸 쌓여만 가고, 어느새 호흡이 불편해진 최길남 씨는 창문을 열어 둔 상태로 잠시 침대에 눕습니다. 그리고 잠시 눕는다는 게 그만…. 네, 그렇습니다. 그리하여 최길남 씨는 본인 의지와는 무관하게 사망에 이른 것입니다."

서늘한 바닷바람이 다시 한번 방안으로 훅, 들어왔다.

다시 한번 찾아온 고요의 시간.

하지만 거실에 있을 때와는 침묵의 색깔이 달랐다.

긴장과 초조함의 침묵이 사라진 곳에, 깨달음과 안도의 침묵이 자리했다.

나는 재킷을 여미며 최대석 씨 쪽을 슬쩍 바라보았다. 최대석 씨의 눈에 눈물이 맺혀 있었다. 내 시선을 의식했는지 최대석 씨는 고개를 돌리고 흠흠, 헛기침을 했다. 슬우 씨 역시 몸을 돌린 채 차가운 바닷바람을 맞으며 창밖을 내다보고 있었다.

우리는 최대석 씨와 인사를 나누고 포드 토러스에 탑승했다.

집을 나서기 전, 최대석 씨는 슬우 씨에게 이런 말을 했다.

"형사 양반은 일전에 만난 다른 형사들이랑 뭔가 다르네. 외모부터 별로 형사처럼 보이지도 않고. 그냥 평범한 대학생 같아. 근데 뭔가 달라. 처음 봤을 때도 느꼈는데, 눈빛이 뭐랄까, 내가 거짓말을 하고 있는지 이미 알고 있는 사람 같았어."

"좋게 봐 주셔서 감사합니다."

슬우 씨는 다만 그렇게 말할 뿐이었다. 일일이 자신의 이능력을 설명할 수도 없는 노릇일 것이다.

나는 자동차 시동을 걸며 슬우 씨에게 따지듯이 말했다.

"탐정님, 추리 엄청 잘하시던데요?"

"제가요? 저 잘 못한다니까요."

"그럼 아까 그건 뭐예요?"

"아까… 뭐요?"

"최길남 씨가 어떻게 사망했는지 척척 알아맞히셨으면서."

"그건 추리라기보다는…"

나는 아파트 입구에서 빠져나와 좌회전했다. 포드 포러스가 광안해변로를 달리기 시작했다.

"추리라기보다는 뭐요?"

"그냥 상상이죠."
"상상이라고요?"
"그냥 최길남 씨가 그렇게 하지 않았을까, 상상해서 말한 거예요."
"거짓말을 했다는 말이네요?"
"하하, 뭐 굳이 말하자면 선의의 거짓말 정도? 죄책감을 느끼면서 낙담하고 있는 최대석 씨에게 제가 할 수 있는 최선의 거짓말."

도시가스 교차로에서 우회전한 포드 토러스가 황령대로를 달렸다.

"하긴, 슬우 씨 거짓말 엄청 잘하니까. 오늘에서야 알게 됐네요."
"거짓말을 잘하다니요?"
"미리 말도 안 하고 갑자기 저보고 신입 형사라고 그러면 어떻게 해요. 당황스럽게."
"아, 저도 그건 미처 생각하지 못한 부분이라서. 당황하셨군요."
"당연히 당황하죠. 지금 탐정 보조 일을 하고 있긴 하지만, 저는 어디까지나 아주 평범한 일반인이라고요. 그런 사람한테 갑자기 형사 역을 시키다니."
"제가 거기까진 생각 못 했습니다. 사과할게요."
"아니, 뭐, 굳이 사과할 것까진 없고…."

대남지하차도를 빠져나온 포드 포러스가 황령대로를 좀 더 달리다가 번영로로 올라탔다.

"근데 슬우 씨가 한 상상? 추리? 왠지 맞는 것 같아요. 자살하려고 창문도 열고 공기청정기 코드까지 뽑았다? 왠지 좀 납득이 안 되는 느낌이잖아요. 근데 슬우 씨가 말한 대로라면 제법 그럴듯하거든요. 주로 침대에서 누워 지내는 사람이 바깥 경치를 구경하기 위해 창문을 열었고, 때마침 밀려들어 온 미세먼지 탓에 오토 모드로 설정된 공기청정기가 풍량을 키웠고, 덩달아 늘어난 소음이 거슬려서 공기청정기 코드를 뽑아 버렸다. 약간 짜맞춘 느낌도 없지 않지만 지금까지 나온 추리 중에 제일 무난한 것 같아요. 최대석 씨도 그 이야기를 받아들였으니까요. 거짓 자백 해서 미안하다고 사과도 했고. 나중에 헤어질 땐 처음 봤을 때보다 표정이 좋아진 것 같았어요."

"어차피 죽은 사람은 말이 없으니까요. 그리고 사람은 누구나, 진실을 믿기보다는 자기가 믿고 싶은 이야기를 믿으려 하잖아요. 최대석 씨도 제가 한 이야기를 믿고 싶었던 거예요. 언제까지 죄책감을 갖고 살 수도 없을 테니."

"그러면 슬우 씨는 혹시 이번 사건의 진짜 진실이 따로 있다고 생각해요?"

"글쎄요, 그건 저도 모르죠. 하하."

"그게 뭐예요. 명색이 진위 판별 탐정인데, 진짜를 밝혀내지 못하다니!"

"아까도 말했잖아요. 저 추리하는 거 잘 못한다고!"

나는 슬우 씨가 하는 말에 왠지 모르게 웃음이 났다. 그래, 진실이야 아무려면 어때. 다들 행복하게 지낼 수 있는 방향으로 결말이 났으니 다행이지.

나는 오늘의 사건 보고서를 어떻게 작성할지 생각하며 액셀을 밟았다. 포드 토러스가 청명해진 부산의 밤하늘 아래를 시원하게 달렸다.

*

포드 토러스가 진슬우의 집 차고에 주차된다. 차에서 내린 류수영과 진슬우는 인사를 나누고 헤어진다. 진슬우는 류수영이 멀어지는 것을 바라보다가 천천히 집으로 들어간다.

진슬우는 냉장고에 있는 밑반찬에 캔 맥주를 곁들여 늦은 저녁 식사를 마친 뒤, 욕조에 물을 받아 목욕을 하고 나서 깔끔하게 옷을 갈아입는다.

진슬우의 저녁 시간은 이제부터 시작이다.

진슬우는 물병을 들고 2층 한구석에 있는 다실로 향한다. 사무실 겸 손님 접대용으로 만든 1층의 다실과 달리, 오로지 개인적인 용도로 만든 다실. 입구부터 일반적인 문과 많이 다르다. 문의 아랫부분이 허벅지 정도 높이에 있고, 문의 크기는 가로, 세로 각 70센티미터. 정사각형 모양의 문이 벽 중간에 떠 있는 셈이다. 진슬우는 문을 밀어서 연 뒤, 한쪽 무릎을 방 안으로 올리고 허리를 숙인 채, 엎드린 자세로 다실 안으로 들어간다.

다실은 다다미 두 장 크기의 아주 자그마한 공간이다. 창문은 따로 없이 도코노마♣위쪽에 있는 주먹만 한 크기의 유리창이 전부라 방문을 닫으면 다실 안은 캄캄하게 된다.

진슬우는 조명 대용으로 방구석에 놔둔 스마트폰 버튼을 누른다. 액정에서 나오는 소량의 빛이 캄캄하던 다실을 은은하게 밝혀 준다.

다실 안의 조도에 눈이 익숙해질 무렵, 진슬우는 무릎을 꿇은 채 도코노마 쪽으로 몸을 돌린다. 도코노마 위에 화병은 없고 자그마한 족자 하나만 걸려 있다.

진슬우가 바라보고 있는 것은 족자 안에 적힌 두 자의 한자, 利休. 성진 스님이 직접 써 준 글자, 리휴.

앞의 利 자를 어떻게 해석하느냐에 따라 뜻이 두 가지로 갈린다.

우선 이로울 리로 해석하는 경우. 이로운 것을 쉬게 하라. 조금 의역하면, 이익을 탐하지 마라, 라는 의미.

다음은 날카로울 리로 해석하는 경우. 날카로움을 쉬게 하라. 날을 쉬게 하라.

성진 스님이 진슬우에게 이 족자를 건네줄 땐 두 번째 의미가 담겨 있었다. 내면에 있는 날카로움을 쉬게 하라. 옳고 그름을 판별하고 진위를 분별하는, 그 모든 날을 쉬게 하라는 것.

어두운 칼집 안에 칼날을 집어넣듯, 진슬우는 내면의 날을 이 어두운 다실 안에 집어넣는다.

오후 내내 벼렸던 날카로움을 쉬게 한다.

利休는 또한 일본 다도계의 거성 '리큐'로도 읽을 수 있다.

도코노마 위에 있는 자그마한 유리창을 통해 옅은 달빛이 새어 들어와 利休를 비추고 있다.

잠시 후, 진슬우는 무릎을 꿇은 채 화로 쪽으로 다가간다. 가지고 온 물병의 물을 탕관에 따르고, 화로의 전원 버튼을 누른다. 화로 안에 있는 화강암들이 열선에 의해 뜨거워지면서 탕관의 물을 데워 준다. 탕관의 뚜껑에 난 구멍 사이로 쉬이이 쉬이이 김 새는 소리가 들리면 버튼을 눌러 화로를 보온 상태로 유지한다.

차를 만드는 시간.

머릿속을 완전히 비울 수 있는 시간.

그렇지만 진슬우의 머릿속은 오늘 오후에 있었던 사건으로 가득하다.

자신이 했던 거짓말이 쉴 새 없이 떠오른다.

그것이 최선이었나?

그것이 최선이었다?

진슬우는 생각했다. 사건의 진실은 아마 다음과 같을 것이다.

차지현 씨가 장을 보러 나가고 얼마 뒤, 지웅 군이 학교에서 돌아온다. 지웅 군은 거실에서 TV를 보고 있던 최대석 씨에게 인사를 하지만 TV 보는 데 열중하던 최대석 씨는 건성으로 대꾸한다. 지웅 군은 방에 가방을 놓아두고, 늘 하던 대로, 최길남 씨의 방에 들어간다. 그렇다. 그날 지웅 군은 최길남 씨의 방에 들어갔다. 지웅 군은 다녀왔다는 인사를 하려 하지만 최길남 씨는 침대 위에서 눈을 감고 있다. 지웅 군은 최길남 씨의 가슴팍이 미세하면서도 규칙적으로 움직이고 있는 것을 확인한다. 그러고 나서 몸을 돌려 방을 나가려고 하기 전, 문득 이런 생각을 한다. 했을 것이다. 이 집에서 날 맞아주는 사람은 아무도 없어, 엄마도 없고, 할아버지는 TV

에 빠져 있고, 증조할아버지는 죽은 듯이 자고 있어. 그때, 지웅 군의 귓속으로, 거실의 TV 소음과 함께 공기청정기가 돌아가는 소리가 들린다. 위이이이이이잉. 평소라면 잘 들리지도 않았을 소리. 집 안에서 오직 최길남 씨의 방 안에만 있는 공기청정기. 지웅 군은 문득 그 소리가 참을 수 없을 만큼 귀에 거슬린다. 위이이이이이잉, 생활 소음에 묻혀 사실상 잘 들리지도 않는 그 소리가, 위이이이이이잉, 지웅 군의 상처 난 마음을 후벼 판다. 지웅 군은 곧장 공기청정기 쪽으로 다가가 전원 코드를 뽑아 버리고, 뒤도 돌아보지 않은 채 최길남 씨의 방에서 나간다.

몇 분, 혹은 몇십 분의 시간이 흐르고, 최길남 씨가 눈을 떴을 것이다. 눈을 뜨자마자 느낀 건 답답함. 호흡이 미묘하게 불편했으리라. 최길남 씨는 침대에서 일어나 본능적으로 창문을 연다. 바깥 공기를 맛보며, 최길남 씨는 잠시 안도감을 느낀다. 느꼈을 것이다. 다시 자리에 누워 눈을 감고 잠에 빠져든다. 하지만 그가 빠져든 잠은 더 이상 깨어날 수 없는 잠이다.

차지현 씨가 장을 보고 집으로 돌아오자 거실에서 TV를 보던 최대석 씨는 TV를 끈다. 최대석 씨는 자기 방으로 돌아가기 전, 최길남 씨의 방에 들어간다. 창문이 열려 있고, 최길남 씨는 이미 사망한 상태. 최대석 씨는 잠시 멍하게 있다가 우선 창문을 닫는다. 상황을 어떤 식으로 받아들여야 할지 알 수 없던 최대석 씨는 그 누구에게 그 어떤 말도 하지 못한 채 그대로 자기 방으로 돌아간다.

밑반찬과 찌개를 만든 차지현 씨는 방에서 잠시 눈을

붙였다가 지웅 군이 태권도 학원에서 돌아왔을 때 눈을 뜬다. 지웅 군은 잠깐 놀다 오겠다고 말하며 도복도 갈아입지 않은 채 밖으로 뛰어나갔고, 차지현 씨는 그제야 시간이 벌써 5시가 넘었다는 사실을 깨닫는다. 차지현 씨는 간단히 세수를 한 뒤 최길남 씨의 방으로 들어간다. 위화감을 느낀다. 공기청정기 전원 코드가 뽑혀 있는 것을 확인하고, 최길남 씨가 사망한 것을 확인한다. 최대석 씨와 마찬가지로 잠시 멍하니 있던 차지현 씨는 우선 공기청정기 전원 코드를 꽂고 전원 버튼을 누른 뒤, 머릿속이 복잡해진 채로 방에서 빠져나온다.

저녁 7시가 넘어 최성호 씨가 퇴근한다. 지웅 군을 제외하면 가족 중 마지막으로 최길남 씨의 사망을 확인한다. 가족들에게 그 사실을 알리고, 최대석 씨와 차지현 씨는 마치 몰랐던 사람처럼 최길남 씨의 죽음을 맞이한다. 슬퍼한다.

진슬우는 생각했다. 사건은 아마 이런 식으로 전개됐을 것이다.

진슬우는 말차를 마시며 다시 족자를 바라본다.

利休.

날카로움을 쉬게 하라.

날을 쉬게 하라.

그렇지만 오늘따라 유달리 정신의 날이 무뎌지지 않는다. 진위 판별의 날이 둔해지지 않는다.

지웅 군과 만나 이야기를 나눌 때 이미 사건의 진상을 어느 정도 파악했다. 하지만 소화시킬 수 없었다. 누구에게도 진실을 말할 수 없었다. 그 누구도 행복해질 수 없는 결말. 지웅 군에겐 우선 네 잘못이 아니다, 엄마가 곧바로 공기청정기를 가동시켰다고 말했다. 얄팍한 거짓말이었지만, 지웅 군은 순식간에 화색을 되찾았다. 증조할아버지 얘기를 다시 꺼내면 슬퍼할 테니 다른 가족에게는 비밀로 하자고 다짐을 받아 두기도 했다.

어차피 화장을 했기 때문에 부검을 할 수는 없다. 사실상 최길남 씨 사망의 원인을 특정할 수 없게 된 것. 복합적인 요소가 작용했을 것이다.

그리고.

진범이 지웅 군이었느냐는 수영 씨의 질문에 결국 거짓말을 하고 말았다. 그 이후로는 끝없이 거짓말을 부풀렸다. 아무도 눈치채지 못한 혼자만의 고군분투. 추리와 상상은 젬병인 줄만 알았던 스스로도 놀랄 만큼 그럴싸한 가짜 진실을 만들어 냈다.

이로써 모든 사람의 마음이 편안하게 됐다. 사건 당사자들인 최대석 씨와 차지현 씨와 지웅 군도, 그리고 사건을 옆에서 지켜보던 수영 씨까지, 모두가 불편함 없이 하루하루를 보낼 수 있게 됐다.

나만 빼면.

나만 가만히 입 다물고 있으면.

진슬우는 아까 최대석이 말해 준 유대인 격언을 떠올린다.

거짓말을 해서는 안 된다, 그러나 진실 중에도 입에 담아서는 안 되는 것이 있다.

입에 담아서는 안 되는 진실.

지웅 군도 애초에 나쁜 마음을 먹고 저지른 일이 아니다. 어린애다운 투정을 부렸을 뿐. 그저 운이 나빴을 뿐이다.

진슬우는 몸을 돌려 다시 화로 쪽으로 향한다. 탕관에서 물을 떠 다완을 헹군 뒤 퇴수기에 버린다. 다건으로 다완에 묻은 물기를 꼼꼼히 닦아 낸 뒤 나쓰메에서 말차를 덜어 다완에 넣는다. 탕관의 물을 다완에 따르고 거품이 잘 나도록 다선으로 말차를 갠다.

진슬우는 완성된 말차를 들이킨다.

한 모금.

한 모금.

한 모금.

차를 만드는 과정에서부터 차를 다 마실 때까지, 진슬우는 의식을 치르듯 몸을 움직인다. 내면에 있는 날을, 결코 떨쳐 낼 수는 없는 날을 쉬게 하기 위한, 정성스러운 의식.

진슬우는 그 후로도 한참 동안, 그 좁고 어두운 공간에서 정좌한 채 가만히 앉아 있었다.

우주인, 조안

김효인

'어제'가 될 '오늘'의 이야기를 쓰는 것에 목표를 두며 언젠가 찾아올 '내일', 만족스러운 절필을 꿈꾼다.

3일 뒤 지구가 멸망한대도 내일의 면접을 고민하는 청춘, 안경을 낀 모습을 누구에게도 보여 주지 못하는 커리어 우먼, 죽음을 알리지 못해서 승천에 실패한 무연고 사망자와 같은 이 시대의 우리 모습을 고민한다.

인류 최초의 우주인이라 불리는 닐 암스트롱.

커다란 헬멧과 두터운 우주복을 입고

달 위에 발붙이려 애쓰는 그의 달 착륙 장면을 보고 있으면

왠지 우주가 온몸으로 그를 부정하는 것 같아 보는 나마저도 버거움이 느껴진다.

온전한 자신의 모습으론 지구 밖에서 1분 1초도 자유로울 수 없었던 그는

우주인이 아닌 분명한 지구인이었다.

미세먼지로 뒤덮인 지구는 더 이상 인간을 포용하지 않았다.

안일하게 기대기만 했던 인간에게 지구는 우주가 되

어 버렸다.

우주인은커녕 지구인조차 되지 못하는 인간은
버티기 위해 지구에서 우주복을 입기 시작했다.

우주복 없이 지구 위를 자유롭게 거니는 사람은 조안뿐이었다.

이 이야기는 내가 발견한 인류 최초 우주인, 조안에 대한 이야기다.

빗속의 물고기

*

각각의 색깔은 고유한 명칭을 갖는다. 과거 대한민국에선 살색의 명칭을 두고 한바탕 논란이 있었다. 단일민족이 다문화를 만나는 융합의 시기였다. 보통의 황인종 피부색을 살색이라 부르는 것이 아이들에게 편협한 생각을 하게 한다는 논란이었다. 결국 사람들이 살색이라 부르던 색은 '연주황' 또는 '살구색'이라는 이름을 갖게 되었다.

그 이후로도 또 한 번의 논란이 있었는데 그 주인공은 바로 하늘색이었다. 하늘색은 살색과는 다르게, 색의 명칭이 바뀐 것이 아니라 명칭에 따른 색이 바뀐 경우였다.

지금 이 글을 읽고 있는 당신이 알고 있는 하늘색은 어떤 색일까?

혹시 파란색에 흰색을 섞은 그런 색이라면 당신은

아주 먼 옛날 사람일 것이다.

지금의 하늘색, 적어도 이 글을 쓰는 내가 알고 있는 하늘색은 공장 굴뚝에서 나오는 뿌연 연기에 강황 가루를 솔솔 뿌려 놓은 듯한 그런 색이다.

중국을 시작으로 전 세계의 하늘과 땅 사이에 먼지층이 생겼다. 1년 365일 중 200일 이상의 미세먼지 농도가 200㎍/㎥을 넘어가면서 인간의 수명은 급속도로 줄어들고 있었고 나 몰라라 했던 과학계와 의학계는 너도나도 '미세먼지가 인간에게 미치는 영향'을 논문으로 써 댔다. 세계보건기구는 비상사태를 선포했으며 곧이어 유명 제약회사, 민간 우주개발 업체, 명품 브랜드가 합심하여 만든 '청정복'이 세상에 나왔다.

언뜻 보면 우주복과 비슷하게 생긴 청정복은 미세먼지를 99.9% 걸러 내는 신체 보호 의상으로 출시와 동시에 엄청난 인기몰이를 하였다.

문제는 금액이었다. 브랜드에 따라 조금씩 다르지만 청정복 한 벌의 값은 대략 5억 원 정도. 여유가 있는 가정에서는 집을 팔아서, 여유가 없는 가정에서는 빚을 지고서라도 청정복을 입었다. 하지만 빚으로도 그 금액을 감당할 수 없는 사람들은 이 더러운 지구 위를 맨살로 맞서 살아가야만 했다.

시간이 지날수록 청정복을 입을 수 있느냐, 입지 못하느냐에 따라 자연스럽게 생활, 직업, 교육 등 모든 것이 달라졌으며 그 경계는 갈수록 뚜렷해졌다.

그렇게 내가 살아가고 있는 지금 이 세상에는

청정복을 입는, 평균수명 100세의 '**C**(Clean)'와

청정복을 입지 않는, 평균수명 30세의 '**N**(No clean)'.

이렇게 두 종류의 인간이 존재한다.

*

나는 평범한 C 집안에서 태어나 나름 탄탄한 길을 걸어 이제 곧 취업을 앞둔 대학생이다.

아니 그런 줄 알았다. 아무 생각 없이 삶의 28%쯤을 살고 있던 어느 날 뜬금없이 % 뒤에 ?가 붙었다.

"청정복에 문제가 있네요?"

며칠 전, 청정복 AS센터 직원은 내 청정복 필터로 더러운 공기를 넣고 또 넣어 확인했다. 하지만 결과는 틀림없이 빨간색이었다.

나의 신체적 성장이 끝나면서 최종 업데이트가 마무리된 내 청정복. 그것에 달린 필터는 처음부터 제 기능을 전혀 하지 못하는 불량품이었다.

지난 10년간, 나는 역겨운 공기를 마시고 있는 줄은 꿈에도 모르고 살았다. 그저 비염이 심해서 재채기를 좀 자주 한다고 생각했다. 심지어 목에서 쇳소리가 나는 것이 노래를 부를 때 꽤 매력적이라 나는 내 거친 목소리에 자부심까지 가지고 있었다.

청정복을 입었다는 사실만 믿고 너무 안일하게 살았다. 불량품. 그 한마디에 내 목이 좋지 못했던 이유

가 명확해졌다.

*

화아악—

병원 입구에 있는 소독기는 다른 곳보다 더 강력한 소독 연기를 내뿜고 있었다. 별 소용 없겠지만 더 가까이 다가서서 몸을 댔다. 소독기를 등지고 서자 갈림길을 기준으로 N동과 C동의 병원 로비가 데칼코마니처럼 보였다.

나는 틀린 그림 찾기를 하듯 두 병동을 번갈아 바라보았다. C 병동의 사람들은 비교적 피부가 하얗고 옷차림은 간편하고 단정했으며 연령층은 아이부터 노인까지 다양했다. 몇몇의 노인들과 아이들은 병원 내에서도 청정복을 입고 있었다. 그에 반해 N 병동 사람들은 알록달록했다. 다들 젊거나 혹은 어렸고 화려한 헤어스타일과 옷차림을 하고 있어 이곳이 병원인지 백화점인지 혼동이 될 정도였다.

에스컬레이터를 타고 사람들은 위에서 아래로, 아래에서 위로 흘러 움직였다. 아래로 장례식장이 있고 위로 산부인과 병동이 있는 것은 양쪽 병동 모두 똑같았다. 상복을 입고 올라오는 사람들의 표정과 아이를 안고 내려오는 사람들의 표정도 비슷했다. 다만 C 병동에 비해 N 병동 에스컬레이터에 사람이 더 많았다. 통계적으로도 N은 C보다 더 많이 태어나고 더 많이 죽는다고 알려져 있다. 물론 처음부터 그랬던 것은 아니다.

처음 N과 C가 나누어졌을 당시에는 N의 출산율이

C의 출산율에 비해 현저히 떨어져 있었다. 그 시절 N들은 빈부의 차로 생을 충분히 누리지 못하는 비극적인 삶이 자신의 대에서 끊어지길 바랐다. 하지만 신기하게도 그다음 세대, 또 다음 세대로 넘어가면서 상황이 달라졌다. 인간은 적응의 동물이었고 N은 과도기를 거쳐 자신들만의 삶의 방식을 만들어 냈다. 가장 혈기 왕성할 나이에 생을 마감하는 그들은 죽음 앞에서 자유를 활활 태우며 살았다. 그들은 뭐든 마음대로 했다. 미래를 대비한 경제력이 의미를 잃자 돈에도 크게 욕심을 두지 않았다.

N 특유의 삶의 방식이 생겨나면서 어른이란 단어의 정의는 확실히 달라졌다. 그들은 기초 교육이 끝나는 열세 살이면 결혼도 출산도 취업도 마음대로 할 수 있었다.

때마침 N동 산부인과 병동에서 중학생 정도 되어 보이는 커플이 아이를 안고 로비로 내려왔다. 내가 보기엔 아이들과 아기였지만 그들은 분명한 부모였다. 엄마가 품 안의 아이를 달래는 사이, 아빠는 로비로 가서 뒷주머니 지갑을 꺼내 수납을 했다. 스물여덟 살의 나이에 엄마, 아빠와 병원에 온 나는 멍하니 그들을 바라보고 있었다.

"이오. 청정복은 어쨌어?"

어느새 내려온 경이 내게 물었다. 의사 가운이 잔뜩 구겨진 것을 보니 급하게 일을 끝내고 내려온 듯했다.

경은 중학교 스터디 그룹에서 만난 내 오랜 친구다.

그녀는 아주 똑똑해서 내가 삼수 끝에 들어간 대학의 의과대를 스트레이트로 졸업했다.

"고장 난 걸 입어서 뭐 해."

나는 어린애 챙기는 듯한 경의 말투에 괜히 찔려 무뚝뚝하게 대답했다.

"그럼 대어라도 했어야지."
"차를 타고 와서 괜찮았어. 밖 공기는 한 번도 안 마셨어."

그녀에게 나는 항상 도움이 필요한 동생 같은 친구였다. 경은 나를 혼내듯이 인상을 쓰고 C동 로비로 들어갔다.

"아줌마 아저씨는 오셨어?"
"응. 주차하러 가셨어."
"F층으로 오라고 말씀드렸지?"
"응."
"그래. 가자."

엘리베이터를 타고 F층으로 올라오니 청정복을 입고 살아도 병에 걸린 사람은 꽤 많다는 걸 새삼스레 체감할 수 있었다. 복도엔 환자, 보호자, 요양사, 간호사들이 정신없이 섞여 있었다. 그들은 밖의 사람들보다 훨씬 더딘 속도로 움직였는데 그 속도가 내부를 더 복잡하게 했다. 한 걸음 한 걸음 내딛기도 쉽지 않았다. 답답한 기분이 들었다. 경은 요리조리 사람들 사이를 잘도 지나갔다. 나는 환자와 보호자와 요양사, 간호사 사이에서 휘청거렸다. 점점 멀어지는 경이 보였다. 불쑥 불안감이 올라왔다. 경을 놓치지 않고 따라가려 사람들 틈 속에서 애썼다.

정적이 흐르는 진료실 안, 의사와 경과 내가 아무 말 없이 앉아 있었다. 그 정적은 부모님이 도착하고 나서야 깨졌다. 의사는 기다림이 지루했는지 서둘러 우리에게 X-ray 사진을 보여 주었다. 까만 X-ray에는 내 것으로 추정되는 해골과 목뼈가 보였다. 그리고 그 사이 엄지만 한 흰 동그라미가 보였다.

"악성 종양입니다." 의사는 우리가 받을 충격 따위는 감안하지 않고 무미건조하게 말했다. 죽음을 앞둔 N에게 흔히 나타나는 증상이라고. 그 이후로도 길게 이어진 나지막하고 중얼거리는 진단의 결론은 내가 얼마 살지 못한다는 것이었다.

'죽는다'라는 말에 나는 심장이 철렁 내려앉았다. 내 상황이 바로 실감 났다기보다는 아무 생각 없이 티비를 보다가 뜨는 속보 자막에서 '사망'이라는 말을 발견했을 때 어떤 일인지도 모르고 일단 심장부터 철렁 내려앉는 그런 느낌이었다.

엄마는 그대로 주저앉아 우셨고 아빠는 하염없이 벽을 보고 서 계셨다. 경은 엄마를 토닥였다. 그러곤 나를 슬픈 눈으로 쳐다봤다. 경이 나에게 주로 하던 행동은 직언과 독설이었기에 그렇게 심히 측은한 눈빛을 보는 건 아주 이상한 경험이었다. 엄마, 아빠의 비통함과 경의 눈빛을 대하기가 당황스럽기만 한 것이 마치 신파 드라마 주인공이 된 느낌이었다.

*

시곗바늘이 중천을 찌르고 있었지만 나는 침대를 가로질러 바닥으로 머리를 떨구고 있었다. 얼마나 이러고 있었을까. 이마 쪽으로 피가 쏠려 눈이 뻐근해져 왔다. 나는 더 이상 견디지 못하고 천천히 고개를 들었다. 며칠째 이렇게 늘어져 있기만 했다.

내가 이 상황을 처음으로 실감하기 시작한 건 병원에서 집으로 돌아와 할 일이 없어졌을 때부터였다. 내가 해야 할 일들에 '내가 곧 죽는다.'를 더하니 남는 것이 없었다.

원래대로라면 난 몇 달을 준비했던 영어 시험을 치르고, 이제 곧 시작될 하반기 채용에 도전하기 위해 자소서를 쓰고, 마지막 학기를 마무리하며 취업 전선에 뛰어들었을 것이다. 하지만 미래가 없는 나에겐 이제 다 의미가 없는 일이었다.

허무하고 어이가 없었지만 할 것도 없었다. 나에겐 죽기 전에 '꼭'이 붙을 만한 '뭐'가 없었다. 그런 의미에서 난 신파 드라마 주인공도 못 될 놈이었다.

내 방 책상에는 의미를 잃은 영어책들이 벽돌처럼 쌓여 있었다. 그 옆에 놓인, 청정복 대여점에 가라는 엄마의 쪽지와 신용카드가 눈에 들어왔다. 이제 와서 청정복을 대여하는 게 의미가 있을까 싶었지만 일단 카드를 들고 밖으로 나갔다. 무기력하게 있는 것 외에 내가 당장 할 수 있는 유일한 일이었다.

*

"아저씨! 얼마나 기다려야 해요? 빨리요!"

한 아주머니께서 발을 동동 구르며 물었다. 청정복 대여소엔 그 아주머니 말고도 꽤 많은 사람들이 있었다. 잠시 청정복 업데이트를 맡기거나 청정복이 불량이라 수리를 맡긴 사람들인 듯했다. 사람들은 금방이라도 숨이 넘어갈 듯 하얗게 질려 있었다.

대여점 직원들은 이런 상황에 익숙한 것 같았다. 무슨 스키장에서 스키 빌려주듯이 느긋하게 임시 청정복을 꺼내 왔다. 번호표를 확인해 보니 내 앞으로 열 명이 넘는 사람들이 있었다. 족히 세 시간은 기다려야 할 것 같다.

개인의 체질부터 혈액, 표피에 맞게 최적화되는 본품과 달리 기성복으로 제작된 임시 청정복은 무겁고 불편하다. 홍채로 전원이 켜지지도 않아서 작동 카드를 계속 가지고 다녀야 한다. 도난 방지를 위해 보통 발바닥에 작동 카드를 붙이는 작업을 하는데 그게 시간이 좀 걸렸다. 사람들은 그 지난한 과정을 거쳐야 함에도 청정복을 꼭 대여한다.

이러나저러나 곧 죽는 건 매한가지인 나만 저 멀리 숨죽여 앉아 그들을 지켜보고 있었다.

지이이잉—

전화가 왔다. 같이 수업을 듣는 동기 녀석이었다. 사정을 모르는 녀석은 포기도 몰랐다. 수업이 있는 날이면 어김없이 연락이 왔다. 나도 받아들이지 못한 내 상황을 섣불리 얘기해 줄 수 없어 받지 않았다. 지—잉, 이번엔 문자였다. 그래. 문자는 확인해야지.

「이오! 너 정말 학교 계속 안 나올 거야?」

'응.'

「기말고사 안 볼 거냐고.」

'안 봐.'

「사랑과 문학 기말 파트너 정했다고.」

'어쩌라고.'

「근데 그냥 너 이거 낙제해라.」

'?'

「네 파트너 조안이야. 사실 걔가 네 번호 알려 달래서 알려 줬어.」

'조안?'

「걔 번호 보내 둘 테니까 받기 싫으면 받지 마. 그리고 네가 안 나온 거니까 내 탓하지 마라.」

나는 문자를 재차 확인했다. 조안? 조안이 내 파트너라고?

조안을 처음 본 건 두 달 전, 마지막 학기가 시작될 즈음이었다.

운 좋게 경의 차를 얻어 타고 등교를 하는 길이었다. 인문대로 천천히 들어가는 차 안에서 경이 누군가를 가리켰다.

"어? 재다. 그 유명한 애."

청정복을 입은 학생들 사이로 한 여자아이의 뒷모습이 보였다. 그녀는 청바지에 셔츠를 입고 유유히 걸어가고 있었다. 나는 청정복 헬멧 유리를 위로 올렸다.

"뭐지. 걔 N이야?"

"응. 너 몰라? 우리 학교 유일한 N 학생. 또라이라고 소문이 파다해."

"N이 대학을 다닌다고?"

"응. 신기하지? 뭐 다니지 말라는 법은 없지만. 굳이 다니는 사람을 난 한 번도 본 적 없는걸. 심지어 저 아이 우리와 동갑이래. 그 말은 이제 고작 수명이 2~3년 남았다는 거지."

무모한 건지. 대단한 건지. 경의 중얼거림 속엔 흥미는 꽤 있었지만 걱정은 영 없어 보였다. 느리게 달리는 차 옆으로 빠르게 치고 나가는 뒷모습을 내 고개가 따라갔다.

"데려다줘서 고마워."

차에서 내리며 경에게 인사했다.

"가끔 출근길에 데려다줄게. 그리고 계속 목 불편하면 병원에 꼭 들러. 알겠지?"

고개를 끄덕이자 경은 차를 돌려 병원으로 향했고 나는 인문관으로 들어갔다.

사물함에 청정복을 벗어 두고 인문관 입구 소독기 쪽으로 가니 소독기 앞엔 경이 가리켰던 그 아이가 먼저 소독액 증기를 쐬고 있었다. 청정복을 입지 않아도 소독을 하는구나. 그 아이는 자신만의 규칙을 확실히 지키는 듯했다. 나는 실례가 되는 줄도 모르고 그 아이가 밟는 어떤 절차 같은 것을 관찰했다. 시선을 느꼈는지 그 아이가 나를 무심히 봤고 나는 서둘러 눈을 돌렸다.

이미 수업 시작 시간을 넘겼지만 교수님이 도착하지 않아 강의실 안은 개강을 맞은 아이들의 수다로 시끄러웠다. 조교가 들어와 칠판에 수업 이름을 적었다. 나는 구석에 앉아 제일 앞줄에 앉은 그 아이의 뒷모습을 보고 있었다. 염색도 파마도 하지 않은 긴 생머리였다. 잡지 속에 나오는 화려한 N들과는 달리 스타일이 꽤 수수했다.

학교 안에서만 봤다면 청정복을 벗어 둔 C라고 생각했을 수도 있겠는걸. N에도 C에도 없는 분위기를 지닌 그 아이에게 내가 계속해서 흥미를 느끼고 있을 때였다. 앞쪽 창가 자리에 앉아 있던 누군가가 소리쳤다.

"어! 저기! 강아지가 물에 빠졌어!"

그 소리에 여기저기서 떠들던 아이들이 창문가로 모였다. 애초에 창가에 앉아 있었던 나는 바로 고개를 돌려 밖을 바라보았다.

어느새 밖에는 세찬 비가 내리고 있었다. 더러운 지구에도 매년 찾아오는 장마가 시작된 듯했다.

시작부터 엄청난 기세군. 나는 빗속을 자세히 보려고 눈을 가늘게 떴다. 정말 인문관 배수로에 작은 강아지가 위태롭게 빠져 있었다. 배수로 중간쯤에는 하수구로 연결된 큰 구멍이 있었는데 물이 곧 차올라 그 구멍까지 닿으면 강아지가 하수구로 넘어갈 듯 보였다.

"나가서 구해야 하는 거 아니야? 주인은 없는 건가."
"딱 봐도 그냥 길강아지 같은데. 지금 살려도 어차피 거리를 떠돌다 얼마 못 살고 죽을 거야."

누군가 죄책감을 덜기 위한 변명을 뱉었다. 삼삼오오 모여 안타까워하던 여자아이들 중에서 한 명이 청정복을 갈아입기 위해 사물함으로 뛰어갔다. 하지만 물이 너무 빠른 속도로 차오르고 있었다. 그 아이가 갈 때까지 강아지가 기다릴 수 있을 것 같지 않았다. 그저 모두가 죽음을 향해 가는 강아지를 같잖은 동정으로 바라보거나 혹은 불편함에 외면하고 있을 때였다. 창문 밖으로 누군가 비를 맞으며 배수구로 뛰어가는 모습이 보였다. 그 아이였다. 언제 밖으로 나간 거지? 나는 방금 전까지 그 아이가 앉아 있었던 빈자리와 창문 밖, 그 아이를 번갈아 보았다.

"어어. 뭐 하는 거야, 쟤."

한 남자아이가 인상을 찌푸리며 말했다. 그 아이가 땅바닥에 바짝 엎드려 배수구를 향해 손을 내밀고 있었다. 그 아이의 체구는 아주 작은 편이었고 배수구는 꽤 깊었기 때문에 그 아이가 팔을 아무리 휘저어도 강아지에게 닿기에는 역부족인 듯했다. 그 아이는 잠시 망설이는가 싶더니 배수구 안으로 들어갔다.

어우. 아이들 입에서 여러 가지 소리가 나왔지만 나는 그 아이를 보느라 정확히 듣지는 못했다. 급속도로 불어나는 배수로의 물이 그 아이의 무릎 위까지 차올랐다. 그 아이는 재빨리 강아지를 건져 배수구 밖으로 올려놓았고 가까스로 구출된 여린 몸은 힘겹게 물을 토해 내고 있었다.

곧이어 그 아이도 배수구 밖으로 올라왔다. 그러곤 망설임 없이 셔츠를 벗어 강아지를 감싼 후 품에 안고 살

폈다. 아마 무사한지를 확인하는 듯했다. 잠시 후 살짝 파래진 그녀의 입가엔 옅은 미소가 무지개처럼 올랐다.

모두가 멍하니 밖을 보고 있었다. 그녀가 있는 곳은 거센 빗속이라기보다는 평온한 물속에 가까웠다. 시원하게 쏟아지는 장마에 먼지가 씻겨 내려갈수록 그 아이가 더 뚜렷하게 보였다.

잠시 후, 수업이 시작되었지만 내 머릿속에는 빗속에 엎드려 마치 수영을 하듯 팔을 휘젓던 그 모습이 자꾸 떠올랐다. 그리고 그 아이, 아니 조안의 푸른 미소도 계속 떠올랐다.

*

"여보세요?"
"나는 '사랑과 문학' 같이 듣는 조안이라고 하는데 혹시 학교 안 나오는 거니?"
"아. 안녕?"
"그래. 안녕. 너랑 내가 기말 과제 파트너가 됐는데 알고 있니?"
"아. 그래? 몰랐어."

왜 그랬는지 모르겠지만 나는 거짓말을 했다.

"그렇구나. 요즘 계속 학교에 나오는 것 같지 않아서. 어떻게 할 건지 물어보려고 전화했어. 나한테는 중요한 문제라 빨리 대답해 주면 좋겠는데."
"아. 해야지. 기말 과제는."
"그래? 다음 주까지 서브 과제가 있는데 그럼 어떡할래?"

"일단 만나자."
"언제?"
"음…."

뒤를 돌아봤다. 청정복 대여소 번호판에 떠 있는 숫자는 52. 내가 가진 번호는 61이었다. 좋은 생각이 떠올랐다.

"지금."

전화를 끊고 나는 집으로 향했다. 안방으로 들어가 차 키를 들고 내려왔다.

입맛이 돌다

*

잔뜩 응축된 커피 냄새는 아찔했다. 나는 정신을 차리려 고개를 흔들었다. 시청 근처 카페였다. 내가 도착했을 때 조안은 먼저 주문을 하고 기다리고 있었다.

나는 최대한 자연스레 카운터로 가서 능숙하게 주문하려 애썼다. 사실 카페도 커피도 난생처음이었다.

C 중에서도 커피를 즐기는 사람은 꽤 많았지만 건강에 해로운 것을 철저히 금했던 엄마 덕에 나는 커피를 독극물이라 배우고 자랐다.

다행히도 내가 주문한 커피는 무사히 나왔다. 우리는 커피를 들고 구석진 자리를 잡아 앉았다. 조안이 먼저 커피를 홀짝 마셨다. 음— 조안의 표정이 만족스러웠다. 그래 분명 맛있겠지. 중독이란 말을 달았던 음식들은 모두 시대를 불문하고 인간이 좋아하는 것이라고 했으니까. 기대에 가득 찬 채로 커피 잔을 들었다. 코앞으로 다가오니 향이 더 세게 느껴졌다. 호록— 커피를 입에 머금고 1초도 지나지 않아 나는 바로 뱉고 말았다. 어떻게 이런 향에서 이런 맛이 나지? 내가 울상을 숨기지 못하자 조안이 놀라더니 웃었다.

"너 커피 처음 마셔 보는구나?"
"너무 써. 공장 굴뚝에서 날 것 같은 맛이야."

첫인상으로만 따지면 커피는 독극물이 맞았다. 나는 충격에 휩싸여 커피 잔을 바라보았다. 그런 내 모습에 조안은 의아하다는 듯 물었다.

"왜 청정복을 입지 않았어?"
"응?"
"너 말이야. 왜 청정복을 입지 않았냐고. 커피도 한 번 마셔 본 적 없다니 건강을 꽤 챙기는 것 같은데."
"고장 났어."
"그럼 청정복도 없이 여길 그냥 왔어?"
"운전을 해서. 엄마 차를 빌렸거든."

나는 다시 커피 잔을 들었다. 역시 냄새가 좋았다. 심호흡을 하고 다시 마셔 볼까 했지만 결국 입을 대지 못하고 다시 내려놨다.

"혹시나 해서 묻는 건데 이 과목 버릴 생각이니?"

조안이 물었다.

"응?"
"과제 커플 결정했던 날부터 쭉 결석이길래. 나랑 파트너가 된 걸 알고 안 나오는 건가 했어. 파트너를 결정하는 날, 다른 애들이 짝을 다 정하고 남은 건 나와 그 자리에 없었던 너뿐이었거든. 혹시 그날 결석한 걸 후회하는지 묻는 거야."

"그런 후회 한 적 없어. 결석을 한 건, 요새 좀 정신없는 일이 있었거든."

"나랑 할 바엔 재수강할 결심을 했다든지."

"아니, 재수강할 시간도 없어."

"그럼 내가 불쌍하거나 불편해서 피한 건가?"

"불쌍도 오히려 내가… 아니. 뭐가 문제야? 기말 과제 파트너로서 과제를 위한 데이트를 하면 되는 건데 너라서 피하거나 할 이유는 없어."

"그냥. 원치 않은 파트너일 것 같아서."

"아니. 오히려 너라서 좋아."

"그래. 알겠어."

조안은 여전히 나를 이상하다고 생각하는 것 같았지만 딱히 더 캐물을 의향도 없는 것 같았다.

조안은 커피를 한 모금 더 마시고는 가방에서 파일을 꺼냈다. 그리고 나에게 과제물로 보이는 종이를 내밀었다. "내가 꿈꾸는 데이트 다섯 가지를 적으시오." 종이에 펜으로 적어 내라니 과연 문학인 교수의 과제였다. 우리는 학기가 끝나기 전까지 서로가 적은 데이트를 함께 하면서 사랑에 관한 문학 작품을 쓰고 기말 과제로 제출해야 한다.

'전시회 가기', '밥 먹기', '산책하기', '빗소리 듣기'.

조안은 망설임 없이 자신의 리스트를 적어 내렸다. 너도 적어. 조안이 말했다. 그 말에 일단 펜을 들었다.

데이트. 데이트. 욕쟁이 의사 친구와 가끔 영화 보는 것 외에는 난 여자와 시간을 보내 본 적이 없는데…. 나는 적을 것이 없었다.

쉽게 적지 못하는 나를 보고 조안이 다시 말했다. 그럼 좋아하는 것을 적어. 좋아하는 것. 좋아하는 것이 뭐가 있지. 시간을 때우기 위해 가끔 하는 컴퓨터 게임 외엔 취미도 없고 즐겨 하는 스포츠도 없고. 여전히 나는 적지 못했다. 아무 거나 적고 싶지는 않았고 좀 멋있는 걸 적고 싶은데 고민하다 보니 머릿속이 하얗게 변했다. 내가 최근까지 해 오던 일들은 대부분 안 해도 된다면 굳이 하지 않을 일들뿐이었다.

"좋아하는 것이 없어?"

여전히 머뭇거리는 내가 신경이 쓰였는지 조안이 말을 걸었다.

"아니. 모르겠어."
"음…. 그럼 과제를 할 수 없잖아."
"너도 아직 다 못 정한 것 같은데. 나도 더 고민해 볼게. 오늘은 일단 네가 하고 싶은 것들 먼저 하자."
"나는 다 정했어."
"마지막 칸이 비어 있는데?"
"아…."

조안이 조금 망설이는 듯 나를 봤다. 그리고 대답했다.

"이건 안 적은 거야. 아직."

*

카페를 나온 우리는 조안의 리스트 중 '전시회 가기'

를 실행하기 위해 근처 갤러리로 향했다. 꽤 가까운 거리였지만 조안은 별말 없이 함께 차를 타고 움직였다.

'맛' 展.

음식에 대한 크로키 전이었다. 크로키는 움직이는 대상을 빠르게 그려 내는 기법이었는데 움직임이 없는 음식을 모델로 크로키를 그리다니. 콘셉트부터 아주 특이한 전시였다. 작가는 C와 N을 막론하고 모두에게 꽤 인기 있는 유명 크로키 작가 케이였다. N인 그녀는 최근 병으로 입원하면서 사실상 은퇴를 하게 됐지만 여전히 그녀의 전시장엔 사람이 들끓었다.

나는 전시회 구경엔 큰 취미가 없었기에 케이의 전시장에 온 것은 처음이었다.

전시장 안에는 역시나 N, C 할 것 없이 사람이 가득했다. 구체적인 의미야 좀 다를지 몰라도 맛이라는 건 두 종류의 인간에게 모두 흥미로운 주제였으니까.

조안은 전시장이 익숙한지 시작점을 잘 찾아 움직였다. 덕분에 나는 어색하게나마 전시 관람을 시작할 수 있었다. 한 발, 한 발 옮기며 그림을 따라 걷다 보니 정신없는 분위기에 부산스러운 소리가 조금씩 사라져 갔다.

구겨지는 가쓰오부시, 입으로 빨려 들어가는 면발, 빠르게 보글거리는 찌개와 유유히 피어오르는 그 위의 김, 케이의 크로키는 과연 그 속도와 움직임을 잘 표현하고 있었다. 강렬한 움직임이 담긴 그림을 보니 왠지 모를 해방감까지 느껴졌다. 왜 모두가 그렇게 케이의 그림에 열광하는지 알 것 같았다. 그녀의 그림은 잠시나마 자유를 누릴 수 있게 해 주었다.

'점심시간' 구간 감상을 마치고 나는 조안을 찾았다. 조안 역시 전시가 마음에 들었는지 그림에 빠져 있었다. 전시장 안이 꽤 복잡한 구조였는데도 조안은 그림에 눈을 떼지 않으면서 용케 잘 걸어 다녔다.

"전에도 이 작가 전시 본 적 있어?"

내가 조안에게 물었다.

"음… 나야, 오랜 팬이지. 넌?"

조안이 나에게 되물었다. 미소를 띠고 있었는데 내가 커피를 뱉을 때 짓던 비웃음과는 달랐다. 예쁜 미소였다.

"워낙 유명해서 알고는 있었는데 전시는 처음이야. 사실 전시장 자체에 와 본 적이 별로 없어."
"어떤 거 같아, 이 작가?"

뭐라 대답할지 고민하고 있을 때 멀리서 한 남자가 우리를 향해 성큼성큼 걸어왔다.

"조안!"

조안을 향해 환하게 미소 짓는 그 남자는 여러 사람들 사이에서도 단연 눈에 띄는 모습이었다. 전시장 조명에 눈 위의 피어싱을 반짝이며 걸어오는데 이건 뭐 연예인인 건지. 화려한 옷차림새보다 더 대박인 건 한쪽으로 밀어 넘긴 금발의 머리였다. 내가 케이의 작품 보듯 그 남자를 훑어보고 있는 동안 조안이 그에게 반갑게 인사했다.

"준! 오랜만이야."
"잘 지냈어?"
"그럼. 더 멋있어졌다. 원래도 멋있었지만."

멋있다고? 네 스타일과 전혀 다른데? 의외의 취향이구나, 조안. 내가 조안과 제대로 대화를 나눈 지 세 시간도 안 된 주제에 배신감을 느끼고 있을 때였다. 준이라는 남자가 나의 존재가 궁금했는지 나와 조안을 번갈아 보았다. 눈치를 챈 조안은 나를 소개했다.

"아! 인사해. 나와 학교를 같이 다니고 있는 이오야."

조안은 나를 소개하는 것이 어색한지 웃으며 말했다.

"나와 동갑이니까 너보다는 세 살 정도 형이겠네."

내가 형이라고? 조안의 이름을 함부로 부르더니 새파랗게 어린 자식이었구만.

나는 아까부터 상대는 관심도 없을 내적 신경전을 계속 벌이고 있었다. 그 자식은 나를 대충 한번 슥— 보더니 안심하는 얼굴로 적개심 없이 환하게 웃어 보였다. 그 안심이 영 기분 나빴다.

"안녕하세요. 준입니다. 이 건물 코너를 돌면 있는 살롱에서 미용사를 하고 있어요. 언제 한번 놀러 오세요."

필요해 보여요, 스타일링. 분명 그 말이 뒤에 붙어 있었지만 들리진 않았다. 청정복을 입고 다니는 보통의 C 남성은 나처럼 반듯한 단발을 하거나 아예 삭발을 하는 경우가 대부분이다. 지금 내가 변명을 하는 게 아니라 불편함 없이 깔끔한 이런 스타일이 나름 C의

멋이라는 말이다.

'구려.'

그 녀석의 거만한 표정에 나는 오랫동안 잊고 지냈던 목소리가 생각났다.

삼수생이 되었을 때였다. 나는 청정복도 없이 길거리로 뛰쳐나갔다. 지금 와서 생각해 보면 고장 난 청정복을 입고 다니는 동안에도 맨몸으로 다닌 것과 다름없었지만. 아무튼 C가 맨몸으로 거리를 걷는다는 건 꽤나 큰 답답함의 표현이었다. 드라마 주인공이 거친 벽에 자신의 주먹이나 이마를 박는 행위와 같다고 보면 될 것 같다. 정신을 차려 보니 누렇고 뿌연 거리 위였다. 흐린 시야 속, 2층 위로는 보이지 않아 몇 층짜리인지 알 수 없는 건물들이 늘어서 있었다.

나는 보이지 않는 거리 속을 정신없이 걸었다. 그때 뿌연 먼지 속에서 갑자기 사람의 윤곽이 드러났다. 내가 놀랐을 때는 이미 일이 벌어진 후였다. 나는 그 사람을 미처 피하지 못하고 결국 부딪혔다.

"미안합니다." 아마도 꽤 어린 것 같은 N 여자아이였다. 마스크 너머로도 충분히 보일 만큼 진한 화장을 한 까만 가죽 재킷의 그 아이는 나를 찌릿— 째려봤다. 내가 다시 고개를 꾸벅이자 그 아이는 위아래로 나를 훑고 다시 갈 길을 갔다. 나와 세 걸음 정도 떨어지자 그 아이는 다시 사라졌다. 그 아이가 중얼거렸을 "구려." 라는 혼잣말만 허공을 맴돌았다.

순간, 속이 메스꺼워졌다. 나는 아무 건물이나 들어

가기 위해 휘청이며 걸었다. 발이 빨라질수록 머리가 점점 더 어지러워졌다. 희미해지는 시야 안으로 담배를 피우는 N 무리가 보였다. 어차피 죽을 거 '죽어라, 죽어라.' 하는 것 같았다. 결국 메스꺼움을 참지 못하고 거리 귀퉁이에 속을 게워 낸 후, 서둘러 택시를 타고 집으로 돌아왔다.

그때 집으로 돌아오는 택시 안에서 나는 안심했다. 아예 인생을 포기해 버린 그들보단 삼수를 할지언정 미래를 꿈꿀 수 있는 내가 낫다는 같잖은 위로였다.

하지만 지금은 상황이 달랐다. 금색 머리를 한 저 자식이 불쌍하기는커녕 재수가 없는 이유는 세 살이나 어린 저놈이 나보다 더 많은 걸 이룬 것 같은 느낌이 들어서였다. 시시콜콜한 안부가 오간 뒤 놈이 떠나고 나서도 전시장을 도는 내내 내 귀에 '구려.'가 계속 맴돌아 거슬렸다. '구려. 구려. 구려.'

"이 작품은 어때?"

그런 나의 마음을 눈치챌 리 없는 조안이 나에게 한 그림을 가리키며 질문했다. 갤러리 한 벽면을 가득 채울 만큼 큰 그림이었다. 그림 안으로 내밀고 있는 두 사람의 손에 아이스크림이 들려 있었다. 딱 봐도 한 손은 여자의 손이었고 한 손은 남자의 손이었는데 아마도 커플인 것 같았다. 제목은 '아이스크림은 뜨거운 맛'.

나는 그 그림을 한동안 보고 있었다. 특이한 점은 여자 손에 들린 아이스크림은 흘러 녹아내리고 있었고 남자의 아이스크림은 비교적 온전한 모습이라는 것이었다.

"아마도,"

내 입에서 말이 나오자 조안이 내 쪽으로 고개를 돌렸다.

"여자가 남자를 더 많이 좋아했나 봐."

내 대답에 조안은 아무 말 없이 나를 빤히 바라봤다. 내가 영문을 몰라 물었다.

"왜?"
"아니. 아니야. 이제 그만 나가자. 배고파."

*

치익—

갈색빛 양념이 불을 만나자 그을려지더니 이내 타들어 갔다. 자극적인 맛이었다. 가게 안에는 저녁을 즐기는 N들로 가득했는데 주문도 먹기도 능숙하게들 하는 양을 보니 단골이 많은 듯했다. 나는 매캐한 공기 안에서도 신나게 고기를 먹는 사람들이 신기해 고개를 두리번거렸다.

"음식이 입에 안 맞아?"

깨작거리는 내가 신경 쓰였는지 조안이 물었다.

"아니. 맛있어. 다만."
"다만?"
"너무 맛있어서 죄책감이 들어."
"죄책감?"

"응."
"미안. 아무래도 내가 괜히 오자고 한 것 같아."

조안은 배려심이 깊은 사람이었다. 나는 고개를 최대한 세차게 저었다.

"아니! 아니야. 내가 오겠다고 한 거잖아."

나는 다시 비장하게 고기를 베어 물었다.

"오늘 이렇게 다니는 거 싫지 않았어?"

조안이 고기를 뒤집으며 말했다.

"아니. 왜?"
"하나같이 익숙해 보이지 않길래."
"솔직히 다 처음 해 본 일들이긴 하지."
"안 하던 일들을 왜 갑자기 하려고 하는 거야? 과제 때문에?"
"아니. 안 하던 일이라고 하기엔 나는 아무것도 하질 않았어. 그동안."

말을 끝내자마자 나는 다소 자조적이었던 어감을 후회했다. 어두운 내 표정에 조안이 뭔가를 물어보려 할 때쯤 식당의 직원이 우리에게 다가와 불판을 갈아 주었다. 순간 연기가 훅 올라왔다. 나는 놀라 고개를 휙 피했다.

"괜찮으세요?"

판을 갈아 주던 직원이 C로 보이는 내가 놀라는 것이 영 걸렸는지 말을 건넸다. 생선이나 고기구이집 같이 연기를 배출하는 식당들은 엄청난 세금을 내야 해서 대부분의 가게들은 그냥 신고를 하지 않고 장사를 한다던데 이 집도 그런 듯했다. "그 셈을 맞추려면 고기값을 열 배는 더 받아야 하는데 누가 그 돈을 내고 외식을 하겠어요. 그 돈이면 청정복을 사 입지." 고등학생 정도 되어 보였는데 눈치가 빠른 걸 보니 일을 한 지 꽤 된 듯했다. 그의 능숙한 농담에 오히려 내가 뭐라 대꾸해야 할지 몰라 어색하게 웃어 보였다. 그는 다시 다른 테이블로 가서 불판을 능숙하게 갈았다.

"저 사람, 일 잘하는 것 같아."

불판을 가는 그를 보면서 내가 말했다.

"신기해?"
"음…. 신기하다기보다는 살짝 부러워."
"부러워?"
"뭔가를 능숙하게 할 수 있다는 건 멋진 일인 것 같아."

조안은 아무 말 없이 나를 바라보았다. 뭔가를 알아차리려고 하는 듯해 나는 표정 관리에 힘썼다. 화제를 돌려야겠다고 생각했다.

"혹시 너도 일을 해?"
"나? 응. 열세 살 때부터 동네 서점에서 일을 했어. 지금도 수업이 없는 날엔 그곳에서 일해."
"어릴 때부터 일을 했구나."
"응. 서점에서 책을 읽다가 대학에 가고 싶어져서 스무 살에 다시 공부를 시작한 거야. 작은언니가 도와줘서 어렵지 않게 준비하긴 했지."

전시장에 다녀온 조안은 카페에서 만날 때에 비해 나에 대한 경계를 꽤 풀어놓은 듯했다. 자신에 대한 이야기를 스스럼없이 하는 것을 보니.

"언니가 있어?"
"응. 두 명. 너는 형제가 있어?"
"아니. 외동이야. 부모님이랑 셋이 사는데 두 분 다 일하느라 바쁘셔."
"그렇구나. C는 형제가 없는 경우가 많은 것 같아."
"한 명도 충분히 부담스러우니까."

내가 이야기를 할 때면 조안의 까만 눈동자가 나에게 집중되었는데 왠지 기분이 좋았다.

나는 계속 대화를 이어 나갔다.

"언니들이랑은 사이가 좋아?"

질문을 하자마자 아차 싶었다. 스물여덟 살인 그녀보다 나이가 많은 언니들의 생사는 모르는 일이었다. 나는 조안의 표정을 내심 안절부절하며 살폈다. 다행히 조안의 대답은 뜸 없이 돌아왔다.

"누구. 큰언니? 둘째 언니?"
"누구든."

나는 아무 문제 없다는 듯 이야기를 이어 나갔다.

"큰언니는 자주 못 봐. 집에서 잘 나오질 않거든. 조카와 거의 집에만 있어. 작은언니랑은 아주 친하지."

조안은 둘째 언니 이야기에 금세 표정이 밝아졌다. 본인은 자각하지 못하는 것 같았다.

"나는 작은언니처럼 살 거야. 언니는 지금 병원에서 죽음을 기다리고 있지만 하나도 불안해하지 않아.

정말 하고 싶은 일을 다 했대. 그래서 많은 돈을 벌었을 때도 언니는 청정복을 사 입지 않았어. 나에게도 권하지 않았고. 대신 하고 싶은 일이 있다면 주저하지 말고 하라고 했어. 그것이 어떤 일이든 언니가 도와주겠다고. 그래서 나는 대학에 온 거야. 시를 배우고 싶었거든."

"무슨 일을 하셨는데?"

"그림. 케이가 우리 작은언니야."

"케이?"

"응. 아까 본 전시 작가."

"케이가 너희 언니라고?"

내가 놀라 다시 물었다. 조안은 자부심이 풍만하게 들어간 표정으로 끄덕였다.

"응. 우리 언니가 크로키 작가 케이야."

조안의 언니가 케이라니. 듣고 나니 어쩐지 전시장에서 봤던 케이의 그림들과 조안이 닮은 듯했다.

"언니의 마지막 남자친구는 C였어."

조안이 내 그릇에 고기를 얹어 주며 말했다. 고기를 먹을지 말지 주춤거리는 것을 눈치챈 것 같았다. 나는 어색하게 고맙다고 말했다.

"쉽지 않은 연애였지. 서로가 너무 좋아졌을 때 남자가 언니를 떠났거든."

조안도 고기를 한 점 집어 먹으며 말했다.

"서로가 좋아졌는데 왜 떠나?"

나는 이해가 되지 않아 물었다.

"C끼리의 연애였다면 굳이 겪지 않아도 될 불편함이 많았으니까. 언니도 그 사람 의견을 존중했어. 덕분에 나도 그 이후로는 C와 친해지는 걸 조심하게 됐지. 쉽게 관계를 맺었다가는 그 사람들이 비극을 겪게 될 수도 있잖아?"
"나는 아니야."
"갑자기?"

자동반사적인 나의 말에 조안이 웃었다. 그녀의 웃음은 곧 어른스러운 표정으로 변했다. 아주 미세하게 씁쓸한 표정이었다.

"언니와 더 깊어지게 되면 언니가 떠난 후에 삶을 혼자 살아갈 자신이 없었대."

조안은 다시 집게를 들어 고기를 뒤집었다.

"글쎄. 그걸 겁낼 사람은 오히려 이쪽 아니야?"

이쪽. 나는 케이를 이쪽이라고 말했다. 내 목의 혹이 X-ray로 찍히던 날. 내가 곧 죽을 거라는 얘기에 모두들 자기 입장에서의 나의 죽음을 걱정했다. 엄마도 그랬다. 내가 곧 죽을지도 모른다는 말에 엄마는 주저앉아 엉엉 울며 나를 붙잡고 말했었다. 네가 없으면 안 돼. 그럼 엄마는 못 살아. 나는 놀란 마음을 추스르지도 못한 채 엄마를 달래느라 진을 빼야 했다.

"어쨌든 케이보다 케이의 죽음을 더 크게 느낄 사람은 없을 거 아니야. 남자의 심정도 이해는 가지만 케이에게 할 소린 아니지."

조안은 고개를 끄덕이며 동의했다.

"아까 그 아이스크림 그림 말이야. 전시를 준비할 때 모두가 빠짐없이 그 작품을 제일 마지막에 놔야 한다고 했어. 언니가 C인 남자를 사랑했기 때문에 더 절실하게 느끼는 자신의 삶의 속도가 돋보인다고. 내가 보기엔 아니었는데. 그건 C와 N의 문제가 아니라 언니와 그 남자 간 사랑의 온도 차였지. 그걸 언니는 그린 거야. 평론가들은 대부분 C잖아? 그 사람들은 언니의 그림을 모두 그렇게만 해석해. 언니가 N이기 때문에 그런 속도감 있는 크로키를 그릴 수 있다고 생각하고 흥미로워해. 그래서 아까 네가 그 그림에 대해 이야기했을 때 좀 놀랐어."

조안은 나를 그저 조금 다른 C라고 생각하는 듯 보였다.

"사실, 할 말이 있어."

나는 조안에게 내 상황에 대해 이야기했다. 비겁해 보일 수도 있겠지만, 조안이 내가 C라는 이유로 거리를 둘까 봐 걱정이 됐다.

"그랬구나."

조안의 표정은 미묘했다. 혹시 미리 말하지 않아서 기분이 상했을까?

어쩌면 다행이라 생각했을까? 나의 혹이 모두에게 비극이어도 그녀에게는 아닐 수 있을까?

"맘고생이 심했겠는데."

나의 사정을 알게 된 모두의 눈빛이 갑자기 세상에서

가장 불쌍한 아이 대하듯 변했던 것처럼, 조안이 꺼낸 말 역시 위로일까.

“그렇다면 서둘러야겠다. 너는 이제 어떻게 할 생각이야?”

조안은 스포츠 만화에 나오는 마이너리그 코치처럼 물었다.

“뭘 어떻게 할 생각이냐니?”
“만약 진짜 너에게 시간이 얼마 없다면 네가 제일 하고 싶은 일들을 하며 살아야지. 너는 지금 네가 좋아하는 걸 다섯 개도 적지 못하잖아.”
“그게… 아무리 고민해도 딱히 생각나지 않아.”
“노력해야지. 나는 얼마나 노력하는데. 하루에 좋아하는 일을 세 개씩은 해야 잠을 자. 오늘은 일단 고기를 먹자. 맛있잖아.”

어이가 없는 해답에 웃음이 터졌다. 나는 사실 그때 나를 둘러싼 비극적 드라마에 찬물을 확 끼얹고 나타난 장마 같은 그 아이가 그냥 다 좋았다.

*

식당을 나와 우리는 차로 돌아왔다. 밖에는 비가 내리고 있었다. 내가 조안이 알려 준 집 주소를 입력하고 자동 주행 버튼을 누르는 사이, 조안은 비 오는 거리를 내다보고 있었다.

거리에는 아무도 없었다. 미세먼지 지수가 올라간 이후로 사람들은 최대한 비를 피하기 위해 노력했다. 미세먼지를 잔뜩 머금고 떨어지는 비는 하늘에서 떨어지는 독 같은 것이었다. 물론 조안에게는 그렇지 않았다. 나는 강렬했던 조안의 첫인상을 떠올렸다.

"비를 좋아해?"
"좋아."
"모두가 비를 피하잖아."
"이제는 그렇지. 그거 알아? 예전엔 사람들이 비 맞는 걸 좋아했대. 아주 예전 고전 영화를 보면 사람들이 비를 맞는 장면이 나와. 감옥에서 탈출한 남자가 비를 맞으면서 자유를 만끽하기도 하고 오랜만에 만나는 연인이 빗속을 달려가서 서로에게 키스를 퍼붓기도 하고 어떤 커플은 빗속에서 결혼을 하기도 하더라."

빗속에서 강아지를 구하던 조안의 모습이 떠올랐다.

"좀 멋지네. 나도 한번 그렇게 살아 보고 싶어."
"뭐가 문제야? 그렇게 하자."
"넌 걱정이 안 돼?"

나는 조안을 바라봤다.

"돼. 하지만 하고 싶으면 해 봐야지. 안 해 보고 좋은지 아닌지를 어떻게 알겠어. 더군다나 넌 시간도 없다며. 무서울 게 뭐 있어."
"무서울 건 없지."
"그렇게 하자. 일단 다 해 보면 진짜로 하고 싶은 걸 찾을 수 있겠지."

나는 쉽게 대답하지 못했지만 이내 고개를 끄덕이며 조안을 보고 웃었다.

집으로 돌아와서 생각해 보니 이제야 오늘 하루가 실

감이 났다. 하면 큰일 나는 줄 알았던 것들만 해 댄 하루였다. 생각보다 큰일은 당장 일어나지 않았다.

죽음이 불안하지 않을 만큼 하고 싶은 일을 다 한다는 건 어떤 걸까. 나는 얼른 조안을 다시 만나고 싶어졌다.

낮에 마신 커피 맛도 생각났다. 어쩐지 다시 마셔 보고 싶단 말이지. 아주 낯선, 시고, 쓰고, 약간은 달았던 맛이 떠올라 입안에 침이 가득 차올랐다.

ㅂ이 주는 안정감

*

"시로 써야지."

조안은 우리의 데이트를 시로 쓰겠다고 했다. 우리가 벌써 세 번의 정식 데이트와 몇 번의 곁다리 만남을 하고 나서였다. 만남이라는 것은 생각보다 자연스럽게 삶에 스며들었는데 특별한 약속이 없이도 조안이 일하는 요다 서점에 들른다든지, 전화를 하다 시간이 나면 카페에 가서 새로운 메뉴를 먹어 본다든지 하는 시시콜콜한 일들로 일상이 새롭게 채워졌다.

"나는 아마도 소설이겠지?"

나는 별 고민 없이 말했다.

"소설가가 되고 싶어?"

조안이 물었다.

"아니 그냥 소설을 좋아해. 최근까지 목표는 청정복 회사에 들어가는 거였어."

나에겐 꿈이 없었지만 목표는 있었다. 청정복 회사를 택한 이유는 직원 할인을 받는다면 좀 더 나은 환경에서 살아갈 수 있지 않을까 싶어서였다. 태어난 이래로 줄곧 부모님의 사랑을 청정복값 대출금으로 체감한 결과였다. 나와 같은 생각을 한 C가 너무 많아 청정복 회사는 언제나 높은 경쟁률을 자랑한다는 점이 문제이긴 했지만.

"너는 시인이 되는 게 꿈이야?"

당연히 그럴 것이라 생각하면서도 나는 물었다. 하지만 조안은 고개를 저었다.

"시인은 이미 시인이지. 목표는 죽기 전에 시집을 내는 거고. 꿈은 아직 비밀이야."

뭐가 저렇게 똑 부러지는지. 처음으로 조안이 살짝 얄미워질 즈음 다행히 우리가 시킨 메뉴가 나왔다. 내가 시킨 음식은 돈가스 정식이었다.

"돈가스 좋아해?" 조안이 물었다.

"음…. 어렸을 때 한 번 먹어 본 적이 있는데."
"한 번?"
"응. 한 번이라서 좋아한다고 말하기는 그렇지만 엄청 맛있었어. 이번에도 그 맛이 난다면 좋아하게 될 것 같아."

내가 비장하게 돈가스를 썰었다. 조안도 덩달아 나의

칼질을 기다렸다. 내가 돈가스를 한 점 찍어 입안으로 가져갔다.

"어때?"

조안이 궁금한 듯 재촉하며 물었다.

"음… 맛있는데… 그때보단 아니야. 이 맛은 좋다고 할 정도는 아니네."

내가 우물거리며 말하자 조안은 킥킥 웃으며 자기 돈가스를 썰기 시작했다. 한 조각 썰더니 입안으로 넣었다. 조안이 오물오물 씹고는 끄덕이며 말했다.

"그러네."

깐깐했던 평이 무색하게도 우리는 그릇을 싹싹 비워 갔다. 어느새 나는 조안과 함께하는 식사에 익숙해지고 있었다. 조안이 좋아하는 음식들이 대개 떡볶이, 라면, 햄버거와 같은 불량 식품들이라 처음엔 좀 힘들었지만 결과적으로는 확실히 맛있었다. 몇 번의 시도 후에도 내 몸뚱이가 특별한 이상을 보이지 않는 것을 확인한 나는 본격적으로 죄책감 없이 만찬을 즐기기 시작했다. 문제가 있다면 조안을 만나지 않는 날엔 입이 좀 심심해진다는 것뿐이었다.

"밥을 먹으니까 이제 좀 살 것 같다."

수저를 내려놓으며 조안이 말했다.

"밥에는 ㅂ이 두 개나 들어가. 그래서 사람들이 밥을 먹으면 마음이 편해지나 봐."

조안은 한글에서 'ㅂ'을 특별히 좋아했다. 모양이 가

장 안정적이기 때문이라고 했는데, 저렇게 자유롭게 살면서 안정감을 따지다니 조안과 그다지 어울리지 않는 이유라고 생각했다.

*

밥을 먹고 식당을 나와 우리는 조안이 일하는 요다 서점으로 향했다.

물론 차를 타고서였다. 다른 일들에는 어떻게든 다 도전해 볼 수 있었지만 청정복 없이 거리를 걷는 일에는 여전히 쉽게 용기가 나지 않았다. 조안은 그에 대해 특별한 불평도 질문도 하지 않았다. 그저 나와 함께할 때면 언제나 자연스레 조수석에 탈 뿐이었다.

우리가 서점으로 들어가자 기다렸다는 듯이 창밖으로 비가 내리기 시작했다. 조안이 창문을 활짝 열자 서점 안은 금세 빗소리로 가득 찼다. 조안은 그 앞에 가만히 서 있었다. 빗소리를 듣는 듯했다.

창을 열고 듣는 빗소리는 마치 모래가 들어 있는 마라카스를 계속 흔드는 소리 같았다. 우리는 말없이 빗소리를 들었다. 한참이 지난 후에야 조안은 나에게 말을 걸었다.

“무슨 책 읽을래?
“추천해 줘.”

조안은 자신의 가까이에 있는 책을 한 권 뽑아 들고는 나에게 가져다주었다. 표지에 별이 커다랗게 그려져 있었다. 조안이 가장 좋아하는 책이라고 했다.

“별을 좋아해?” 내가 물었다.

"응. 별은 스스로를 태우면서 빛나잖아. 몇억 광년 떨어져 있는 우리가 볼 수 있을 정도로 말이야."

"별은 이제 없잖아."

"없다고 누가 그래? 이렇게 비가 세차게 내리는 날에는 가끔 하늘이 보이기도 해."

"에이. 거짓말. 그냥 푸른빛 정도겠지. 먼지층을 너무 무시하는 거 아니야?"

"진짜야. 비가 내릴 때 이렇게 창문을 열고 있으면 비가 멈추는 순간에 하늘을 볼 수 있거든? 아주 잠시지만. 밤이면 먼지가 미처 메우지 못한 틈새로 까만 하늘이 무지개처럼 보여. 다들 볼 생각조차 안 해서 못 볼 뿐이지."

조안의 말이 맞았다. 바라봐도 그다지 기분이 좋아지지 않는 하늘을 사람들은 보지 않았다. 나도 그랬고. 하늘을 보면 오히려 막막한 현실을 마주하는 기분이 들기도 해서 소설이나 드라마에선 "너 그게 무슨 하늘 같은 소리니." "무슨 일 있어? 얼굴이 하늘색이야. 누렇게 떴어."와 같은 대사가 난무했다.

"그래서 넌 별을 봤어?"

"아니. 아직. 그렇지만 이제 곧 볼 것 같아."

하늘도 안 보이는 시대에 별을 보겠다니. 나는 한 치의 흔들림 없는 조안의 확신이 신기했다.

청정복 회사 입사를 위해 대학 안으로 세 번이나 몸을 밀어 넣으면서도, AI가 따라잡지 못하는 영어 감정 테스트에서 최고 등급을 받으면서도, 국가 검정 청정복 능력 시험을 통과하면서도, 나는 항상 확신이 없었다. 내가 아닌 다른 이들도 이만큼은, 아니 더할 거라고 생각했다. 그 하나의 줄을 잡기 위해 똑같은 레일에 올라탄 아이들이 꽤 많다는 걸 알았기 때문이다. 내가 그 많은 사람을 제치고 줄을 잡아챌 인재라는 확신을 가지기란 쉽지 않았다.

조안은 내게 따뜻한 커피를 가져다주고 자신의 자리에서 일을 시작했다. 나는 서점 귀퉁이에 앉아 조안이 준 책을 읽기 시작했다.

별을 굽는 여자의 이야기였다.

별을 굽는 여자는 건망증이 심해서 재료를 한두 개 빼먹고 별을 구워 버리기 일쑤였다. 다른 재료가 빠진 별들은 어떻게든 빛나는 별이 될 수 있었지만 용기를 깜박하고 구운 별들은 그렇지 않았다. 용기가 없는 별들은 스스로 타기를 무서워했다. 여자는 빛을 내지 못하는 별은 소용이 없다며 어느 한 귀퉁이에 그 별들을 모아 두었다.

그러던 어느 날 외로운 청년이 여자를 찾아왔다. 그가 뿜어내는 뜨거운 열과 밝은 빛 때문에 여자는 멀찍이 서서 이야기를 해야 했는데 청년은 이런 자신을 모두가 싫어한다고 했다. 그가 힘없이 말하길 다른 별들은 청년이 옆에 오면 그의 강한 빛에 가려 자신들이 보이지 않는다며 멀리한다는 것이었다. 여자는 청년이 안타까웠다.

그때 청년의 주변으로 귀퉁이에 있던 별들이 모였다.

용기가 없는 별들은 눈이 부신 청년 주변을 계속해서 맴돌았다. 여자는 용기 없는 별들을 모두 청년에게 주었고 청년은 자신의 주변을 도는 별들을 비춰 주었다.

그중 가장 욕심이 많았던 별은 그의 가장 가까이를 맴돌았다. 가장 예쁘게 빛나고 싶다던 별은 두 번째 자리에서 환한 빛을 받으며 맴돌았다. 청년을 가장 좋아하는 별은 청년이 가장 잘 보이는 세 번째 자리에서 맴돌았다.

어느 날 세 번째 별이 청년에게 물었다. "넌 영원히 탈 수 있어?" "아니. 나도 언젠가 다 타 버리겠지?" "언제?" "그건 나도 몰라." "그럼 무섭지 않아? 너에게는 아주 많은 용기가 들어 있나 봐." 풀 죽은 별에게 청년은 작은 용기를 건넸다. 별은 쉽게 용기를 낼 순 없었지만 청년이 준 용기를 버리지 않고 쌓아 올렸다. 청년은 별이 자신의 힘으로 빛을 내기를 기다렸다. 그는 별에게 매일매일 스스로 빛날 수 있는 시간을 주었는데 그때가 청년이 별을 비춰 주지 않는 시간, 밤이었다. 청년은 언젠가, 별이 스스로를 태울 수 있을 거라고 믿었다.

"그러니까 지금 우리가 용기가 없는 덜떨어진 행성에 살고 있다는 건가?"
"용기가 없었으니 우리가 사는 거지. 지구에 용기가 있었어 봐. 우리가 불타는 행성에서 어떻게 살아남았겠어? 용기가 없는 게 나쁜 것만은 아니야. 태양도 친구를 얻었잖아."
"지구가 언젠가 빛을 낼 수 있을까?"
"지구도 용기를 내겠지. 이제 태양의 친구니까."

"아 그럼 우린 다 타 죽겠네."

내가 장난을 치자 조안이 웃었다.

세차게 내리던 비도 지쳤는지 잠시 멈추고 숨을 헐떡대고 있었다. 창문 밖을 내다보니 정말 남색 빛이 슬쩍 도는 커다란 구멍 안으로 하늘이 보였다. 아주 잠깐이었지만.

"조안."
"응?"
"우리 밖으로 나가자."
"밖으로?"
"응. 우리 나가서 산책하자."

내가 용기 내어 말했다.

"그래. 좋아."

조안은 신이 난 얼굴로 대답했다.

비가 내린 거리의 공기는 확실히 맑았다. 저 멀리 건물의 테두리가 보일 정도였다. 잔뜩 긴장했던 마음이 조금은 편안해졌다. 내 옆을 걷고 있는 조안이 보였다. 조안은 내가 괜찮은지 확인하며 발걸음을 맞추고 있었다.

"이오."
"응."
"내가 채우지 않았던 마지막 데이트 있잖아."
"응."
"별 보기야. 내 오랜 꿈이거든. 별이 가장 잘 보이는 곳에 가서 꼭 별을 보고 싶어."
"그곳이 어딘데?"
"아직 찾고 있어."

조안이라면 가능할 것이다. 조안과 함께라면 충분히 가능한 일이다.

"조안. 다음에 비가 진짜 많이 내리는 날에 우리 같이 별을 보자."

내 말에 조안이 환하게 웃었다.

"그래. 비가 가장 많이 내리는 날, 우리 만나자."
"어디에서?"
"별이 가장 잘 보이는 곳에서."
"좋아."

우리는 빗물에 젖은 거리를 신나게 걸었다. 그날의 거리는 평소보다 뚜렷해서 오히려 꿈같이 느껴졌다.

*

"네가 이오구나?"

전시 팸플릿의 사진에서처럼 건강하고 환한 모습은 아니었지만 케이는 아주 단단한 인상을 지닌 사람이었다. 나는 고개를 꾸벅 숙여 인사했다. 환자복이 아니었다면 그녀가 아픈 사람이란 걸 알 수 없었을 것이다. 아마도 환자들이 으레 갖는 무력한 눈빛이 그녀에게 없어서인 것 같았다. 그녀는 강한 눈빛을 가지고 있었는데 나를 빤히 보는 눈빛을 차마 견디지 못하고 이내 피해 버렸을 정도였다.

조안과 케이는 친한 친구처럼 신나게 떠들어 대기 시작했다.

"큰언닌 왔다 갔어? 이제 장마잖아?"
"안 왔어. 그렇게 먼지 타령을 해서 청정복도 사 줬는데 얼굴 보기가 영 어려워. 곧 죽을 동생보단 앞으로 살 날이 많은 아들이 중요하겠지."

케이가 장난스레 말했다. 올해로 서른두 살인 조안의 큰언니는 이미 N의 평균 수명을 넘겼다. 몇 년 전 남편을 잃고 자살을 시도하려 했을 때 그녀는 배 속 아이의 존재를 알았다고 한다. 아이의 존재는 차마 죽음을 선택할 수 없게 했다. 그렇게 스물여덟 살이라는, N으로서는 너무 늦은 나이에 그녀는 아기를 낳았다.

그녀는 아들을 최대한 오래 키우기 위해 생명 연장에 힘썼다고 했는데 오로지 비가 아주 많이 내린 후, 미세먼지 수치가 내려갔을 때만 밖으로 나온다고 했다.

조안은 큰언니의 이야기를 할 때면 표정이 어두워졌다. 큰언니의 마음을 충분히 이해할 순 있지만 그녀를 볼 때면 사는 게 버거워 보여 자신까지 마음이 무거워진다고 말했다. 확실히 조안은 케이를 더 좋아했다. 케이 옆에 선 조안은 모든 경계심이 사라진 어린아이 같았다.

조안은 나와 있었던 이야기를 조잘조잘 언니에게 늘어놓았다. 케이의 얼굴은 평온했다. 그 평온에 담긴 것은 조금 복잡한 듯해서 보는 것만으로는 읽기가 어려웠다. 얼마 남지 않은 생을 포기한 마음도, 세상 모든 것을 이미 다 가진 완벽한 인생에 대한 뿌듯함도 아닌 것 같았는데 아마도 그게 만족일까? 나는 부러 그들의 대화에 끼지 않고 그저 관찰하고 있었다. 그 평온은 견고해서 곁에 있는 것만으로도 마음을 잠시 기댈 수 있었다.

케이를 만나고 나는 한결 마음이 편안해졌다. 내가 죽기 전에 조안을 만난 건 정말 잘된 일이야. 나는 나를 다독였다.

케이에게 인사를 하고 우리는 병실을 나왔다. 병원 복도를 걸어가던 중 우연히 경을 만났다. 나는 어색하게 두 사람을 서로에게 소개시켜 주었다. 안녕하세요. 경과 조안이 인사했다.

"병원에 왔는데 나한테 연락도 안 해?"

장난기 어린 어투였지만 경의 말에는 진심이 묻어 있었다.

"미안. 친구와 함께여서."

내가 조안을 자연스럽게 친구라고 부르자 경은 조금 놀란 듯 보였다. 하지만 이내 얼른 표정을 숨겼다.

"어쩐 일이야? 혹시 목이 안 좋아?"
"아니. 조안의 언니가 병원에 있어서 병문안 왔어."
"아. 7층의 케이 작가님 동생이시죠? 병문안 오시는 거 자주 봤어요."

경은 조안에겐 훨씬 부드러운 목소리로 말했다.

"아 정말요? 언니를 잘 부탁드려요."
"네. 그럼요."

경이 매너 있게 인사하며 지나갔다. 스치듯 나를 바

라보는 표정이 마치 나에게 할 말이 있지만 조안이 있어 말할 수 없다는 듯했다.

그날 저녁, 경에게 의미 없는 안부 문자를 남겨 봤지만 특별한 대화는 오가지 않았다.

*

내가 케이를 만나고 돌아온 다음 날 점심이었다. 오랜만에 집에서 시간을 보내기로 한 나는 커피를 내리기 위해 물을 끓였다.

딸깍—

집 안은 너무 고요해서 전기 포트 버튼이 올라오는 소리가 평소보다 크게 들렸다.

소파에는 엄마가 앉아 계셨다. 결혼을 한 이후로 한 번도 일을 쉰 적 없었던 엄마는 직장에 휴직을 신청하셨다. 아마도 내 옆에 있어 주고 싶으셨던 모양이다. 청정복 회사가 내 혹에 대한 보상금을 제안하면서 더 이상 대출금을 갚지 않아도 된다는 것도 어느 정도 큰 몫을 했을 것이다.

평일 오후에 우리 두 사람이 이렇게 함께하는 건 익숙지 않은 일이었다. 엄마와 함께 밥을 먹는 건 기껏해야 한 달에 한두 번 정도였다. 엄마는 점심거리로 돈가스를 만드셨다. 나는 좀 놀랐지만 말없이 먹었다.

초등학교 시절, 친구들과 몰래 부숴 먹은 라면이 가방에서 나왔을 때 나는 태어나 처음으로 엄마에게 맞았다. "친구들은 가끔 라면도 먹고 돈가스도 먹는다는데 엄마는 공부만 하라 그러고. 맨날 일만 하고. 맛있는 건 다 못 먹게 하고. 왜 돈가스도 안 해 줘." 어린 나는 엉엉 울었다. "엄마는 돈가스 같은 거 할 줄 몰라." 엄마는 차갑게 방으로 들어가 버리셨다.

그날 엄마 아빠 방에서 대화 소리가 들려왔다.

"당신 너무 그러지 마. 애가 답답하니까 더 저러지."
"내가 나 좋으라고 그래? 요즘 같은 세상엔 몸에 좋은 것만 먹어도 무서운 병에 걸린다는 거 몰라?"
"그래도 애가 얼마나 먹고 싶었으면 그랬겠어."

나는 소파 뒤에 숨어 한참이나 이어진 대화를 숨죽여 듣고 있었다.

그 일이 있었던 주의 일요일, 우리 가족의 점심 메뉴는 놀랍게도 돈가스였다. 엄마는 정말 맛있는 돈가스를 만들 줄 아셨다. 나는 아직도 그 맛을 잊지 못한다. 바삭한 튀김 안에 부드러운 고기가 있었다. 입안에 가득 넣고 씹으면 튀김의 기름과 고기의 기름이 뒤섞여서 꿀떡꿀떡 넘어갔다. 그때 허겁지겁 먹는 나를 보며 엄마가 아주 작게 씁쓸히 말씀하셨다.

"이런 세상에 내가 널 왜 낳아서."

돈가스는 정말 맛있었지만 나는 다신 엄마에게 돈가스를 해 달라고 조르지 않았다. 아무리 어린아이라도 엄마의 슬픈 얼굴을 다시 마주하기는 싫었으니까.

그로부터 딱 20년 만에 엄마의 돈가스를 먹었다. 여전히 맛있었다. 며칠 전 가게에서 먹었던 것과는 차원이 달랐다. 다 먹고 나서도 고소한 기름이 여운으로 남았다.

나는 전기 포트를 들어 커피를 내렸다. 조안과 갔던 카페에서 사온 드립 백 커피였다. 쓴맛이 덜하고 단맛이 강해서 커피를 처음 마시는 엄마에게 좋을 것 같았다.

나는 두 잔의 커피를 들고 테이블로 갔다. 엄마 앞에 한 잔을 내밀었다. 마셔 보라는 말은 하지 않았다. 내가 먼저 커피 잔을 들어 마셨다. 엄마는 그런 나를 가만히 바라볼 뿐이었다.

"요즘 커피를 마시기 시작했어요."

내가 먼저 말을 건넸다.

"처음엔 정말 맛이 없었는데 자꾸 생각이 나더라고요. 카페에 가서 책을 읽고 커피를 마시는 게 재미있어요. 다음에 기회가 되면 한번 같이 가요, 엄마."

엄마가 내 얼굴을 보셨다. 내 표정을 관찰하는 것 같았다.

"그래. 그러자."

긴 대화를 나눈 지 꽤 오래된 사이라 말을 잇기가 쉽지 않았다. 엄마는 커피 잔을 만지작거릴 뿐 쉽게 들지 못하셨다. 어느새 깊게 패이고 처진 눈이 더욱 슬퍼 보였다. 엄마의 얼굴은 변했지만 여전히 나와 닮았다. 나도 나이가 들었으니까.

식어 가는 커피의 온기가 뜨문뜨문 끊기는 우리의 대화 사이를 슬며시 메우고 있었다.

*

"돈가스?"
"응. 확실해. 그 맛있는 돈가스를 다시 먹었거든."
"그래, 그럼 이제 또 한 칸 채워졌네. 돈가스."

나는 데이트 리스트에 '맛있는 돈가스 같이 먹기'를 적었다. '새로 생긴 카페를 찾아다니며 같이 커피 마시기' 다음으로 적은 내 두 번째 리스트였다.

"네가 좋아하는 것들을 더 채워 볼까. 좋아하는 색은?"
"음. 난 파란색을 좋아해. 정확히 말하자면 조금 연한 파란색인데 예전엔 그게 하늘색이라 불렸다니 믿기지 않아."

핑퐁처럼 오가는 대화에서 서로의 취향을 알아내는 것에 조안과 나는 재미를 붙였다.

내가 특별히 파란색을 좋아한다는 것을 안 이후로 조안은 나를 만날 때면 파란색으로 보이는 별의별 것을 다 들고 왔는데 하루는 '죠스바'라는 불량 식품을 들고 왔다. 이 아이스크림을 먹으면 입도 파래질 거야. 재밌지? 그걸 생각한 네가 더 재밌다. 내가 웃었다.

"그래! 바다가 있었네!"

죠스바를 열심히 먹던 조안이 외쳤다.

"바다는 이제 파랗지 않아."
"대신 바닷속은 파랗잖아!"
"그러네. 바닷속은 좀 가 보고 싶은데?"

내가 데이트 목록에 세 번째로 적은 것은 '수족관 가기'였다. 조안과 나는 수족관으로 갔다. 우리는 소풍 온 어린애들처럼 수족관 안을 돌아다녔다. 조안의 얼굴이 파랬다. 조안의 옆으로 가오리가 날아다니고 해초가 하늘거릴 때마다 조안의 얼굴엔 얼룩덜룩 그림자가 생겼다.

수족관은 심해 속에 숨겨진 공간 같았다. 아무도 모르는, 아주 평온한, 시야가 탁 트여 있지만 황망하지 않은, 경계가 분명한 안정적인 공간이었다. 왠지 숨이 잘 쉬어지는 것 같았다. 좋다. 마음이 편해졌다. 무엇보다 흔치 않은 이 푸름이 좋았다.

먹으면 입이 파래지는 죠스바도 좋고 스머프처럼 파래진 조안의 귀여운 얼굴도 좋다. 처음 조안을 봤던 날, 조안의 입가에 묻어 있던 그 푸른 웃음이 계속 생각난 이유가 이거구나. 나는 생각했다. 한참을 신나게 돌아다니다 우리는 커다란 수조 앞 벤치에 앉았다.

"조안."
"응?"
"우리 별을 보러 천문대에 가 볼까?"
"천문대? 그럼 좋겠지만 전부 문을 닫았잖아."
"나도 그런 줄 알았는데. 아직 하나 남아 있었어."
"정말? 어디에?"
"서울에."
"서울에 천문대가 있다고?"
"응. 그것도 한강에. 진짜 이상하지? 그곳도 더 이상 천문대는 아니지만."

정말이었다. 혹시나 싶은 마음에 검색을 하던 중, 나는 '서울에서 사라져야 할 흉물들'이라는 제목의 포스팅에서 의미 없는 공공시설로 쓰이고 있는 천문대를 발견했다.

"그곳의 옥상에 예전에 별을 보던 곳이 있대."
"진짜?"
"응. 진짜."

나는 찾아 두었던 자료를 조안에게 보여 주었다.

"와…. 엄청 가까운 데 있는 걸 몰랐네."

조안이 기대에 찬 얼굴을 했다. 나는 뿌듯해져 말했다.

"우리 비가 많이 오는 날, 그 천문대에 가자."
"그래. 좋아."

나는 내가 좋아하는 것들로 가득 찬 푸른 막 안에 있었다. 이제 불행하지 않아. 이렇게 좋아하는 것들만 하고 살면 아무 문제 없어. 죽는 게 무섭지 않아. 나는 안심했다. 상어가 우리를 향해 다가왔지만 무섭지 않다고 생각했다.

"조안. 투명하지만 아주 두꺼운 벽이야. 아주 안전한 벽."

나는 이 안심이 계속될 거라 믿었다.

나는 없어

*

카페에 도착한 나는 몹시 피곤해졌다. 밤새 설친 잠을 깨기 위해 커피를 마셨다. 그리고 어젯밤 경과의 대화를 떠올렸다. 늦은 시간이었다. 경에게 전화가 왔다.

"이오, 나야. 확실하지 않아서 그동안 너에게 쉽게 말하지 못했는데. 네가 이렇게 사는 걸 더 이상 볼 수가 없어. 너도 알아 두는 게 좋을 것 같아."

"무슨 소리야?"

"이번에 우리 과에 새로 오신 교수님이. 그분이 네 수술을 맡아 주시겠대."

"수술? 위치가 어려워서 수술은… 할 수 없다고 했잖아?"

"응. 어려운 건 맞아. 하지만 그분은 네 혹 모양이 아무리 봐도 이상하다고 더 확실한 정밀검사를 해 보자고 하셨어. 더 자세한 사항은 결과가 나와 봐야 알겠지만. 어쨌든 가능하다면 너무 좋은 일이잖아. 아니야?"

나는 쉽게 대답하지 못했다.

"수술을 할 수 있는지는 아직 모르는 거잖아."

"그래. 그래도 가능성이 있다면 말이 다르지. 우선 청정복을 입지 않고 돌아다니는 건 그만해. 다 포기한 것처럼 막 사는 것도 그만해. 그 아이와도… 조안이라는 애랑 너는 상황이 달라. 혹시 수술받게 되면 이제 다시 네 자리로 돌아오는 거야. 청정복 회사도 준비하고, 예전처럼 다시."

전화를 끊고 거실로 나왔을 땐 내 머릿속만큼이나 시끌벅적한 뉴스가 거실이 떠나가라 흘러나오고 있었다.

우리가 갔던 수족관 내부 유리 벽이 깨졌다는 소식이었다. 다행히 폐장 이후 일어난 사고라 다친 사람은 없는 듯했다.

"설마 그게 깨질 줄이야. 저와 제 딸이 있었을 때 사고가 났으면 정말 큰일 날 뻔한 거 아니에요." 사고 전날 방문객이 손을 벌벌 떨며 말했다. 물바다가 된 수족관 한가운데에는 상어가 날카로운 이빨을 드러내며 버둥거리고 있었다. 그런 상어를 잡기 위해 소방관과 사육사들이 진땀을 빼는 장면이 나왔다.

나는 똑같은 내용을 몇 번이고 반복하는 뉴스를 계속해서 봤다. "똑같은 내용인데 뭐 하러 자꾸 보니?" 엄마가 핀잔하셨지만 나는 믿을 수 없는 그 광경을 재차 확인해야 했다.

"표정이 안 좋네. 무슨 고민 있어?"

어느새 도착한 조안이 커피를 들고 내 앞으로 와 앉았다.

"아니. 그냥 있었어."

나는 별일 없다는 듯 표정 관리를 했다.

"이오. 나 우연히 말이야. 네가 1학년 때 학교 신문에 올렸던 소설을 읽었다."
"뭐? 그게 아직도 돌아다닌단 말이야?"
"재밌더라. 너 지금이라도 소설을 제대로 써 보는 건 어때?"
"내가? 아니야. 그건 그냥 재미로. 그냥 써 본 거야. 그리고 이제 와서 제대로 된 소설을 어떻게 쓰겠어."

"그게 왜? 아직 너한테는 시간이 많아. 저번에 만났던 준 있잖아. 미용사 하는 친구. 그 아이는 원래 다른 일을 했는데 2년 전에 미용을 시작했어. 그런데도 지금 서울에서 가장 잘나가는 미용사 중 한 명이야. 정말 멋있지 않아?"

"그건… 걔랑 나는 상황이 다르잖아."

"뭐가 다른데?"

"나는 N이 아니잖아. 그리고 그 친구가 운이 좋았던 부분도 있겠지. 원하는 분야에 도전해서 그렇게 금방 잘되는 경우가 많지는 않잖아."

"글쎄… 말이 그렇게 되나?"

"너무 늦었어. 너무 무모하기도 하고."

어색해진 분위기에 내가 서둘러 화제를 돌리고 나서도 우리 대화는 어딘지 모르게 자꾸만 어긋났다. 조안이 케이의 병실에 들렀다 가고 싶다며 예정보다 일찍 일어났고 나는 병원 앞까지 조안을 데려다주고 집에 왔다.

그다음 날부터였다. 조안이 나를 피한 건. 걱정이 돼요다 서점에 찾아가 봤지만 조안을 만날 수는 없었다. 서점 주인에게서 조안이 잠시 휴직을 요청했다는 소식만 전해 들을 수 있었다.

「조안. 무슨 일 있어? 연락이 잘 안되네! 오늘 만날 수 있어?」

고민 끝에 문자를 보냈다.

「아니. 별일 없어. 근데 어쩌지. 오늘은 조금 힘들 것 같네!」

세 시간 뒤에 온 답장이었다.

「다음 주에 우리 천문대에 가 볼까? 혹시 별을 볼 수 있지 않을까?」
「조안 우리 그때 가 보기로 한 커피숍 지나는 길에 들렀는데 커피가 맛이 없다.」

그 이후로도 나는 쓸데없는 메시지들을 썼다 지우기를 반복했지만 결국 보내진 못했다.

그날 나는 왜 그따위 말을 한 거지. 수술이 가능할지도 모른다는 경의 한마디로 나는 다시 겁쟁이가 되었다. 확실치도 않은 확률에 이렇게 흔들리는 나의 얄팍한 멘탈이 창피했다. 조안은 내가 용기도 없는 주제에 남의 행복을 질투하는 찌질한 남자라고 생각했겠지.

힘없이 거울 앞에 섰다. 영락없는 C잖아. 청정복 없이 조안과 함께하면서 나는 남들 눈에 조안과 내가 평범한 N 커플로 보일 거라고 생각했다. 하지만 정신을 차리고 본 거울에 비친 내 모습은 N이라고 하기엔 영 멋이 없었다. 마음에 안 들어. 답답했다. 뭐라도 해야 할 것 같은 기분이 들었다. 나는 뿌연 거리 속으로 걸어 나왔다. 며칠 동안 비가 내리지 않아 역시나 속이 메슥거려 왔다. 멀미가 나는 것 같았다. 하지만 집으로 돌아갈 수는 없었다. 나는 걸었다. 어디론가 가야 했다.

*

"잘 오셨어요."

준이 내 목에 천을 둘렀다. 한쪽으로 몰아 붙인 황금

색 머리는 어느새 초록색으로 변해 있었다. 잘생긴 깻잎 같았다.

그는 새까만 내 단발머리를 싹둑싹둑 잘라 냈다. 귀가 시려 왔다. 거울 속에 비친 내 모습이 어찌나 어색한지 내가 아니라 맞은편 자리에 앉은 손님 같았다.

"염색도 하시겠어요?"
"네. 조금 밝은 색으로 하고 싶은데 어울릴까요?"
"음…. 그건 한번 해 봐야 알 것 같은데요. 피부가 하얀 편이시라 괜찮을 것도 같아요."
"그럼 이 색으로 해 주세요."

나는 내가 감당할 수 있는 색 중 가장 밝은 색을 가리켰다.

"이 색깔요? 지금 머리색과 크게 다르지 않은 것 같은데요. 한 톤 더 밝은 이 정도 어떠세요?"

준이 오렌지빛이 도는 갈색을 가리켰다.

"아… 아뇨. 그냥 처음에 고른 색으로 해 주세요."

준은 고개를 갸웃거리긴 했지만 더 설득하려 들지 않고 약을 가져와 내 머리에 발랐다. 염색약에선 엄청나게 독한 냄새가 났는데 머릿속까지 다 녹는 느낌이었다. 미간이 절로 구겨지고 있었다.

"조안은 잘 지내죠?"

그가 떠보듯이 물었다. 물론. 미간을 열심히 펴면서 내가 고개를 끄덕였다.

"어제 케이 누나 병문안 갔다가 보긴 했는데… 표정

이 좋지 않더라고요. 고민이 많은지."

준은 내 머리 위에 이상한 바가지 같은 기계를 씌우며 말했다.

"제가 조안을 많이 좋아하거든요. 제가 처음 미용을 배우기 위해 유학을 결심했을 때 유일하게 응원을 해 준 사람이에요. 모두가 뜯어말렸거든요. 남의 머리카락 속에 파묻혀 죽는 게 꿈이 아니라면 그냥 놀면서 지내라고요. 조안은 제가 정말 멋있다고 말해줬어요. 넌 네가 정말 좋아하는 게 뭔지 확실히 아는구나. 너는 멋있는 사람이야. 그 용기를 응원해. 잘 다녀와."

나는 기계를 뒤집어쓴 채로 그 녀석의 말을 억지로 들었다. 듣고 싶지 않았지만 집중이 너무 잘돼서 귀에 콕콕 박혔다.

사실, 나 역시 어제 조안을 만나러 가려 했다. 나갈 채비까지 다 하고 신발장 앞에 섰지만 나가지 못했다. 장마 기간이었으나 비가 오지 않는, 유난히 미세먼지가 심한 날이었고 엄마의 외출로 집엔 차가 없었다. 그래서였다. 신발장 거울 속으로 우물쭈물거리는 못난 내 모습을 봤다. 내가 너무 한심해서 괴로웠다. 이곳에 온 진짜 이유는 거울 속 그런 내 모습이 너무 꼴 보기 싫어서였다.

머리를 감고 나와 다시 거울을 보니 내 머리는 이전과 크게 달라지지 않은 검은색이었다. 준이 색상표를 다시 가져와 내 머리와 비교해 주었는데 내가 고집했던 바로 그 색으로 염색이 잘 되어 있었다. "한 톤 더 밝아도 괜찮았겠죠?"라고 준이 콕 집어 물었다. 당신은 변하지 않아. 자기가 고른 색이 어떤지도 모르는 삶을 살고 있잖아. 머리를 자른다고 달라지지 않아. 재수 없는 얼굴 때문인지 자신감 넘치는 미소 때문인지 그놈에게는 그 초록색 머리가 정말 잘 어울렸다.

다시 거리로 나왔을 땐 매캐한 거리가 낯설지만은 않았다. 크게 멀미가 나지도 속이 메슥거리지도 않았다. 나는 무작정 거리를 걸었다. 내 짧아진 머리를 누구에게라도 보여 주고 싶었다. 사실은 누군가를 만나고 싶었다.

"할 말이 있어. 시간 되면 병원으로 좀 올래?"

경이었다. 그 길로 발걸음을 병원을 향해 옮겼다. 케이의 병문안을 가서 조안을 만났다는 준의 말이 떠올랐다. 경을 핑계로 들른 병원에서 케이의 병실 앞을 지나치다 어쩌면 조안을 만날 수 있지 않을까 하는 기대감이 들었다. 나는 걸음을 서둘렀다.

*

경을 만나기로 한 곳은 1층 편의점 앞 휴게 공간이었지만 마치 애초에 병문안을 온 사람인 양 에스컬레이터를 타고 올라갔다. 익숙한 복도를 지나고 모퉁이를 돌아 병실 앞에 다다르자 다행히 조안과 마주칠 수 있었다.

조안은 나를 보고 잠시 놀란 듯싶었지만 이내 인사를 건넸다. 머리 잘랐네? 조안이 힘없이 웃었다. 그동안 그녀에게 큰일이 있었다는 건 그녀의 표정만으로도 알 수 있었다.

"언니. 이오야. 나와 학교를 같이 다니는 친구 말이야."

조안이 케이의 귀에 대고 다정히 말했다. 시익— 시익— 소리가 나는 호흡기를 끼고 케이가 누워 있었다.

그래. 사람이 이렇게 죽어 가지. 침대 위에 누워 있는 케이의 모습은 8년 전 병으로 돌아가신 외할머니의 기억을 끄집어냈다.

갑자기였다. 할머니의 죽음을 우리가 피부로 느낀 건. 1년이 넘는 투병에도 실감하지 못한 그녀의 죽음을 우리는 그녀가 죽기 일주일 전에 실감했다. 죽음은 일정한 속도로 다가오지만 우리는 죽음이 가까워지는 것을 쉬이 알아차리지 못한다. 그러다 이렇게 마주하게 된다.

비쩍 마른 케이의 몸은 호흡기가 불어넣는 숨으로 힘없이 부풀고 가라앉기를 반복했다. 죽음을 한 발자국 앞에 둔 사람은 이렇게 온전한 죽음을 보여 준다. 주변 사람들은 괜찮다 괜찮다 하면서도 눈앞에서 목격한 죽음의 실체에 겁을 먹지 않을 수 없다. 애써 태연한 목소리로 케이에게 말을 걸던 조안도 케이의 모습을 더 이상 마주하지 못하고 복도로 다시 발걸음을 돌렸다.

보호자 휴게실에 조안과 내가 앉았다. 한참을 바닥만 바라보던 조안이 가라앉은 목소리로 말했다.

"작은언니, 얼마 남지 않은 것 같아. 그래. 뭐. 의사도 그렇다고 했으니까."

조안은 애써 담담한 표정이었다. 나는 말없이 조안을 바라보았다.

"지난번 네가 병원에 데려다줬을 때 말이야 이오, 그날 큰언니가 먼저 병실에 와 있었어. 안으로 들어가려고 했는데 갑자기 작은언니가 큰언니한테 안겨 우는 거야. 작은언니가…. 언니도 사실 많이 무서운가 봐. 이오. 그 사람도 너무 보고 싶다고 했어. 나한텐 괜찮다고 해 놓고 큰언니에게 안겨서는 어린애처럼 울었어. 분명 모든 걸 이뤘고. 행복하다고. 만족스럽다고 했는데. 그래서 괜찮은 줄 알았는데…."

항상 또렷하기만 했던 조안의 눈동자가 눈물이 고여 꿈틀거렸다. 무언가 말해 주고 싶었는데 조안의 눈을 마주하니까 가슴이 턱 막혀 아무 생각도 나지 않았다.

"언니가 죽는 게… 무서워. 이오."

조안의 눈에서 눈물이 마구 떨어졌다.

"언니를 못 보는 것보다도 나도 저렇게 될까 봐… 그게 무서운 것 같아. 그런 생각을 하는 내가 너무 못났다는 생각이 들어. 이런 내 모습을 네가 보면 실망할까 봐 너도 볼 수 없었어."

조안이 슬픔을 견디지 못하고 울음을 터뜨렸다. 나는 조안을 안았다.

조안은 나에게 'ㅂ' 같은 사람이었다. 자신만의 푸른 세계를 견고히 지키는 수족관의 벽처럼, 맑고 까만 하늘이 사실 계속 그 자리에 있었다는 걸 알려 주는 비처럼, 내가 용기를 낼 수 있도록 여유롭게 기다려 주는 밤처럼, 평온하고 흔들림 없는 아주 단단한 사람인 줄 알았다.

나는 왜 한 번도 의심하지 않았을까. 매일 밤 점점 더 두꺼워지는 먼지층에 덮인 하늘을 보고도 별을 볼 수 있다고 말하는 조안이, 뼈가 앙상하게 드러나도록 야윈 언니를 보고도 괜찮다고 말하는 조안이 정말 무서워하지 않을 거라 왜 확신했을까.

나는 내 안일함을 견딜 수 없어 조안을 더 세게 안았다. 조안은 밖으로 드러난 맨살이 도저히 감당되지 않는 듯 내 품으로 파고들어 얼굴을 밀어 넣었다. 조안의 커다란 용기가 품 안에서 쪼그라들었다.

"누구나. 누구나 그래, 조안. 누가 무섭지 않을 수 있겠어. 그건 얼마를 살고 얼마나 잘 살고의 문제가 아닐 거야. 우리 할머니도 그러셨어. 여든을 넘긴 우리 할머니도. 케이가 만족스러운 삶을 살았던 건, 행복했던 건 변하지 않아. 그냥 케이는 당장의 죽음이 무서워서 그러는 거야. 누구나 그래."

나는 조안을 꼭 안으며 말했다. 그 말은 조안에게, 또 나에게 하는 말이었다.

*

며칠 뒤 기나긴 장마가 휴식기를 맞았고 케이의 장례가 있었다. 케이가 모두에게 사랑받는 작가였다는 걸 증명하듯 많은 인파가 그녀의 장례식에 모였다. N의 장례는 보통 하루만 진행되는데 케이의 장례는 3일장으로 진행됐다. 나는 멀찍이서 잠시 자리를 지키다

밖으로 나왔다. 비가 오지 않는 밤하늘이 뿌옇다 못해 허옜다.

"이오."

누군가 뒤에서 내 이름을 불렀다. 조안이었다.

"좀 괜찮아?"

나는 뭐라 말을 시작해야 할지 몰라 물어도 소용없는 안부를 물었다.

"응. 그럼. 와 줘서 고마워."

조안은 그날보다 훨씬 단단한 모습이었다.

우리는 벤치에 앉았다. 그러고는 기억도 나지 않을 만큼의 의미 없는 말들을 주고받았다. 나는 고민 끝에 말을 꺼냈다.

"조안. 나 곧 수술받을 것 같아. 내 목에 혹 말이야. 수술하면 제거할 수 있다나 봐."

조안은 내 말을 듣고 한참 동안 말이 없었다. 하지만 이내 웃으며 말했다.

"그건 정말 다행이다. 좋은 일이잖아."
"그렇겠지."
"응. 수술은 언제야?"
"… 다음 주."
"그렇구나. 수술 잘 받길 바랄게. 축하해."
"고마워."

'축하해'라는 말도 '고마워'라는 말도 이상했지만 우리는 서로의 마음이 그리 단순한 마음은 아닌 걸 알았기에 더 이상 해석하려 하지 않았다. 조안은 아직 만나지 못한 손님들과 인사하기 위해 그만 자리에서 일어났다. 나도 장례식장을 나왔다. 우리는 각자에게 주어진 길을 걸어갔다.

#피크닉

*

수술이 성공적으로 끝나고 아무 일도 없었다는 듯 내 몸은 회복을 하고 있었다. 조안에게는 연락을 하지 않았고 나에게 연락이 오지도 않았다. 조안에게도 회복 시간이 필요한 거라고 나는 생각했다. 퇴원을 앞두고 경이 병실을 찾아왔다.

"몸은 좀 어때?"

"지금 너 의사야? 친구야?" 내가 장난을 쳤다.

"네 의사 친구야." 경다운 대답이었다. 내가 웃었다.

"괜찮아. 이제 밥도 편하게 먹을 수 있고 외출을 해도 괜찮다고 하던데?"
"그래도 안 돼. 특히 청정복 없이 외출하지 마."

나는 대답하지 않고 일어나 앉았다.

"엄마는?"
"오늘은 집에 가셨어. 아줌마가 다시 일을 시작하시려나 봐. 이제 안심하신 거지. 너도 괜찮아졌으니까."
"엄마는 정말 괜찮아지셨을까?"

"무슨 소리야?"
"자식만 아프지 않으면 엄마는 행복할까?"
"당연하지."
"얼마 전에 집에서 엄마에게 커피를 내려 드렸어."
"와…. 너 미쳤구나. 안 혼났니?"
"내가 좋아하는 것을 찾아서 다행이라고 하시더라."
"… 그거야, 그땐 네가…"
"아니. 내가 아파서였다면 엄마는 더더욱 반대하셨을 거야. 있잖아. 나는 이제껏 엄마가 하라는 대로만 살았어. 너도 알잖아. 나는 엄마가 슬픈 게 너무 싫었거든. 근데 처음으로 엄마가 시키지 않은 일을 해 봤더니 엄마는 다행이라고 하셨어."

경은 가만히 내 말을 들어 주었다.

"내 혹 말이야. 정밀검사 해 보니까 미세먼지가 원인이 아니었잖아? 무슨 환경호르몬 노출이라고 선생님이 말씀하시던데. 환경호르몬이 문제라니 웃기지 않아? 평생 건강에 해롭다는 건 일절 하지 않고 살았는데. 정밀검사 결과가 나오기도 전에 우린 확신했잖아. 내 청정복이 고장 나서 혹이 생겼을 거라고."
"아예 연관이 없다고 말할 순 없어. 분명 영향을 줬을 거야."
"그래. 그럴 수도 있지. 나 말이야. 곧 죽는다는 얘기를 듣고 이제껏 하지 않았던 것들을 마구 하면서 살아 봤거든? 근데 아무 문제가 없었어. 전혀. 지금도 그렇잖아."
"그래도 그렇게 사는 건 너무 불안한 일이야."
"어떻게 살아도 불안해지지 않을 수는 없어. 그렇다

면 더더욱 하고 싶은 일을 하는 길이 맞는 거 같아. 너한테 강요하는 게 아니야. 난 그렇게 생각한다는 거야. 그냥 각자 맞다고 생각하는 대로 살면 되는 거지만 다른 사람은 몰라도 너하고는 이런 대화를 한 번쯤 하고 싶었어."

경은 더 이상 나를 설득하려 하지 않았다. 경은 나에게 정말 좋은 의사이자 좋은 친구였다.

*

그날 밤 그친 줄 알았던 비가 세차게 내렸다.

탁! 탁! 탁! 탁!

비는 병원 창문을 세차게 두드렸다. 올여름 들어 가장 큰 비라고 했다. 나는 한참을 밖을 바라보고 있었다. 창밖의 세상은 뭉그러진 물감처럼 번져 갔다. 비가 잦아들자 씻겨 내려진 세상이 다시 보이기 시작했다. 이 정도면, 어쩌면.

나는 겉옷을 걸치고 서둘러 밖으로 나갔다. 여전히 비는 내리고 있었다. 나는 서둘러 택시를 잡아탔다. 비가 그치기 전에 도착해야 한다.

다행히 하늘에는 아직 구름이 가득했지만 불행히도 남산으로 향하는 한강대교 위는 차로 꽉 막혀 있었다. 택시가 겨우 다리의 반을 넘어가고 있을 때였다. 창문 밖 구름이 점점 열어지고 있었다. 나는 마음이 조급해졌다.

"아저씨."

"네."
"저 내릴게요."
"네? 여기서요?"
"네."

나는 차 문을 열고 한강 다리 한가운데로 올라섰다. 아저씨는 내가 혹시라도 뛰어내릴까 봐 차 창문으로 나를 계속 주시했다.

비는 생각보다 더 많이 내리고 있었다. 나는 달리기 시작했다. 비가 내리는 속도와 내가 달리는 속도가 만나 나는 빠른 속도로 흠뻑 젖고 있었다. 그렇게 꽉 막힌 도로 위를 한참을 달렸다. 끝이 나지 않을 것 같은 다리의 끝이 보였다.

그리고 저 멀리 천문대의 불빛이 보였다. 불빛을 보자마자 나는 일단 멈춰 섰다. 축축해진 옷과는 달리 급하게 들이마신 숨으로 건조해진 목 안이 따끔거렸다. 올려다본 하늘엔 구름이 얇은 옷감처럼 덮여 있었다. 정말 시간이 없었다. 나는 다시 달렸다.

탁탁— 탁— — 탁— — —

걸음이 점점 느려졌다.

헉— 헉— 나는 천문대 계단을 오르며 불규칙적으로 숨을 고르고 있었다. 아무도 오지 않는 천문대 안에는 축축한 공기 덕에 퀴퀴한 먼지 냄새가 더 짙게 나고 있었다.

아무리 사람의 발길이 끊긴지 오래라지만 엘리베이터까지 정지시켜야만 했나. 나는 없는 여유 속에서도 천문대 관리인을 원망했다.

꼭대기 층에 오르자 다리가 후들거렸다. 옥상으로 나가는 문을 잡으려는 손도 부들부들 떨렸다. 오래 달린 탓에 체력이 떨어져서도 흠뻑 젖은 몸이 추워서도 아니었다.

나는 긴장하고 있었다. 겨우 손잡이를 잡아 낸 다음 얼마 남지 않은 힘을 주어 돌렸다.

"조안."

우비를 입고 천문대 옥상 난간에 기대고 있던 조안이 나를 돌아봤다. 조안과 나는 말없이 서로를 향해 미소 지었다.

우리는 간단한 안부 인사도 없이 가만히 하늘을 보고 누웠다. 아직 드문드문 떨어지는 빗방울이 이마를 두드렸다. 조안과 나는 비를 부러 맞고 있었다. 유난히 길었던 장마가 마지막으로 안간힘을 다해 퍼붓고 떠난 자리엔 오랜만에 하늘이 까만 민낯을 드러냈다. 정말 까매서 눈을 감고 있는지 뜨고 있는지 알 수 없을 정도였다. 꿈을 꾸고 있는지 꿈이 이루어지고 있는지도 알 수 없었다.

"이오."

조안이 가만히 내 손을 잡으며 나를 불렀다.

"응."

내가 대답했다.

.

.

.

"별이다."

조안이 나지막이 말했다.

나는 눈을 비벼 댔다. 까만 하늘 속에 정말 무언가 반짝반짝 빛나고 있었다. 별이다. 별을 보았다. 우리는 순식간에 먼지가 다시 하늘을 메울 때까지 아무 말 없이 별을 바라보았다. 별이 모습을 감추고 나서도 한참을 긴 여운에서 빠져나오지 못하고 가만히 머물러 있었다.

조안이 나를 보고 활짝 웃었다. 나도 따라 웃었다.

"정말. 만족스러운 스물여덟 살이다."

조안은 여전히 내 손을 꼭 잡은 채 말했다.

"이오. 생각을 해 봤는데. 나는 얼마 안 남은 삶을 정리하면서 살지는 않을 거야. 그냥 꽤 잘 채워진 스물여덟 살을, 스물아홉 살을 살아갈 거야. 그러다가 꽤 괜찮은 서른 살에 혹은 운이 좋게 그보다 많은 나이에 아주 만족스러운 하루를 보내다 멈출 거야. 그렇게 할 거야."

조안의 말은 확신이 아닌 염원처럼 들렸다. 아주 굳건한 의지가 담긴 염원이었다.

나도 고개를 끄덕였다.

그날 밤, 조안은 별에 관한 시를 썼다. 나도 펜을 들어 적기 시작했다. 나의 'ㅂ', 조안에 대한 글이었다.

*

"커피 나왔습니다."

김이 올라오는 커피를 들고 자리로 돌아가 앉았다. 산뜻한 산미가 느껴지는 커피였다. 나는 따뜻한 커피에서 산미가 강한 걸 별로 좋아하지 않았는데 원두를 어떻게 섞었는지 커피가 맛있었다. 이제 산미가 강한 원두를 따뜻하게 먹는 걸 좋아하지 않는다고 함부로 말하면 안 되겠다. 나는 846번째로 와 본 카페의 커피를 평가해 다이어리에 적었다. 들고 다닐 수 있을 만큼 커피가 식자마자 나는 밖으로 나왔다.

을지로에서 시청으로 가는 길은 생각보다 긴, 지루한 복도였다. 온 국가를 하나의 건물로 만드는 사업이 시작된 지 벌써 7년째였고 서울은 빠른 속도로 하나의 커다란 건물이 되고 있었다. 다른 지역들도 대도시를 중심으로 하나둘 건물화를 시작했는데 뉴스에 따르면 빠르면 30년 안에 전 세계가 하나의 건물이 될 것이라고 한다.

대부분의 N과 C는, 아니 이제 이런 구분이 무색하지, 대부분의 사람들은 건물화가 된 도시로 이사를 했다. 결코 사라지지 않을 것 같았던 N과 C의 경계도 빠르게 '말도 안 되는 옛날이야기'가 되어 가고 있었다. 우후죽순으로 생기던 청정복 기업들은 폭삭 망해 국제기구며 국가에 보상을 요구하고 있었다. 변화가 달갑지 않은 건 그들뿐만이 아니었다. 짧은 생애 주의를 주장하며 건물도시 내로 입주를 거부한 N과 건물도시 내에서도 청정복을 벗지 않고 살아가는 C도 여전히 존재했다.

시대를 따라가기만도 급한 정부는 곧 사라져 버릴 그들을 더 이상 이끌 마음도 설득할 마음도 없어 보였다. 역사적으로 늘 그랬듯 급격한 시대 변화엔 어쩔 수 없이 도태되는 누군가가 생기기 마련이지만 그들을 외면할 수밖에 없는 것이 현실이라 문득 서글퍼졌다.

시청에 도착해 서점으로 들어섰다. 서울에서 가장 큰 서점이었다. 나는 스테디셀러 서가로 갔다. 여전히 많은 사람들이 서서, 앉아서, 같이, 또 혼자, 조안의 시집을 읽고 있었다. 조안이 29살에 낸 《용기가 없는 별을 위한 시》였다. 시대가 지나도 용기 내기 쉽지 않은 세상이란 건 변하지 않아서일까. 요즘 사람들은 10억 화소의 인공 하늘에서 매일 쏟아지는 별을 볼 수 있었지만 모두 조안의 별을 동경했다. 장마가 시작되는 여름이면 아직 건물화가 진행되지 않은 도시로 진짜 별을 보러 떠나는 청정복 투어가 요즘 유행이라고 한다.

그런 조안을 소개라도 하듯 옆자리를 차지하고 있는 소설이 있다. 내가 봐도 아주 뿌듯한 《우주인, 조안》이다. 나는 마음속으로 내 책을 읽는 사람들을 응원했다. '여기서 읽지 말고 사서 들고 가!'

"작가님!"

내가 진심으로 그들에게 말을 걸기 위해 다가갈 때쯤 서점 직원이 달려왔다.

"메일로 보내 드릴 텐데 매년 이렇게 직접 오시네요."

"나름 저만의 규칙이랄까요? 영화관에서 냄새도 맡고 빰도 맞을 수 있는 첨단화 시대에도 이렇게 사람들이 종이책을 읽으러 서점에 오는 것과 같은 이치인 거죠."

"아 네. 자 여기 결과 나왔습니다."

직원은 내 말이 더 길어지는 것을 막겠다는 듯 얼른 결과지를 건넸다. 나는 종이를 받아 들고 인사했다.

"매번 감사합니다. 다음에 화상으로 식사 한번 하시죠!"

'이런 종이는 일부러 받으러 오면서 밥은 화상으로 먹자니 정말 작가들은 다 또라이야.'

웃는 얼굴로 가볍게 인사하고 돌아서는 직원의 마음의 소리가 들려왔다.

《우주인, 조안》. 스물여덟 살 마지막 학기 기말 과제로 쓰기 시작한 소설이 내 데뷔작이 됐다. 그 이후로 나는 지금까지 네 권의 책을 더 냈다. 그중의 한 권은 커피에 관련된 것이었고 다른 하나는 돈가스에 관한 이야기였다. 그렇게 데뷔 11년 차가 되어 가는데도 내 대표작은 여전히 《우주인, 조안》이었다. 나는 자신의 데뷔작을 넘어서지 못하는 지구상에 만 명쯤은 되는 소설가 중 하나였다.

때문에 문학계 몇몇의 사람들은 나를 데뷔작으로 먹고살면서 연 판매량이나 체크하러 다니는 자존심도 없는 작가라고 손가락질했다. 하지만 나에겐 정말 중요한 대결이 걸린 일이었다.

나는 사람이 드문 구석으로 가서 결과지를 살살 펴 봤다. 과연 올해의 승자는 누구인가.

판매량 1위 《우주인, 조안》, 2위 《용기 없는 별을 위한 시》.

이겼다. 올해는 내 승리다, 조안.

나는 휘파람을 불며 밖으로 나갔다. 아주 기분 좋게 여행길에 들어설 수 있을 것 같다. 나는 출판사의 만류에도 바다에 관한 여행기를 쓰기로 결정했다. 이제 더 이상 볼 수 없다고 하는 파란 바다를 보기 위해 전 세계를 떠돌 예정이다. 내 당찬 포부를 듣고 경은 혀를 끌끌 찼다. 하지만 나는 파란 바다를 꼭 볼 것이다. 아니 곧 볼 것 같다.

여전히 하늘은 뿌옇고 막막했지만 나는 걸었다.

만족스러운 마흔한 살이었다.

초대작

먼지의 신

조예은

제2회 황금가지 타임리프 공모전에서 〈오버랩 나이프, 나이프〉로 우수상을, 제4회 교보문고 스토리 공모전에서 《시프트》로 대상을 수상했으며 최근작으로는 안전가옥의 첫 번째 장편소설 《뉴서울파크 젤리장수 대학살》이 있다. 좋은 이야기에 대해 고민하며 작품 활동을 계속하는 중이다.

1.

초인종이 울렸다. 수안이 집 밖으로 나가지 않은 지 딱 2년째 되는 날이었다. 수안은 문 앞으로 다가가 외쳤다.

“문 앞에 두고 가 주세요.”

수안은 대부분의 식재료와 생필품을 택배로 주문했다. 지금 도착한 건 아마 생수일 것이다. 엊그제 물이 다 떨어져서 새로 주문을 했는데, 먼지바람 때문에 배송이 지연되었다. 이틀 동안은 어쩔 수 없이 약품 맛 나는 수돗물을 받아 마시며 버텼다.

문 앞에 쪼그리고 앉아 가만히 귀를 기울였다. 별다른 소리가 들려오지 않았다. 지금쯤 두고 돌아갔으려나? 택배 기사를 마주하기가 껄끄러워 늘 배송 메시지에 문 앞에 두고 가 달라는 말을 남긴다. 어느 정도 익숙해진 기사들은 알아서 물건을 놓고 사라지는데, 가끔 이렇게 굳이 초인종을 누르는 사람들이 있다. 아마 일을 시작한 지 얼마 되지 않은 신입일 것이다. 조심스레 손잡이를 잡아 돌렸다. 덜그럭, 쇳소리가 나는 순간 다시 초인종이 울렸다. 수안은 몸서리를 치며 문에서 몸을 떼 냈다. 그리고 잔뜩 구겨진 얼굴로 크게 외쳤다.

"그냥 두고 가 달라니까요!"

바스락거리는 기척과 함께 가느다란 목소리가 들려왔다.

"수안아, 나 미주야."
"미주?"

낯선 이름. 수안의 지인들 중에 미주라는 이는 없다. 수안은 짜증을 숨기지 않고 답했다.

"잘못 찾아오신 거 같은데요. 그런 사람 몰라요."
"푸른고등학교 동창, 3학년 3반 이미주 기억 안 나?"

아, 수안의 입에서 작은 감탄사가 새어 나왔다. 그러나 곧장 이상하다는 생각이 따라붙었는데, 문밖의 이 미주가 자신이 알고 있는 이미주가 맞다면 이 상황은 더더욱 말도 안 되는 것이다.

수안이 알고 있는 이미주는 고등학교 3학년 때 같은 반이었던 게 고작인, 수안과 그리 친하지도 않던 동급생이었다. 연락처도 모르고, 교류를 한 적도 없고, 당연히 주소를 알려 준 적도 없다. 얼굴조차 잘 기억나지 않는다. 그녀가 갑자기 자신의 집에 찾아올 이유가 없다. 사실 미주뿐만이 아니라 그 누가 찾아오더라도 이상하긴 할 테지만.

수안의 인간관계는 집에 틀어박힌 2년 사이에 대부분 거덜 났다. 재혼한 엄마도 새아빠를 따라 미세먼지가 덜하다는 북유럽의 어느 산동네로 떠나갔다. 수안을 찾아올 사람은 택배 기사 말고는 아무도 없었다. 수안은 굳게 닫힌 문을 방패 삼아 귀찮은 기색을 숨기지 않고 말했다.

"무슨 일이야."

"미안, 갑자기 와서 좀 놀랐지. 다른 게 아니라 지난주에 동창회가 있었거든. 다들 너랑 연락 안 된다는 소식 듣고 걱정돼서 와 봤어. 나도 이 근처 살아."

"주소는 어떻게 알았어?"

"지우가 알려 줬어. 그, 동창회장."

동창회. 그런 걸 한다고 메시지가 오긴 했다. 몇몇 지인들에게도 간만에 연락이 왔지만 대부분 무시했다. 어차피 가 봤자 자신을 두고 수군거리기만 하겠지. 수안은 눈을 질끈 감고 짜증스럽게 대꾸했다.

"나 멀쩡히 살아 있으니까 이제 가 봐. 아니면 무슨 볼일이라도 남았어?"

아무리 동창이라 하더라도, 남의 주소를 마음대로 넘기면 안 되는 것 아닌가. 하여튼 사람들은 제 일이 아닌 것에는 뭐든지 건성이다. 수안은 삼중 잠금쇠가 잘 걸려 있는지 확인하고, 그럼에도 안심이 되지 않아 손잡이를 꽉 움켜쥐었다. 쇠와 손바닥 사이로 습기가 들어찼다. 수안이 다시 한번 꺼지라고 외치자 문 너머에서 미주가 답했다.

"미안해. 아무래도 내가 너무 갑자기 와서 네가 당황

했나 보다. 그럼 다음에 올게."

그리고 발소리가 들렸다. 멀어지는 소리와 함께 요동치던 심장박동도 점차 가라앉았다. 미주가 다시 와도 자신을 만날 수는 없을 것이다. 수안은 문손잡이에서 손을 떼고 현관에 주저앉았다. 하루치 에너지를 전부 써 버린 것만 같다.

힘이 전혀 들어가지 않는 몸을 이끌고 비척비척 방으로 돌아갔다. 갑자기 거실에 놓아둔 핸드폰에서 귀가 찢어질 것 같은 사이렌이 울렸다. 액정이 요란하게 반짝이며 붉은 텍스트를 띄웠다. 급성 먼지바람 경보음이었다. 수안은 가만히 서서 창밖을 빤히 응시했다. 원래도 뿌옇던 하늘이 점점 더 짙어지고 있었다.

올 테면 오라지. 나는 어차피 이 안에서 나가지 않을 테니까.

급성 먼지바람, 2년 전부터 나타난 그 현상은 수안이 집 안에 틀어박히게 된 직접적인 이유이자, 현재 모든 지구인을 공포에 떨게 만드는 재해였다. 원인을 알 수 없는 어떤 기류에 먼지와 각종 유해 물질들이 뒤섞여서 마치 태풍처럼 거리를 휩쓰는 것이다. 규모에 따라 다르지만 가끔은 독성을 띤 가스를 뿜기도 했으며, 바람에 정면으로 휩쓸렸다가 영영 돌아오지 못한 사람들도 많았다. 상처 부위에 바람이 닿으면 상처가 썩었고, 방독마스크를 쓰지 않은 채 숨을 그대로 들이마시면 기관지가 상했다. 노약자가 먼지바람에 휘말려 사망한 사건은 매달 한두 건씩 꾸준히 보도되었다.

정확한 이유는 밝혀지지 않았고, 때문에 당연히 예방도 불가능하다. 먼지바람이 불기 시작하면 5분 안에 재난 경보 문자를 울리는 것 정도가 최선이었다. 이 때문에 수안처럼 아예 집 밖으로 나가길 거부하는 사람들은 점점 늘어나는 추세였다.

첫 먼지바람이 불어왔을 때, 수안은 최종 면접에서 아홉 번째 떨어져 거리를 배회하고 있었다. 당시만 해도 방독마스크를 쓰고 돌아다니면 야외 활동을 아주 못 할 정도는 아니었다. 수안은 뿌연 공원 풍경을 보며 벤치에 멍하니 앉아 있다가 먼지바람에 휘말렸다. 해일처럼 먼지들이 밀려와, 수안은 어떻게든 방독마스크를 사수하기 위해 양팔로 얼굴을 가리고 몸을 웅크렸다. 그리고 숨이 막혀 오는 고통과 함께 정신을 잃었다.

깨어나 보니 일주일이 지나 있었다. 다행히 방독마스크가 잘 막아 준 덕에 내부 장기들은 큰 손상을 입지 않았지만 마스크를 사수했던 양팔과 쓰러지면서 긁힌 피부 이곳저곳이 처참한 모습으로 곪아 있었다. 기관지와 폐의 기능이 크게 저하된 탓에 당분간은 요양을 해야 한다고 의사는 다그치듯이 말했다.

요양, 요양을 하기 위해서는 공기가 좋은 곳에 가야 하는데. 그건 불가능한 요구였다. 대신 수안은 밖에 나가지 않기를 선택했다. 처음부터 밖에 나가지 말아야지, 한 것은 아니었다. 경보음이 울리는 날에는 밖에 나가지 말아야지, 했을 뿐인데 경보음이 매일 울려왔다. 일주일에 네 번 울리던 것이 하루에 네 번씩 울렸다.

공기 특수 정화 방독면이 개발되어 미세먼지 수치

가 높은 날에도 야외 활동을 할 수 있게 되었지만, 수안은 여전히 밖에 나가지 않았다. 날이 갈수록 수안의 마음속에는 벽이 생겨났다. 먼지보다 사람이 두려워졌다. 사람과 얼굴을 마주 보고, 대화를 주고받고, 교류를 한다는 것이 아주 멀고 어렵게 느껴졌다. 아무도 찾아오는 이가 없는 방에서 그녀는 2년을 살았다.

쾅쾅, 소리와 함께 수안은 다시 현실로 돌아왔다. 인터폰과 문 너머에서 미주의 목소리가 겹쳐 들려왔다. 몇 번이고 초인종이 울렸다. 제법 다급하고 난감해 보이는 목소리였다.

"저, 수안아. 정말 미안한데 잠시만 집에서 쉬어 가도 될까? 밖에 급성 먼지바람이 불고 있어서. 먼지바람이 그칠 때까지만 가만히 있다 갈게. 정말이야."

수안은 입술을 잘근잘근 씹으며 고민했다. 아무리 건물 안에 있는다 해도 고성능 청정기를 작동시키지 않는 한 먼지바람 속 미세 입자의 영향을 받을 수밖에 없다. 왜 하필 오늘 같은 날, 이런 시간에 미주가 자신을 찾아온 건지 짜증이 치솟았다. 허나 완전히 내칠 용기도 없었다. 외면하는 데에도 용기가 필요했다. 수안은 인터폰 화면을 꼼꼼히 확인했다. 미주 이외의 다른 일행은 없는 듯했다. 문 너머의 기척도 한 사람의 것이었다.

"저기 수안아, 듣고 있어? 먼지바람 가실 때까지만 있어도 될까. 오래 안 있어. 진짜야."

수안은 결국 문을 열었다. 미주는 깔끔한 원피스에 검은색의 방독마스크를 쓰고 서 있었다. 앞머리 사이

사이로 보이는 미주의 눈이 크게 떠졌다. 미주가 방독면을 당겨 벗었다. 콧잔등에 꼭 상처처럼 길쭉한 자국이 났다. 수안은 고개를 숙이고 말했다.

"바람만 그치면 바로 나가."

들어오라는 말도 하지 않았건만 미주는 거리낌 없이 안으로 들어섰다. 수안은 아무 말도 하지 않았다. 다만 너무 자연스레 자리를 잡고 앉은 미주에게 수돗물을 건넸다. 미주가 고맙다고 말하며 웃었다. 수안은 침실 문턱을 밟고 서서 미주를 향해 물었다.

"너 나랑 안 친했잖아. 갑자기 왜 찾아온 거야? 사이비나 보험이면 소용없어."
"그런 거 아니야."
"그럼 왜?"
"동창회에서 소식을 듣고… 와 봐야겠다고 생각했어. 귀찮아할 것 같았지만, 그냥 그랬어."
"너 신기 있냐?"

미주가 고개를 가로저었다. 더 이상의 대화는 없었다. 미주는 거실 바닥에, 수안은 부엌 식탁 의자에 앉아 널찍한 베란다 창을 바라봤다. 아무것도 보이지 않았다. 뿌옇기만 한 풍경 사이사이로 덜컹, 덜컹 유리가 흔들렸다. 먼지바람이 지나가고 있다. 바람이 지나간 거리는 회색 가루 같은 먼지로 가득할 것이다. 수안은 무채색의 거리를 떠올렸다. 마지막으로 보았던 거리의 색. 곪은 피부는 나았고, 상처는 흔적이 되었지만 수안의 시간은 그때에 멈춰 있었다. 먼지바람은 20분쯤 후에 가셨다. 미주는 정말로 가만히 앉아 있다가 갔다.

미주가 돌아간 뒤에 수안은 다시 평소처럼 인터넷으로 생필품을 주문하고, 낮잠을 자고, 집 안을 깨끗이 치운 뒤 공기청정기를 작동시켰다. 텔레비전에서는 다음 주 일기예보가 흘러나왔다. 일주일 내내 먼지 비가 내린다는 소식이었다. 먼지 비를 맞으면 흙탕물을 뒤집어쓴 것처럼 피부가 굳는다. 수안은 텔레비전을 끄고 생각했다. 이번 주도 못 나가겠네. 수안은 안심했다.

뉴스가 끝나자 먼지바람의 희생자를 추모하는 다큐 방송이 나오기 시작했다. 지금껏 수십 번도 더 본 버스 사고의 현장이 또다시 재생되었다. 수안은 텔레비전을 껐다.

*

미주의 기습은 계속되었다.

"수안아, 나 미주인데 먼지 비를 잔뜩 맞았거든. 화장실 좀 써도 될까?"

수안은 뭐라 답하지도 못하고 그대로 굳었다. 한 번으로 끝일 줄 알았는데 미주는 이제 더욱 스스럼없이 찾아왔다. 느닷없는 방문이 연속 3일째였다. 이틀 내내 무시했는데, 지치지도 않고 또 초인종을 눌러 댔다. 그냥 이대로 집에 없는 척하자. 수안은 발뒤꿈치를 든 채 조심스레 방으로 들어가 이불을 머리끝까지 뒤집어썼다. 그러자 미주가 문을 거칠게 두드리며 빌라가 떠나가라 외쳐 댔다.

"수안아? 안에 정말 없어? 3일짼데… 무슨 일 생긴

건 아니지? 왜 말이 없지. 수안아! 잠시만 기다려, 내가 구급차 부를게! 119에 신고를… 여기 주소가 어디지. 여기요, 사람이!"

짜증이 머리 꼭대기까지 치솟았다. 수안은 이불을 내던지고 나와 현관문을 확 열어젖혔다. 막 핸드폰을 뒤지던 미주가 수안을 보고는 씨익 웃었다. 그러자 갑자기 힘이 빠졌다. 수안은 화를 내려던 것도 잊고 가만히 섰다.

"뭐야, 난 또 무슨 일 생긴 줄 알았잖아."
"무슨 일이 생기긴 뭘 생겨."
"고독사하는 사람들이 얼마나 많은데. 미세먼지 때문에 더 많아졌다고."

미주의 말에 뒤통수를 얻어맞은 기분이 들었다. 죽음에 대해 생각해 본 적은 없다. 그러고 보니 지금처럼 집 안에서 생활하다 보면 분명 고독사하게 될 것이다. 내 시체는 누가 치워 줄까? 죽을 때가 되면 먼지바람이 부는 날 밖에 나가는 게 차라리 나을 수도 있겠다. 그럼 인명 피해를 파악하는 재해 관리 기관 공무원들이 나의 죽음을 알아 줄 테니까.

수안이 멍한 얼굴로 선 사이, 미주는 잽싸게 화장실 안으로 들어갔다. 곧바로 물소리가 들려왔다. 어이가 없어서 헛웃음이 나왔다. 사람이 어떻게 저리 뻔뻔하지? 고등학교 때도 저런 성격이었나? 차를 끓이고 거실에 팔짱을 낀 채 앉자, 물소리가 그쳤다. 씻고 나온 미주가 환하게 웃으며 고맙다는 말을 전했다. 웃는 얼굴이 마냥 해맑았다. 그녀는 조잘조잘 별 영양가 없는 말들을 늘어놓았다.

"오늘 진짜 급한 미팅이 있었거든. 중요한 거였는데, 갑자기 먼지 비가 내리니까 그쪽에서 일방적으로 미팅을 취소하잖아. 난 이미 코앞에 도착했는데. 옷은 다 젖었지, 미팅은 파투 났지, 어떡해야 하나 고민하는데 네 집 앞인 거야. 그래서 저번에 쉬었다 가게 해 준 보답이라도 할 겸 왔지."

"보답?"

미주가 싱긋 웃으며 가방 안에서 뭔가를 꺼내 흔들었다. 소주 한 병과 봉지 라면이었다. 수안은 당황한 얼굴로 그녀를 바라봤다. 씻기만 하고 돌아갈 줄 알았는데. 식탁 테이블 위에 초록색 병을 내려놓으며 미주가 중얼거렸다.

"아는 사람이 10년 넘게 쇠를 깎는 일을 했거든. 그게 미세먼지가 엄청 많이 나오는 일이란 말이야. 일이 끝나고 나면 꼭 소주를 마셨어. 그래야 목에 낀 먼지들이 싹 씻겨 나가는 거 같다고."

그러고는 허락도 하지 않았는데 의자 하나를 쑥 빼앉았다. 수안이 초조히 눈알을 굴리며 떨자, 미주가 태연하게 이리 와 앉으라며 손짓했다. 수안은 주먹을 꽉 쥔 채 부엌으로 향했다. 소주잔이 하나밖에 없다. 늘 혼자 마셨으니까. 싱크대 앞에서 소주잔 하나를 든 채 망설이는 사이, 멀뚱멀뚱 앉아 있던 미주가 훌쩍 다가와 멋대로 하나뿐인 커피 잔을 꺼냈다.

"난 이걸로 마실게."

미주가 커피 잔에 소주를 가득 따라 한 번에 들이켰

다. 이후로는 기억이 흐릿하다. 중간에 술이 부족하다며, 미주가 나가 한 병을 더 사 왔던 부분까진 기억이 났다. 술 사 왔다며 문을 두드리는 미주에게 별다른 고민 없이 문을 열어 줬다는 사실도. 수안은 지끈거리는 머리를 매만지며 소파에서 눈떴다. 기분은 나쁘지 않았다. 오히려 가뿐했다. 침대에서는 미주가 코를 골며 자고 있었다.

미주는 한참 뒤에야 일어나 회사에 늦었다며 호들갑을 떨어 댔다. 씻고 나와서는 수안에게 옷까지 빌려 입었다. 한참 면접을 보러 다닐 때 입던 정장이 남아 있어서 다행이었다. 그것 말고는 집 안에서나 입을 수 있는 추리닝, 후줄근한 잠옷들밖에 없었다.

"옷은 금방 빨아서 가져다줄게. 어제 즐거웠어."

수안의 옷을 입은 미주가 방독마스크를 꺼내 쓰며 말했다. 수안은 방을 정리하며 고개를 끄덕였다. 문고리를 잡아 돌리던 미주가 갑자기 뒤돌았다. 눈이 마주쳤다. 미주가 웃으며 말했다.

"아, 어제 보니까 네 방 공기청정기 고장 난 거 같더라. 하나 사야 될 거 같던데."
"잘만 작동했는데?"
"작동은 되는데 먼지 흡수력이 좀 약한 거 같더라고. 보통 필터가 닳거나 엔진이 낡으면 그래. 아니면 구형 모델이거나. 요새는 좋은 제품들 엄청 많이 나오잖아. 얼마나 썼어?"
"3년 정도."
"그럼 바꿀 때 됐네. 한번 확인해 봐. 아, 나 정말 가 봐야겠다."

미주가 나갔다. 철컥이던 문소리의 울림마저 멈추자 집 안에 침묵이 돌았다. 수안은 거실 구석에 놓인 공기청정기를 작동시켰다. 위잉, 기계음이 퍼졌다. 분주히 돌아가는 기계 앞에 쪼그리고 앉아 표면에 무수히 뚫린 구멍들을 바라봤다. 손바닥으로 공기청정기의 한 면을 툭, 쳤다. 기계는 꼼짝도 안 했다. 또다시 한 대를 퍽, 쳤다. 약간 밀려났다. 기계음은 딱히 빨라지지도, 느려지지도 않았다. 그대로였다.

어째선지 평소보다 집 안 공기가 덜 쾌적한 것처럼 느껴졌다. 기계가 고장 난 것 같다는 미주의 말이 계속 맴돌았다. 그녀의 말대로 공기청정기가 영 제 기능을 못 하는 것일까? 분명 하룻밤 사이에 어마어마한 먼지들이 쌓였을 텐데. 그것들이 전부 내 안으로 들어갈 텐데. 참을 수 없게 불안해졌다. 일단 공기청정기를 작동시켜 놓기는 했지만 마음에 차지 않았다. 수안은 괜히 미주가 사라진 현관을 뚫어져라 응시했다.

서늘한 마음을 뒤로하고 핸드폰을 들었다. 새 공기청정기를 찾으려 쇼핑 사이트에 들어가는데 메시지가 도착했다. 택배 도착 메시지나 본인 인증 메시지가 아닌, 사람이 사람에게 보내는 메시지였다. 상단에 미주의 이름이 반짝였다.

「옷 고마워! 덕분에 살았다. 내일 들를게.」

수안은 미주의 메시지를 아주 오랫동안 바라봤다. 술을 마실 때 번호 교환을 한 것일까. 아니면 미주가 멋대로 저장해 둔 것일까. 텅 비었던 연락처 목록에 한 명이 더해졌다. 수안은 한 시간이 넘도록 고민하다가 응, 이라고 짧은 답장을 보냈다. 미주가 곧장 웃는 토끼 이모티콘으로 답했다. 볼이 통통하고 눈이 동그란 게 미주를 닮은 이모티콘이었다.

2.

미주는 지난 월요일, 교육시간에 마 실장이 했던 강의 내용을 떠올렸다.

> "5년째 되는 날, 세상에 종말이 올 겁니다. 에어포칼립스라고 하죠. 우리 제품은 그때를 대비하기 위한 것이랍니다."

종말? 그런 게 올까 과연? 3년 전, 하늘이 회색으로 물들었을 때도 사람들은 종말을 이야기했다. 그러나 결국은 3년이 지난 지금까지, 먼지바람이 휘몰아치는 오늘날까지 다들 질기게 살아 있잖아. 종말은 쉽게 오지 않는다. 지긋지긋한 삶은 계속되고, 매달 부여되는 할당량도 여전하다. 영업 실적은 하향 곡선을 그린다. 종말, 마 실장이 하는 말 중 유일하게 허무맹랑하다.

마 실장과는 아버지의 장례식에서 만났다. 합동 장례식이었다. 아버지를 포함한 열아홉 명의 사람들은 3일 동안 실종 상태였고, 최초의 먼지바람이 완전히 걷힌 후에야 불에 탄 시체가 되어 발견되었다. 산속 깊은 곳에 위치한 수련장으로 가던 와중에 먼지바람에 휘말려 버스가 절벽을 구른 것이다. 그 사건은 꽤 크게,

오랫동안 화제가 되었다.

미주는 혼자가 되었다. 아버지가 팔지 못한 물건들을 팔기 시작했다. 그렇게 악착같이 물건을 팔아 에메랄드 레벨이 되었다. 마 실장의 레벨은 로열 다이아몬드였다. 다이아몬드의 세계에 가고 싶었다. 그러나 주위 인맥들이 바닥나고, 여러 경쟁사들이 생겨나고, 재해 물품 판매에 정부가 본격적으로 개입하면서 영업이 점차 어려워졌다.

애초에 타깃을 물색하기 위해 참석한 동창회였다. 얼굴도 잘 기억나지 않는 동창의 소식을 듣는 순간 미주는 생각했다. 호구 하나 잡겠네. 그리고 바로 실행에 들어갔다. 교육받은 프로세스대로 수안에게 접근했다. 간간이 마 실장의 조언도 참고했다. 마 실장은 뻔하다는 듯이 말했다.

"그런 외톨이들은 쉽지만 어려운 상대야. 외로움을 숨기지 못하는 주제에 방어벽은 어마어마하게 높거든. 무데뽀처럼 돌진해야 해. 그냥, 멋대로. 그래야 그들을 뚫을 수 있어. 한 번 뚫고 나면, 이제 노다지야. 한 번 마음을 연 상대한테는 맹목적일 테니까. 그 친구네 부모님 잘산다며."

마 실장의 말은 틀린 적이 없다. 마 실장은 늘 옳은 말만 한다. 심지어는 날씨까지도 맞힌다. 오늘은 먼지바람이 일겠네, 라고 말하면 정말 그날 먼지바람이 온다. 미주는 가끔 마 실장이 신이 아닐까 생각한다. 특히나 월요일마다 그가 진행하는 의무 교육을 듣고 있으면 홀리는 듯한 기분이 든다.

수안의 집에 들르는 날도 사실 마 실장이 정해 준 것이다. 그녀의 말대로 정말 예정된 시간에 먼지바람이 일었고, 먼지바람에 안 좋은 기억이 있던 수안은 마음이 약해져 문을 열었다. 침입 성공, 미주는 가만히 속으로 외쳤다. 초조하게 입술을 뜯으며 문을 연 수안은 외로워 보였다. 미주는 다시 한번 생각했다. 호구 하나 잡샜네.

그날, 미주는 수안의 집을 나와 마 실장을 만나러 갔다. 마 실장은 미주의 보고를 듣고는 만족스러운 미소를 지었다. 푸근한 격려의 말을 건넨 뒤, 따끔한 충고를 하는 것도 잊지 않았다.

"노력하고 있다는 걸 알지만, 미주 씨 이번 분기 실적이 너무 낮아요. 다음 분기 회의까지 시간이 얼마 남지 않았어요. 실적 부족 리스트에 들게 되면 야유회에 가야 하는 것 알죠? 그게 앞으로의 할당량과 승진에 어떻게 작용하는지도요."

틀린 말이 없다. 마 실장은 늘 옳은 말만 한다.

"앞으로가 더 중요해요. 신뢰 관계를 쌓아서 물건을 팔아야 하니까요. 영구회원 영입까지 쭉쭉 달리자구요."

미주는 말없이 고개를 끄덕였다. 야유회에 가기는 싫었다. 스톤 레벨이었던 아버지는 입사 이후 단 한 번도 실적 최하위를 벗어나지 못했고, 야유회 버스에서 죽었다. 물론 그건 먼지바람이라는 낯선 재해의 탓이었으나 미주는 훗날 야유회 버스에 오르는 순간, 자신도 그렇게 되고 말 것이라는 강한 예감에 사로잡혔다.

절벽에서 구르는 버스, 불타는 버스, 먼지바람에 휘말린 버스에 갇힌 꿈을 꾼 적도 여러 번이었다.

마 실장의 사무실에서 나온 후, 영구 회원 가입 동의서를 프린트하면서 미주는 수안에 대해 생각했다. 자기는 아무것도 모른다는 그 맑은 얼굴을 보면, 어렵지 않게 구슬릴 수 있을 것 같았다. 야유회에는 가지 않을 것이다.

*

수시로 수안의 집에 머물렀다. 고객 영업 차원이기도 했고, 개인적인 목적도 있었다. 팔지 못한 제품 상자가 빼곡한 고시원 방보다는, 수안의 빌라가 훨씬 아늑하고 좋았다. 수안은 툴툴거리면서도 매번 따뜻한 차를 건넸다. 그녀는 투명했고, 행동반경이 넓지 않았다. 수안의 생활에는 일종의 패턴이 존재했는데, 월요일 저녁엔 생수를 시킨다, 화요일엔 공기청정기 필터를 청소한다 같은 것들이었다. 그래서 관찰하는 재미가 있었다. 애완동물을 보는 기분이었다. 물론 마 실장의 조언에 따라 착실히 제품 영업도 했다.

"우리 공기청정기 진짜 좋아, 디자인이랑 이름은 좀 구린데 이런 제품은 기능이 제일 중요하니까. 이게 독일에서 발명된 특수 거름망을 부착해서 제작한 거거든. 국내에서는 유일해. 우리밖에 안 써. 아, 너 집에 식물 하나 키우지 않을래? 이번에 공기 정화 식물들 세일하거든. 내가 직원 할인 적용해 줄게."

먼지의 신은 구리기 짝이 없는 공기청정기다. 공기

청정기, 라는 번듯한 이름보다는, 고물 덩어리라는 말이 더 어울린다. 뭐, 한참 미세먼지가 급증한 초반에야 쓸 만했지. 수많은 신상품들이 쏟아져 나오면서 먼지의 신은 도태되었다. 허나 가격만큼은 최신형 못지않게 비싸서, 이따위 물건을 팔기 위해서는 사람 혼을 쏙 빼놓는 말솜씨가 필수였다. 아니면, 영업하는 사람에 대한 구매자의 신뢰라거나.

공기청정기가 고장 난 것 같다는 밑밥이 통한 것인지, 수안이 괜찮은 제품을 아냐며 물어 왔다. 미주는 기다렸다는 듯이 영업 멘트를 늘어놓았다. 개인적인 견해라는 미명 아래 철저히 준비된 대사에 수안은 말없이 고개를 끄덕였다. 불쌍하고 멍청하고 착한 수안. 이래서야 자신이 아니더라도 분명 누군가에겐 사기를 당했을 것이다. 미주는 수안에게 빌려 입은 정장이 든 봉투를 건네며 말했다.

"열어 봐."
"옷이잖아."

먼지 비가 내렸을 때 수안에게 빌려 입은 정장인데, 여러 일들로 바빠 이제야 돌려주게 되었다. 안에 함께 든 영양제 두 통은 마 실장의 아이디어였다. 수안이 가방을 받아 들고 안을 들여다보았다. 손바닥만 한 영양제 두 통이 그녀의 손에 딸려 나왔다. 미주는 수안에게 생각할 시간을 주지 않고 말했다. 사뭇 선심 쓴다는 목소리로.

"선물이야. 원래 가격이 좀 나가는 건데 이번에 여유분이 생겨서 너 주려고 가져왔어. 영양제인데 미세먼지 때문에 누적된 호흡기의 피로를 덜어 주는 제품이야. 매달 완판되는 거다?"

수안이 눈을 동그랗게 뜨며 영양제를 뚫어져라 바라봤다. 미주는 괜히 초조해졌다. 마 실장의 조언대로 하고 있을 뿐인데 왜 이런 기분이 드는지 모르겠다. 수안은 뜻밖의 선물에 아주 약간은, 감동을 받을 것이다. 그동안 그녀는 계속 혼자였고, 선물은커녕 아무에게도 관심을 받지 못했을 테니까. 그 증거로 저번에 흘리듯이 말한 공기청정기에 대해 물어 오지 않았는가. 분명 자신의 한 마디를 가지고 몇 날 며칠을 고민하며 애꿎은 공기청정기를 두드렸을 것이다.

수안이 무슨 생각을 하고 있을지 궁금했다. 고마워할까? 당황해할까? 아니면… 뭔가 수상하다고 생각하려나? 미주는 마지막 추측은 쉽게 털어 버렸다. 그럴리 없다.

"고마워, 잘 챙겨 먹을게."

한참을 침묵하던 수안이 쑥스럽다는 듯이 고맙다는 말을 툭 뱉었다. 그러고는 미주가 꺼낸 주문서에 훌쩍 사인을 했다.

"종이에 사인만 하면 돼?"
"응."

미주는 흘러가는 듯한 수안의 사인을 바라봤다. 직전까지 몸을 점령했던 긴장이 한 번에 훅 가셨다. 가방 속에 얌전히 든 영구 가입 동의서를 떠올렸다. 저 매끄러운 사인이 동의서 위에 그려지는 순간이 얼마 남지 않았다. 그럼 이번 분기 야유회를 피할 수 있고, 또 몇 개월의 기회가 주어지는 것이다. 지금껏 수십 번도 넘게 했던 단순한 행위인데 뭔가 기분이 이상했다. 이 찝찝함의 이유가 뭘까. 마치 어느 날 갑자기, 불현듯 나타난 먼지바람처럼 원인을 알 수가 없다. 변수는 눈앞의 저 게으름뱅이밖에 없다.

정말이지 수안은 너무 쉽고, 너무 한심하다. 그래서 불안하다. 미주는 그동안 수많은 사람들을 등쳐 먹으면서 단 한 번도 느껴 보지 못한 기분을 느꼈다. 그건 편안함과 죄책감 사이의, 이도 저도 아닌 아주 찝찝한 기분이다.

"다 썼어. 결제는 어떻게 해?"

수안이 주문서를 내밀며 물었다. 종이를 받아 들려는 찰나, 핸드폰이 울렸다. 마 실장의 전화였다. 꼭 마 실장이 지금 이 상황을, 더 깊게는 자신의 머릿속까지 지켜보고 있는 듯한 느낌이 들었다. 말도 안 되는 생각인 걸 알지만 그랬다. 수안에게 양해를 구한 뒤, 서둘러 화장실로 들어갔다. 전화를 받자마자 마 실장의 잔소리가 쏟아졌다.

"미주 씨, 그 집에만 있는 친구 거의 영업 되지 않았어요? 이제 슬슬 계약서 쓰게 해도 될 거 같은데."
"아, 아뇨. 아직 완전히 믿지 않는 거 같아서 물건 좀 더 팔고 작업 들어가려고요. 그런데 그 친구가 어차피 사람도 잘 안 만나고…"
"미주 씨, 다 알면서 하수처럼 왜 그래요? 시간이 별로 없어요. 곧 분기 회의인 거 알죠?"
"죄송합니다."

"저한테 죄송할 게 아니라, 그냥 실적이 그렇다고요. 빨리 그 친구 계약서 쓰게 해요. 오늘 아침에 영업 실적 그래프가 나왔는데… 이만 말할게요. 미주 씨 분발하라고 미리 말해 준 거예요. 야유회 인원 거의 선별되었어요."

미주는 화장실 안에서 고개를 끄덕였다. 사실 야유회 자체는 별게 아니었다. 2박 3일 동안 지루하기 짝이 없는 연수 과정을 이수해야 할 뿐이다. 허나 회사 내부에선 그 행사를 두고 흉흉한 소문이 파다했다. 유령을 본다고도 했고, 실종된 사람이 있다고도 했고, 갈 때와 돌아올 때의 인원이 다르다는 등의 괴담들이 돌았다. 그리고, 야유회에 다녀온 인원의 3분의 1 이상이 결국 제3, 4금융권에서 돈을 빌리게 된다는 소문은 결코 괴담이 아니었다.

"야유회가 곧이에요. 기억해, 미주 씨."
"알겠습니다, 마 실장님."

전화를 끊고 나왔을 땐 수안이 뚱한 표정으로 창밖을 보고 있었다. 마 실장의 잔소리는 전화를 끊자마자 저 멀리 떠나갔다. 미주는 수안이 작성해 놓은 주문서를 접어 가방에 넣었다. 돌아선 수안이 갑자기 뜬금없는 소리를 늘어놓았다.

"그런데 왜 공기청정기 이름이 먼지의 신일까?"

미주는 별생각 없이 대꾸했다.

"먼지를 잘 빨아들여서?"
"이상해. 그럼 차라리 정화의 신, 청정의 신, 청소의 신 뭐 이런 게 낫지 않나? 먼지의 신이라니 꼭 먼지가 제일 중요한 존재인 거 같잖아. 먼지 정화가 아니라, 먼지 그 자체가 주인공인 거 같다고. 삼겹살집 간판에서 돼지가 웃고 있는 것처럼 이상해."
"그런가."

수안의 말은 묘하게 일리가 있었다. 그보다 미주는 그냥 그 말이 웃겼다. 웃겨서 많이 웃었다. 마 실장과의 통화는 저 멀리, 저 멀리 멀어졌다. 야유회, 실적, 그런 것들은 전혀 생각나지 않았고 지금 이 순간만은 마치 다른 아무것도 필요 없다는 느낌이 들었다. 한편으로는 정말 이상했다. 공기청정기 이름이 왜 먼지의 신일까?

3.

미주는 거의 매일 왔다. 집이 근처인데 동네 친구가 필요했다며, 퇴근 후에는 아예 자기 집보다 수안의 집에 먼저 들르곤 했다. 수안 역시 미주가 자연스러워졌다. 둘은 텔레비전을 보며 시시콜콜한 농담을 하고, 배달 음식을 시켜 먹고, 함께 인터넷 쇼핑을 하며 시간을 보냈다. 일반적인 친구 사이 같았다. 이야기도 많이 나눴다. 하루는 그런 대화를 했다. 미주가 문득 물어 왔다.

"이런 거 물어봐도 되나 싶은데… 넌 왜 밖에 안 나가?"

수안은 답했다.

"무서워. 먼지들이."
"그렇구나."

거짓말이다. 무서운 건 먼지들이 아니라 사람이다. 그런데, 그 사람에 미주도 포함인가? 이렇게 편한데? 의문이 들었다. 그리고 다시 침묵. 미주는 차를 홀짝였고 수안은 컵라면을 먹었다. 작동 중인 공기청정기의 기계음만이 둘 사이를 메웠다. 수안이 컵라면을 비워갈 때쯤, 미주가 밝은 목소리로 말했다.

"그럼 내가 올게."

"응?"

"네가 밖에 나가기 싫다면, 지금처럼 내가 오면 되잖아."

그렇게 말하는 미주의 얼굴이 너무 화사해서, 수안은 아무런 말도 하지 못했다. 그러니까, 네가 다니는 회사 다단계 아니야? 혹은, 너 나 등쳐 먹으려던 거 아니야? 따위의 말을 꺼내지 못했다는 말이다.

수안이 미주의 방문 의도를 의심하기 시작한 순간은 '먼지의 신' 주문서를 작성할 때였다. 사인을 하는데 주문서에 적힌 회사명이 어딘가 낯익었다. 주식회사 티끌, 공기 정화 제품을 주로 취급하는 회사치고는 아이러니한 이름이다. '먼지의 신'도 그렇고, 회사명도 그렇고, 꼭 청정보다 먼지에 더 중점을 두는 듯한 느낌이란 말이지.

그리고 무엇보다 어색한 건 미주의 말투였다. 늘 바다 위에 뜬 해초처럼 흐르듯이 자연스러운 미주의 말투는 자신의 회사 제품을 이야기할 때만 아주 두꺼운 육포처럼 거칠고, 딱딱하게 변했다. 본인은 굉장히 자연스럽다고 생각할 것이다. 상품 설명 중에 미주는 미간을 약간 찡그렸고, 작위적인 제스처를 취했다. 수안은 사람을 제대로 대한 지가 오래됐지만 아주 사소한 부분까지 피곤하게 신경 쓰는 성격 덕분에 그 차이를 알아차릴 수 있었다.

사실 미주의 방문부터 의심스러운 부분이 있었다. 수안이 2년 동안 밖으로 나가지 않았다 해도 현실감각까지 무뎌진 것은 아니었다. 오히려 홀로 인터넷 세상을 떠돌며 잡다한 지식, 혹은 괴담을 흡수한 탓에 경계심이 높았다. 매일같이 방문하는 미주를 막지 않은 이유는 스스로도 인정하기 싫었으나, 외로웠기 때문이다. 자기 잇속을 챙기러 왔다 해도 상관없었다. 찾아와 주는 사람이 있다는 게 좋았다.

어차피 쓸데없는 쇼핑을 하며 쓸 돈, 수안은 어려움에 빠진 사람을 도와준다는 생각으로 주문서를 작성했다. 공기청정기나 영양제 모두 있으면 좋은 물건들이니까. 미주는 수안이 다 알고서 사인한다는 사실도 모르고 죄책감이 어린 표정을 지었다. 그 표정을 보는 게 즐거웠다면, 너무 악취미일까?

"다 썼어. 결제는 어떻게 해?"

결제 방법을 묻는 와중에 미주의 전화벨이 울렸다. 수안은 미주의 액정에 뜬 마 실장이라는 이름을 눈에 담았다. 미주는 초조해하는 기색을 보이며 핸드폰을 들고 화장실로 향했다. 수안은 그 틈을 타 미주의 가방으로 손을 가져갔다. 모서리가 해진 가죽 가방을 열자 잡다한 물건들이 드러났다. 그중 노란 서류 봉투가 눈에 띄었다. 내용물을 열어 확인했다. '영구 회원 가입 동의서'라고 적힌 종이였다. 그게 무엇을 뜻하는지는 수안도 알았다. 종이를 쥔 손끝에 힘이 들어갔다.

"알겠습니다, 마 실장님."

화장실 안에서 말소리가 들려왔다. 수안은 화장실에서 시선을 떨어뜨리지 않은 채 서류에 적힌 내용을 훑은 뒤, 다시 가방 안에 집어넣었다. 가방도 원래 있던 자리에 고스란히 두었다.

추측한 내용이 사실임을 두 눈으로 확인한 기분은 썩 좋지 않았다. 허나 미주에게 따져 물을 생각은 들지 않았다. 그 정도의 힘도, 용기도 없었다. 그냥 지금처럼, 미주가 틈틈이 집에 찾아와 주었으면 할 뿐이다. 언젠가 미주가 내밀 그 종이에 사인만 하지 않으면 괜찮은 거 아닐까. 미주가 회원 가입 동의서를 내미는 날이, 이 모호한 관계가 끝나는 날일 것이다. 마 실장은 아마도 다단계 회사의 상사겠지. 화장실 안에서 날 등쳐 먹을 전략을 짜고 있는지도 모르겠다. 수안은 좀 전에 사인을 마친 주문서를 빤히 바라봤다. 먼지의 신, 먼지의 신. 다시 봐도 이상한 이름이다.

"먼지의 신."

수안은 소리 내서 말했다. 태양의 신, 하늘의 신, 온갖 신 이름을 다 들어 보았어도 먼지의 신은 들어 본 적 없다. 애초에 그런 신이 있을 리 없지만.

화장실 문이 열리고 미주가 걸어 나왔다. 수안은 아무것도 모르는 척 미주를 맞이했다. 미주는 멋쩍게 웃으며 말했다. 회사에서 갑자기 연락이 와서…. 수안은 괜찮다고 답했다. 정말 괜찮았다.

이후에도 별다른 변화는 없었다. 미주는 더없이 친근하게 굴다가 종종 작위적인 말투로 자신의 회사 제품들을 추천했고, 수안은 알아서 그 물건들을 주문했다. 수안이 손쉽게 주문서를 작성할 때마다 미주는 알 수 없는 표정을 지었다. 기쁜 것 같기도 하고 화가 난 것 같기도 했다. 하지만 먼저 무슨 말이든 꺼낼 용기는 없었으므로, 그런 일상은 계속되었다.

수안은 습관적으로 영양제를 삼켰다. 매일같이 먹고 있지만 딱히 건강이 좋아지거나 무슨 변화가 생기는 것 같지는 않았다. 하지만 미주가 권하는 대로 계속 먹었다. 그래야 다음 영양제를 주문해 줄 수 있다.

하루는 미주의 회사명으로 인터넷 검색을 해 보았다. 이 회사의 의뢰를 받아 작성한 듯한 몇몇 공기 정화 제품 추천 기사 빼고는 검색 결과의 대부분이 다단계 피해 후기였다. 회사명이 묘하게 익숙했던 이유도 금세 알 수 있었다. 2년 전에 있었던 야유회 버스 실종 사고의 주인공이 바로 이 회사였다. 꽤 오랫동안 미디어에 오르내렸으니, 익숙한 게 당연했다.

또 하루는 미주의 회사 홈페이지 프로필을 구경했다. 뽀얀 필터가 적용된 맑은 얼굴의 미주는 사원증을 목에 당당히 건 채 웃고 있었다. 누가 보면 평범한 회사에 다니는 줄 알 정도로 당당했다.

“회사는 회사지.”

대부분의 성인들은 회사에 다니거나, 공부를 한다. 아무것도 하지 않는 사람은 저뿐이다. 갑자기 기분이 우울해지는 바람에 수안은 핸드폰을 끄고 누웠다. 낮잠이나 자야지, 하고 이불을 뒤집어썼다. 그러나 잠들 수 없었다. 협탁 위에 엎어진 핸드폰이 자석처럼 자신을 끌어들이는 것 같았다. 결국 수안은 다시 핸드폰을 집어 들었다. 오래전에 비활성화를 한 SNS에 접속해서 미주를 찾았다.

미주의 '친한 친구'는 2,498명이었다. 게시물마다 몇십 개씩 댓글이 달렸다. 사진 속 미주는 늘 웃고 있었고, 비슷하게 웃고 있는 사람들과 함께였다. 가끔은 누군가에게 받은 선물 사진이나, 승진했다는 메시지를 올리기도 했다. 미주의 게시물을 넘길수록 수안은 어디론가 도망치고 싶어졌다. 그런데 이미 도망친 상태라, 도망칠 곳이 없다.

잠이 들기 직전에, 문득 그런 생각이 들었다. 어느 날 갑자기 미주가 오지 않으면 어떡하지? 벌떡 일어나 자신의 고요한 방을 바라봤다. 이유 모를 두려움이 엄습했다. 우우웅, 공기청정기 돌아가는 소리가 요란하게 울렸다.

새로 온 공기청정기는 소음이 무척 심했다. 작동시켜 두고 침대에 누우면 골이 징징 울렸다. 와중에 또 다른 진동음이 겹쳐졌다. 핸드폰 불빛이 반짝였다. 아마 미주일 것이다. 수안은 서둘러 메시지를 확인했다. 무슨 내용일까, 오늘 갑자기 들른다는 내용일까, 아니면 별 내용 없는 잡담일까? 무엇이라도 상관없었다. 미주에게서 문자가 왔다는 사실이 중요했다. 내용을 확인한 수안의 미간이 구겨졌다. 처음 보는 번호였다.

「수안아, 나 지우야. 너 미주랑 연락해? 아니라면 다행이지만 연락한다면 멀리하는 게 좋아. 걔 다단계야. 동창회 와서 애들 여럿 등쳐 먹고 잠수 탔어. 너도 조심해.」

진동과 함께 도착한 재난 경보 문자가 지우의 메시지를 덮었다. 근방에서 먼지바람이 일고 있다는 경고음이 울렸다. 수안은 다시 지우라는 이름의 지인이 보낸 메시지를 확인했다. 메시지는 그대로였다. 수안은 핸드폰을 노려봤다. 지우가 누구인지는 잘 기억나지 않는다. 워낙 흔한 이름이기도 하고, 고등학교 동창 모두를 기억할 수는 없는 일이다. 어쩌면 진짜 동창이 아닐 수도 있다. 그리고 사실, 동창이 맞고 아니고는 중요하지 않다. 수안에게 이 메시지는 아무것도 아니다. 평소에는 까마득하게 잊고 살다가, 죄책감을 떨치기 위해 아무렇게나 보낸 문자 한 통은 아무것도 아니다. 그보다는 차라리, 자신을 등쳐 먹기 위해서라도 매일 찾아오는 미주가 더 중요하다. 수안은 무표정으로 답장을 작성했다.

「알고 있으니까 신경 꺼.」

4.

요즘 들어 미주는 수안을 자주 떠올린다. 자신만의 둥지에서 느리고 한적한 하루를 보내는 수안. 수안은 밖에 나가지 않는다. 언제나 그 자리에, 그 둥지에 있다. 아마 수안은 세상에 종말이 온다 해도 아, 오는구나. 하고 말 것이다. 수안은 한심하고 사랑스럽다. 물건도 많이 산다. 덕분에 제품 판매 할당량을 채울 수 있었다. 수안은 처음에는 망설이는 듯하더니, 나중에는 지나가듯이 입에 담기만 해도 알아서 그 물건을 주문했다.

이제 마지막 영업만이 남았다. 영구 회원 가입 권유. 수안을 할당량의 굴레로 밀어 넣는 일이었다. 동창회에서 영업한 이들 같으면 진즉 사인을 시키고도 남았는데, 수안에게만 아직 그 서류를 건네지조차 못했다. 수안 같이 집 안에서만 사는 애가 사람을 상대로 물건을 팔 수 있을 리 없다. 물건을 팔지 못하는 영구 회원의 끝은 뻔하고 비참하다. 예를 들면, 아빠처럼. 10년 넘게 빠우집에서 쇠 깎는 일을 했던 아빠는 영업과는 거리가 먼 사람이었고, 죽을 때까지 스톤 레벨에서 벗어나지 못했다. 그의 끝이 어땠더라? 수안의 미래와 아빠의 죽음이 겹쳐졌다.

동의서에 사인을 받을 기회가 여러 번 있었다. 수안은 아무 생각 없이, 의심도 없이 평소처럼 사인을 할 것이다. 하지만 미주는 그녀 앞에 종이를 꺼내지 못했다. 이유는 알 듯, 모를 듯, 모호하다. 단지 처음부터 느꼈던 묘한 찝찝함이 이제는 전신을 뒤덮었다는 사실만이 정확하다. 수안의 앞에서 아무런 악의도 없는 척 웃기가 점점 힘들어졌다. 그리고 마 실장은, 마치 신과 같은 마 실장은 모든 걸 꿰뚫어 본다.

"미주 씨 요새 이상해. 뭐, 실적이야 오르락내리락하는 거니까 어쩔 수 없는 거지만 말이야. 그 친구 아직 사인 안 했지? 안 한 거야 못 하게 한 거야? 동의서 내밀긴 했어?"

"그게, 영 아닌 것 같아서…."

"영 아닌 것 같다니, 뭐가? 미주 씨 이제 보니 웃기네. 다른 건 모르겠는데, 일단은 야유회 확정이야. 그것만 알아 둬."

미주는 말없이 고개를 끄덕였다. 할 말이 없었다. 마 설장의 저 말은 그동안 미주가 실적이 딸리는 후배에게 했던 말들과 별다를 것이 없었다. 부랴부랴 다른 타깃을 찾아 연락처를 돌리고, 이런저런 행사에 참여해 보았지만 이미 소문이 돈 건지 작업이 쉽지 않았다. 그 사이에 회사에는 영업 실적 그래프가 붙었다. 미주는 아래에서 세 번째를 차지한 자신의 이름을 바라봤다. 아래에서 네 번째와는 단 한 명밖에 차이가 나지 않았다. 아직 수안에게 내밀지 못한 동의서를 떠올리며 입술을 잘근잘근 씹었다. 때마침 핸드폰이 진동했다. 수안에게서 메시지가 와 있었다.

「언제 와?」

그제야 수안의 집에 들르기로 했단 사실이 떠올랐다. 수안이 먼저 질문을 한 건 처음이었다. 늘 수안은 자신이 하자는 대로 움직이고, 의문을 가지지 않았으니까. 어째선지 심장이 거세게 뛰었다. 뭔가 잘못되고 있다는, 혹은 잘못하고 있다는 생각이 들었다. 미주는 답하지 않고 핸드폰을 껐다.

그날, 고시원의 어둠 속에서 미주는 생각했다. 수안에게 동의서를 받자. 그깟 사인이 뭐라고. 지금껏 수도 없이 해 왔던 일이다. 그렇게 몇 번이나 핸드폰을 들었다 놓았다. 메시지 창을 켜고 장문의 글을 작성했다가

지우길 반복했으나 보낼 수 없었다. 어째서일까? 수안의 미래를 너무 쉽게 예상할 수 있어서? 수안이 아빠처럼 망하는 걸 보고 싶지 않아서? 그렇다면, 지금까지 자신이 망하게 한 수많은 사람들은? 왜 수안만 특별한 거지? 아무리 생각해도 답이 나오지 않았다. 아니, 어렴풋한 답이 있긴 한데, 그건 너무… 말도 안 된다. 사기꾼이 타깃에게 정이 들다니, 웃기는 소리다.

먼지바람이 불고 있는지 손바닥만 한 고시원 창문이 계속 덜컹였다. 사이렌과 함께 지긋지긋한 재난 경보 문자가 울렸다. 미주는 가방 안에서 수안에게 건넬 예정이었던 가입 증서를 꺼냈다. 천천히 아버지와, 자신이 별생각 없이, 혹은 어쩔 수 없이 사인한, 그리고 수안을 구렁텅이로 처넣게 될 내용을 그제야 제대로 읽었다. 어려운 단어와 반복되는 표현으로 이리저리 힘들게 꼬아 놓은 문장은 위협적이었다. 미주는 가입서를 힘주어 갈기갈기 찢었다.

*

야유회 참가자 명단이 발표되었다. 역시 미주도 그 안에 있었다. 미주는 아침에 수안의 메시지에 답하지 못한 것이 못내 걸렸다. 무슨 일인지 전화도 몇 통 왔는데, 받지 않았다. 수안과 당분간 거리를 둘 생각이었다. 분기 회의가 끝나자 마 실장이 야유회 대상자에게 일정을 안내했다.

"참가하지 못한다는 사람은 없겠죠? 만약 불참자가 있다면, 다음 달 할당량 배정과 승진에 페널티가 부여될 것입니다. 모두들 현명하게 행동하자구요. 수요일 아침 10시, 회사 앞 기억하세요."

야유회에 선발된 인원들은 하나같이 패잔병 같은 모습들이었다. 금연 구역에서 삼삼오오 모여 잡담을 나누는 목소리가 미주의 귀에 닿았다. 탁한 목소리의 남자가 담배를 뻑뻑 피우며 말했다. 이번 할당량을 채우기 위해 사채를 썼다는 말이 도는 남자였다.

"그거 알아요? 야유회 괴담. 돌아올 때는 매번 인원이 줄어든대요. 정말로. 작년에 제 동기가 다녀왔는데, 진짜 한 명이 없어졌더래요. 그런데 이상하게 누구였는지는 전혀 기억이 나지 않고. 이게 매번 이런다니까? 악마 같은 마 실장이 제일 실적 나쁜 인간을 죽여서 악마한테 제물로 바치는 것 아니냐는 말까지 나올 정도로. 엄청 웃기죠. 뭐 이번에 가 보면 알겠죠."

흔하고 흔한 괴담이었다. 미주는 아는 척을 해 오는 직원을 무시하고 걸었다. 고시원으로 돌아가서 꼭 죽으러 가는 듯한 기분으로 짐을 쌌다. 영양제를 먹은 뒤엔 수안의 연락을 무시한 채 잠을 잤다. 새벽에 먼지바람이 예상된다는 경보 문자가 왔다. 그와 동시에 마 실장에게서도 문자가 왔다. 모두들 경보 문자 받으셨나요? 걱정하지 않으셔도 됩니다. 먼지바람은 아침 10시 이전에 가실 테니, 모두들 차질 없이 출석해 주세요.

마 실장은 어떻게 이렇게 모든 걸 다 아는 걸까? 미주는 짜증이 나서 마 실장의 명함을 지갑에서 빼내 던져 버렸다. 명함은 팔랑이다가 바닥 어딘가로 떨어졌다. 수안에게서 괜찮냐는 메시지가 도착했다. 수안에겐 몇 차례 답장을 보내려다가 실패했다.

5.

「언제 와?」

늘 곧장 답하는 미주였다. 30분이 지나도록 답이 없었다. 수안은 현관문을 뚫어져라 바라봤다. 현관문 옆에는 미주가 가져다 놓은 공기 정화 식물이 이파리를 길게 늘어뜨리고 있었다. 사방이 미주의 회사 물건들이었다. 그날 결국 미주는 오지 않았다. 지우가 보낸 메시지의 마지막 문장이 맴돌았다. 등쳐 먹고 잠수 탔어.

처음엔 화가 났다. 내가 팔아 준 물건이 몇 개인데, 이렇게 갑자기 잠수를 타? 괘씸하고 괘씸해서 미주의 멱살을 잡아 흔들고 뺨을 때리고 싶었다. 몇 번이나 욕설이 담긴 메시지를 보내려다가 말았다.

그다음엔 겁이 났다. 초인종이 울리는 환청을 들었고, 새벽 내내 재난 경보 문자가 울렸다. 안전한 집 안에 있는데 꼭 죽을 거 같았다. 그것도 아주 외롭게 죽게 될 것 같았다. 수안은 두려움에 손톱을 딱딱 씹었다. 애초에 미주를 집에 들이는 게 아니었다고 생각했다. 그때 그냥 먼지바람에 휘말리든지, 다른 피난처를 찾든지 알아서 하게 뒀어야 했다. 이불을 뒤집어쓰고 입으로는 미주에게 욕을 퍼부으면서, 시선은 현관문에 고정했다. 아무도 찾아오지 않았다.

다음 날도, 그다음 날도 마찬가지였다. 미주의 핸드

폰은 계속 꺼져 있다. 수안은 핸드폰을 몇 번이나 들었다가 놓았다. 머리는 그녀에게서 신경을 끄라고 계속 외치고 있다. 어차피 미주가 다단계 직원이라는 사실은 진즉 알고 있었다. 이제 미주에게 자신은 효용이 다한 사람이라 거리를 두려는 것뿐인지도 모른다. 그런데, 이상하게 불안한 생각이 들었다. 먼지바람, 그리고 연락이 끊긴 미주. 과거 자신이 겪은 사고가 겹쳐졌다. 무슨 일이 생긴 것은 아닐까. 먼지바람에 휘말려 어딘가에 쓰러져 있다거나. 그 생각에 이르자 걷잡을 수 없이 불안해졌다. 떨리는 손으로 112를 눌렀다. 지루한 기색을 숨기지 않는 상대방에게 수안은 속사포로 사정을 털어놓았다.

"음, 그러니까 친구분이 이틀 동안 연락 두절이라고요? 둘이 뭐 싸우신 거 아니에요? 경찰서가 뭐 애들 장난치는 곳도 아니고 나이도 먹을 만큼 먹은 성인이 이런 걸로 신고를 하면 어떡합니까. 친구분 집에 가 봤어요? 가족한테서 신고 들어오지도 않았는데."

"실종 신고… 실종 신고 할게요. 제가 할게요."

"성인은 실종 신고가 불가능하고요, 한다면 가출 신고인데… 일단 친구분이 어디 계신지 알아보고 다시 연락드릴게요. 그때 신분증 가지고 서로 오세요."

"네?"

"확인하고 다시 연락드릴 테니까, 그때 경찰서로 직접 오시라고요."

수안이 아무런 답도 않자 상대방은 한숨을 쉬며 전화를 끊었다. 수안은 연결음이 울리는 핸드폰을 멍하니 응시했다. 만약 경찰에게 연락이 온다면, 집 밖으로 나가야 한다. 나갈 수 있을까? 수안은 손톱을 씹으며 방 안을 맴돌았다.

나간다면 어디로 가야 하지? 일단 경찰서에 들르고, 그 뒤엔… 그냥 기다려야 하나? 미주의 집은 어디지? 분명 이 근처라고 들었는데. 그런데 연락은 언제까지 준다는 걸까. 그때까지 미주가 무사할까? 늦진 않았을까?

심장이 크게 뛰었다. 수안은 입술을 꽉 깨물며 문고리를 쥐었다 놓기를 반복했다. 만약 이대로 미주를 잊는다면, 지금 당장은 나가지 않아도 된다. 고민할 필요가 없다. 그리고 아무도 오지 않겠지. 수안은 아무도 오지 않는 방에서 홀로 눈을 감는 자신을 상상했다. 그러니까 이건, 그 다단계 사원이 걱정돼서 나가는 게 아니라, 내가 고독사하게 될까 봐. 그렇게 곱씹었다. 그때 핸드폰이 울렸다. 수안은 메시지를 확인했다.

「미안해.」

미주가 보낸 메시지였다. 미안해. 그 순간 머리가 하얗게 되는 것 같았다. 어째서인지는 알 수 없다. 미안하다니 뭐가? 이딴 말을 할 거면 직접 보고 해야지. 우습게도 걱정과 분노가 마구 뒤섞였다. 구렁텅이로 떠밀어진 느낌이었다. 수안은 손잡이를 쥔 손에 힘을 줬다. 철컥, 걸림쇠가 떨어지는 소리가 났다. 바깥의 찬 기운이 얼굴에 닿았다. 크게 숨을 들이마셨다. 심장이 터질 것처럼 뛰었다.

고요한 복도가 그녀를 반겼다. 난간의 창문 너머로 회색에 가깝게 뿌연 도시 전경이 내려다보였다. 들이마셨던 숨을 크게 내쉬고, 뒤돌아서서 자신이 좀 전에 빠져나온 집을 보았다. 허무할 만큼 아무 일도 일어나지 않았다. 숨이 막히지도, 머리가 아프지도, 토할 것 같지도 않았다. 수안은 주먹을 꽉 쥔 채, 한 발을 내디뎠다. 그리고 계단을 뛰어 내려갔다. 주머니가 크게 진동함과 동시에 거리에 종말과도 같은 사이렌이 울렸다.

"긴급, 긴급 상황입니다. 초대형 먼지바람 5호가 생성되었습니다. 거리의 시민분들은 전부 신속히 실내로 대피하시길 바라며, 여의치 않으신 분들께서는 다음에 안내되는 임시 대피소로…"

수안은 어수선한 거리를 가로질렀다.

6.

오전 9시, 미주는 아침 일찍 캐리어를 들고 집을 나섰다. 먼지바람은 마 실장의 말대로 10시가 되기 전에 가셨다. 회사 앞에는 함께 야유회를 가게 될 직원들이 삼삼오오 무리 지어 있었다. 대절 버스가 도착하고, 마 실장과 함께 직원들이 버스에 올라탔다. 먼저 탄 마 실장이 웰컴 요구르트를 하나씩 건넸다.

"미주 씨, 잘 왔어요."

미주는 마 실장의 안내에 따라 그녀의 옆자리에 앉았다. 버스가 출발하기 전, 마 실장이 앙증맞은 요구르트를 머리 높이 들며 산뜻한 어조로 말했다.

"안전하고 즐거운 야유회를 위해 건배해요."

모두 함께 요구르트를 들이마셨다. 입맛이 없는 탓에 미주는 요구르트를 마시지 않고 가방에 넣었다. 자리에 앉은 마 실장이 미주를 향해 물었다.

"안 마시나요?"
"입맛이 없어서."
"그럼 더더욱 마셔야죠. 안전하고 즐거운 야유회가 되지 않으면 미주 씨가 책임질 거예요?"

마 실장의 시선이 서늘했다. 말도 안 되는 소리란 걸 알지만 마찰을 일으키기 싫은 탓에 미주는 결국 요구르트를 꺼내 한입에 비웠다. 속이 느글느글했다. 그동안 수안에게 메시지를 보내지 못한 게 영 마음에 걸려, 미주는 핸드폰을 꺼내 들었다. 그리고 세 글자를 써 보냈다. 유서라도 쓰는 기분이었다.

「미안해.」

무엇이 미안한지는 쓰지 않았다. 아마 수안이 불쾌해할 모든 부분에 관해서. 이제 수안을 볼 일은 없을 것이다. 가까이 있어 봤자 좋을 게 없는 관계였다. 신경 쓰이는 건 빨리 떨쳐 버리는 편이 나았다. 미주는 핸드폰을 끄고 눈을 감았다. 메시지를 보내면 후련할 줄 알았는데, 이상하게도 속이 썼다.

버스는 부드럽게, 오랫동안 달렸다. 어째선지 같은 곳을 계속 돌고 있다는 생각이 들 때쯤 미주는 파도처럼 밀려오는 졸음을 버티지 못하고 잠이 들었다. 꿈에 마 실장이 나왔다. 그녀는 월요일마다 교육을 하는 강의실을 배경으로 이상한 소리를 늘어놓았다.

"에어포칼립스까지 2년, 이제 마지막 단계를 앞두고 있습니다. 좀 더 강한 종류의 먼지바람. 예를 들면 바다를 먼지들로 뿌옇게 뒤덮어 생물이 살 수 없게 만든다든가, 하늘을 까맣게 덮어 더 이상 해를 볼 수 없게 만든다든가 하는 직접적인 종말의 단계요. 여러분은 그 단계를 위한 제물이 될 거예요. 영광스러운 일이죠. 아마 어떤 신의 제물이 되는 거냐고 묻고 싶겠죠? 답해 드리겠습니다. 소중한 제물에게 그 정도는 베풀어 드릴 수 있죠. 다름 아닌 먼지의 신입니다. 우리가 파는 에이스 상품, 공기청정기의 제품명이기도 하죠. 그리고 또 재앙의 신입니다. 지금 보세요. 해, 달, 바다, 땅, 미세먼지에 가려져 아무것도 보이지 않잖아요? 인간들에게 보이는 건 이제 먼지뿐입니다. 믿을 수 있는 것도 먼지뿐이고, 오로지 먼지가 실체예요. 이제 해와 물, 땅의 시대는 가고 먼지의 시대가 왔습니다. 바로 인간들이 불러낸 신이지요. 저는 그분의 신탁을 받은 대리인이랍니다."

이게 무슨 개소리야?

*

미주는 기침과 함께 눈떴다. 양손과 다리가 꽁꽁 묶여 꼼짝할 수 없었다. 버스는? 함께 탔던 직원들은 어디로? 있는 힘껏 고개를 틀어 주위를 둘러봤다. 머리맡에서 마 실장이 눈을 마주하고 웃었다.

"그들은 편안히 불태워질 거랍니다. 미주 씨는 선택받았어요."
"마 실장님, 이게 무슨…"
"메시지 듣지 못하셨나요? 이건 종말을 불러오기 위한 제사예요. 이제 마지막 단계입니다. 코앞이에요."

"마지막 단계?"

"먼지바람이 언제부터 불어오기 시작했는지 기억하나요? 2년 전입니다. 미세먼지가 하늘을 뒤덮은 지 정확히 1년이 되는 해였죠. 그때의 버스 사고를 기억하겠죠? 미주 씨는 잊었을 리가 없죠. 아버지가 거기서 돌아가셨잖아요. 그들도 역시 제물이었답니다. 덕분에 먼지바람이 생겨났고, 세상은 한층 더 황폐해졌죠. 부녀가 함께 제물이라니, 훈훈하네요. 음, 뭐. 제물 선정은 실적으로 결정하니까, 미주 씨가 그 집순이에게 사인을 받기만 했어도 이리되지는 않았을 테지만. 이것도 다 운명 아니겠어요?"

마 실장이 산뜻하게 말을 마쳤다. 뒤늦게 이 상황이 진짜라는 걸 깨달은 미주가 몸을 꿈틀거리며 비명을 질렀다. 꼭 B급 오컬트 무비의 세트장에 들어와 있는 것 같았다. 평소와는 다르게 어딘가 흐리멍덩한 마 실장의 눈까지도 전부 연기 같았다.

"뭐, 뭐 하려고요? 미친, 완전히 미친 거 아니야? 뭐 하는 거야? 제물? 신? 종말? 그게 다 뭔데? 여기 그냥 다단계 회사 아니었어?"

"그냥 다단계는 아니죠."

미주는 싱긋 웃는 마 실장을 향해 욕설을 내질렀다. 목이 쉴 때까지 살려 달라고 비명을 질렀다. 미주의 외침은 넓은 지하 공간을 돌고 돌아 다시 그녀에게로 돌아왔다. 구하러 오는 이는 없을 것이다. 생각해 보면, 매사가 거짓이었던 자신을 누군가가 구하러 온다는 게 말이 되지 않았다. 죽는대 봐야 슬퍼하는 사람도 없을 것이다. 갑자기 모든 의욕이 사라졌다. 욕하기에도 지쳐 버린 미주가 잔뜩 쉰 목소리로 마 실장을 향해 물었다.

"당신은 어째서 종말을 바라는 건데요?"
"그야…"

마 실장은 당연한 것을 묻는다는 듯이 답했다.

"난 먼지의 신이었다가 재앙의 신이 되었지. 그리고 이젠 종말의 신이 될 거야. 그게 더 멋있으니까."
"멋?"
"신으로 태어났는데 한 번도 추앙받지 못한 내 처지를 한낱 인간인 네가 이해하겠어? 늘 태양신, 하늘신, 땅의 신, 물의 신만 신 취급이지. 난 이제 먼지의 신이 아니라 종말의 신이야. 모든 인간들이 날 무서워하고, 숭배할 거야. 날 이렇게 만든 건 인간이라고."

마 실장이 억울하다는 듯이 미간을 구기며 말했다. 꼭 엄마가 동생이랑 나 차별해, 라고 말하는 어린애 같은 말투였다. 그녀는 좀 전과 사뭇 다른 분위기로 덧붙였다. 마치 다른 사람 같았다.

"여기까진 신의 입장. 말했다시피 전 대리인이에요. 서로 간의 이득을 위해 계약을 맺었거든요. 저 같은 경우엔, 그래야 우리 제품이 더 잘 팔릴 테니까요. 특히 영양제, 실적이 너무 안 좋아요."

영양제, 고작 영양제. 내가 그렇게 많이 팔았는데. 영양제가 안 팔리는 이유는 효과가 없어서잖아! 미주는 억울함에 입술을 씹었다. 좀 더 멋있는 신이 되기 위해 종말을 불러온다는 먼지의 신이나, 효과 없는 영양제를 판다고 신인지 악마인지 모를 것과 계약을 맺은 마 실장이나 전부 다 미쳤다. 어쩌면 마 실장이 그냥 미친 사람일 수도 있고.

"이번 단계엔 피를 흘릴 제물이 필요해요. 나머지는, 지금쯤 분주히 화형식을 준비하고 있을 거랍니다. 까만 재가 되어 날릴 때까지 고통은 느끼지 않을 테니 걱정하지 말아요. 미주 씨도 마찬가지예요. 당신의 심장을 꺼내기는 할 테지만, 아프지는 않을 거예요. 저는 가학을 즐기는 사람은 아니거든요. 필요에 의해 하는 거지."

마 실장이 싱긋 웃으며 다가와 기다란 손가락으로 목을 눌렀다. 압박감에 거친 숨이 새어 나왔다. 미주는 눈을 감았다. 가망이 없어 보였다. 이대로 끝. 종말이 오기도 전에 끝. 미주는 눈을 감은 채, 쇠를 가는 듯한 소리를 내는 마 실장을 향해 체념한 목소리로 말했다.

"제가 죽으면요, 그러니까 제물로 바쳐지면 마지막 소원 하나는 들어줘요. 심장까지 주는데 그 정도는 할 수 있잖아요. 마지막으로 작업했던 수안이에게 제 핸드폰으로 메시지 하나만 보내 주세요. 한 통 보내긴 했는데 영 짧은 거 같아서. 널 등쳐 먹어서 미안하다고. 넌 사랑스러우니까 분명 잘 살 거라고요."

"싫어요. 종말의 신은 그런 멋없는 부탁은 들어주지 않는답니다."

"씨발."

매정하긴. 마 실장의 기척이 더 가까워졌다. 미주는 감은 눈에 질끈 힘을 주었다. 먼 곳에서 빠르게, 통통

튀듯이 다가오는 발소리에 이어 퍽, 거친 타격음이 났다. 그와 동시에 철프덕, 사람이 쓰러지는 소리와 누군가의 거친 한숨 소리도. 분명 거친 숨소리인데 어딘가 말랑말랑하다. 이런 말랑말랑함의 소유자는 미주가 아는 사람 중에선 단 한 명뿐이다. 하지만 그 사람은 이 자리에 있을 리 없다. 미주는 감았던 눈을 떴다.

"수안?"

7.

수안은 떨리는 손으로 미주의 사지를 묶은 밧줄을 풀었다. 아무 말도 하지 않았다. 미주 역시 아무 소리도 내지 못하고 입만 뻐끔거렸다. 얼굴에 당황한 기색이 역력했다. 당황한 건 수안도 마찬가지였다.

먼지바람이 일기 직전에 가까스로 미주의 회사에 도착했다. 그러나 문은 굳게 잠겨 있었고, 재난 경보 사이렌은 시끄럽게 울려 대고, 저 멀리 먼지바람이 다가오는 게 선명히 보였다. 암담한 상황에 정신이 아득해졌다. 하지만 2년 만에 밖에 나왔는데, 죽기는 싫었다.

건물 외벽을 샅샅이 뒤지다가 지하실로 향하는 문을 발견했다. 창고로 쓰이는 곳 같아 잠시 잡기들 안쪽에 몸을 숨겼는데, 저 마 실장이라는 사람이 정신을 잃은 미주를 데리고 들어온 것이다. 한참 동안 덜덜 떨다가 그대로 손에 잡히는 묵직한 걸 아무거나 쥐고 휘둘렀다. 일단은 미주를 살려야 한다는 생각이 먼저였다.

결박이 거의 풀렸을 때쯤, 미주가 믿을 수 없다는 목

소리로 물었다.

"정말 너야?"
"그럼 누구겠어?"

수안이 다리를 휘청이는 미주를 부축하며 답했다. 묻고 싶은 말은 많았지만, 머릿속이 엉망진창이었다. 머릿속뿐만 아니라 상황도 엉망진창이었다. 느리게 고개를 끄덕이던 미주가 불쑥 손을 뻗었다. 그러고는 수안의 얼굴을 자유로워진 양손으로 문질렀다. 거칠고 푸석한 감촉이 닿았다. 가짜가 아닌 진짜였다. 미주가 입을 벌리고 중얼거렸다.

"말도 안 돼."
"뭐가? 말도 안 된다고 생각한 건 오히려 나야. 다짜고짜 미안해가 뭐야? 뭐가 미안한지, 왜 그런 생각이 들었는지 다 말을 해야 할 거 아냐!"

수안은 화가 난 목소리로 따져 물었다. 이렇게 화가 나는 건, 그리고 화를 내는 건 2년 만에 처음이었다. 그 순간 미주의 머리 위로 기다란 그림자가 졌다. 미주의 눈이 크게 떠지고, 그녀가 수안을 크게 밀쳤다. 끼긱, 날 선 마찰음에 소름이 돋았다. 간발의 차로 마 실장의 단도가 미주의 팔을 스치고 맨바닥을 긁었다. 머리에서 피를 뚝뚝 흘리는 마 실장이 다시 높이 단도를 쳐들며 말했다.

"심장이 두 개여서 나쁠 건 없죠."

마 실장이 괴성을 지르며 달려들었다. 가로로 찢어진 미주 팔의 상처가 보였다. 붉게 갈라진 틈 사이로 검붉은 피가 뚝뚝 흘렀다. 수안은 눈을 질끈 감고 미주를 뒤로 확 밀쳤다. 그와 동시에 눈에 핏발이 선 마 실장이 수안을 타고 올라 목을 졸랐다. 수안은 양손을 휘적이며 닥치는 대로 마 실장을 가격했다. 머리를 잡아 뜯고 얼굴에 주먹을 날렸다. 둘 사이에 엎치락뒤치락하는 몸싸움이 이어졌다. 오랫동안 실내에서 생활한 탓에 체력이 빠른 속도로 떨어졌다. 이럴 줄 알았으면 운동 좀 해 둘걸. 수안은 후회했다. 맑은 하늘도 못 보고 죽겠구나. 그것도 먼지의 신 손에.

수안의 위에 단단히 자리를 잡은 마 실장이 단도를 다시 쳐들었다. 수안은 눈을 꾹 감았다. 마지막으로 보인 건, 섬뜩하게 빛나는 칼날과 그 뒤로 조심스레 다가서는 미주였다. 묵직한 뭔가를 든 미주가 팔을 높이 쳐들었다. 퍽, 소리와 함께 마 실장이 앞으로 고꾸라졌다.

정적이 흘렀다. 수안은 뒤늦게 축 늘어진 마 실장을 젖히고 몸을 일으켰다. 미주의 옆에 딱 붙어 서서 거친 숨을 몰아쉬었다. 뒤집어진 마 실장의 머리에서 붉은 피가 넓게 흘러나왔다. 금방이라도 마 실장이 다시 몸을 일으켜 덤벼 올 것만 같았다. 수안이 넋이 나간 목소리로 중얼거렸다.

"죽었을까?"
"모르겠어."

미주가 답했다. 마 실장은 꼼짝도 하지 않았다. 수안과 미주는 삽을 꼭 쥔 채, 쓰러진 마 실장 앞으로 조금씩 다가갔다. 마 실장의 손끝이 잘게 경련했다. 수안은 저도 모르게 짧게 비명을 지르며 삽을 빼어 들었다. 그러고는 있는 힘껏 이미 쓰러진 마 실장을 향해 휘둘렀다. 둥근 수안의 얼굴에 핏방울이 튀었다. 미주가 손을 뻗어 그 붉은 점들을 닦았다. 또다시 정적이 찾아왔다. 손에 힘이 풀리면서 삽이 요란한 소리를 내며 바닥으로 떨어졌다. 수안은 크게 숨을 내쉬었다.

마 실장은 일어나지 않았다. 정말 다 끝났나, 싶었을 때 공기 중에 어렴풋이 어떤 목소리가 울렸다. 그건 뭐라고 표현할 수 없는 목소리였다. 저 높은 곳에서, 아니면 저 밑에서, 혹은 머릿속에서 들려오는 것 같았다.

「나는 다른 재앙이 되어 돌아올 거야.」

마 실장의 손끝이 잘게 경련하다가, 탁한 빛으로 변하기 시작했다. 말단부터 바스러지더니, 말 그대로 먼지가 되어 사라졌다. 수안과 미주는 나란히 주저앉았다. 그리고 이제는 흔적조차 남지 않은 마 실장이 있던 자리를 바라봤다. 그렇게 한참을 있었다.

"널 등쳐 먹어서 미안해. 그리고 넌 사랑스러우니까 분명 잘 살 거야."

고요를 뚫고 미주의 목소리가 닿았다. 수안은 멍하니 미주를 바라봤다. 미주는 이미 수안을 보고 있었다. 마른 입이 달싹였다.

"그렇게 말하려고 했어."

수안은 느리게 고개를 끄덕였다. 그리고 답했다.

"알고 있었어. 나 등쳐 먹으려고 했던 거."
"내가 다 잘못했어."

수안은 말없이 미주에게서 고개를 돌렸다. 마 실장이 있던 자리엔 먼지만이 남았다. 정말로 그들은 다시 돌아올 것이다. 먼지의 신은 다른 대리인을 찾겠지. 통쾌함이나 후련함 같은 건 없었다. 다만 어차피 삶은 계속될 테고, 그래도 상관없다는 생각이 들었다.

먼저 손을 내민 쪽은 수안이었다. 미주는 그 손을 맞잡았다. 수안은 다시 미주를 바라봤다. 미주 역시 수안을 바라봤다. 둘은 서로를 부축하며 일어섰다. 지하실을 빠져나가는 길에, 미주가 갑자기 생각났다는 듯이 말했다.

"버스에 탔던 사람들은 무사할까?"

"실은, 아까 너 묶여 있을 때 화형식 어쩌고 한 말 듣고 119에 신고했어. 119는 직접 가지 않아도 신고가 가능하더라."

문을 열고 나오자, 평소보다 아주 약간 맑은 하늘이 그들을 반겼다. 먼지바람은 한동안 불지 않았다.

작가 후기

류연웅

〈놀러 오세요, 지구대 축제〉의 배경은 제가 다니는 대학교입니다. 올해로 입학한 지 3년이 되었는데요, 해마다 봄이면 학교 커뮤니티에 이런 글이 올라옵니다(소설 내 대사의 상당수도 학교 커뮤니티 댓글에서 영감을 받았습니다).

“다음 후배들을 위해서라도 학교 시스템을 바꿔 놔야 한다.”
“너네 화나는 거 다 알고 나도 새내기 때 우울증을 겪었는데, 포기하고 제 살길 찾는 게 제일 건설적이다. 아무리 떠들어도 바뀌는 거 없을 거고.”

미세먼지가 사회문제로 대두된 뒤, 네이버 댓글에서도 비슷한 패턴이 반복되더라고요. “함께 시위를 해야 한다.”, “그냥 돈 벌어서 이민 가라.” 결국에는 떠나거나 참고 살거나, 이 두 가지 결말밖에 없다는 생각이 긴 시간, 저를 무기력하게 만들었습니다.

사람은 누구나 자신이 추구하는 이상이 현실에 부딪히는 순간을 맞게 되는 것 같아요. 신념이 무너지는 순간의 분노, 나와 대립하는 것들의 존재 의의를 인정할 수밖에 없을 때 느끼는 허탈감. 두 명의 주인공(민과 예진)을 통해 이를 이야기하고 싶었습니다.

현실이 각박하다는 걸 알수록, 비현실적인 꿈만 커져요.
학우들이 술을 그만 마시고 행복해졌으면 좋겠다, 같은 거요.

이 소설을 쓰는 내내 2018년 12월 13일, 친구들과 함께 했던 나베 파티를 떠올렸습니다. 예진, 주은, 정빈에게 고맙다고 이야기하고 싶습니다. 그리고 밴드 Heen의 데뷔 싱글 〈쏟은 물〉 화이팅!

이 작품을 완성하고, 안전가옥 스토리 공모전에 내고, 당선되는 사이 홍콩에서 대규모 시위가 열렸습니다.
홍콩의 완전한 분리 독립을 지지합니다.

김정균

작년부터 엄마에게 건조기를 사자고 했다. 들어 두었던 100만 원짜리 적금이 올해로 만기가 되니 건조기를 사면 100만 원을 보태겠다고 했다. 아빠가 반대했다. 액수를 높였다. 50만 원 추가. 총 150만 원을 드린다고 하니 부모님은 그날 당장 건조기를 구매하셨다.

아뿔싸, 이제 돈이 없다. 그때 안전가옥 공모전을 알게 되었다. 미세먼지, 선인세 100만 원. 구멍 난 100만 원 메우자! 터무니없는 꿈을 꾸며 어떻게 글을 쓸지 생각했다.

미세먼지에 대해 생각하다 보니 어느 순간 이런 문장이 떠올랐다. 옛날의 인어는 죽으면 물거품이 됐지만, 지금의 인어는 죽으면 미세먼지가 된다. 이 문장을 어떻게 살려서 이야기로 만들지 꽤 오랫동안 고민했다. 가족, 환경, 연애 등 이런저런 스토리를 쓰고 지웠다.

문득 내가 저 문장에 너무 사로잡혀 있다는 깨달음이 찾아왔다. 이제 그만 벗어나자고 결심한 후 집에 가는 중이었다. 갑자기, 사람이 미세먼지맨이 되는 건 어떨까? 하는 생각이 들었다. 그렇게 이 소설을 쓰기 시작했다.

하루에 500자도 꾸준히 쓰지 못하던 때였다. 그런데, 이 소설은 집필 시작부터 퇴고까지 딱 한 달 걸렸다. 끝을 내던 날, 내가 포기하지 않고 썼구나, 완결을 냈구나 싶어 정말 기뻤다. 완결을 냈다는 것, 도전하는 것에 의의를 두자며 메일을 보냈다. 공모에 떨어지면 다른 어디에 글을 올릴까 생각하면서.

어느 날 전화가 왔다. 안전가옥이고, 내 소설이 당선됐다는 전화였다. 믿기지 않았다. 내가 너무 좋아해서 전화해 주신 분도 기분이 좋다고 하셨다. 통화가 끝난 후, 내가 너무 좋아했나? 걱정했다. 근데 좋은 걸 어떡해! 광대가 내려오지 않았다. 정말 기뻤다. 계속 글을 써도 괜찮다는 인정을 받은 느낌이었다. 내가 쓰고 싶은 글, 내가 좋아하는 글을 쓰게 되더라도 나 혼자 읽다가 아무도 모르게 사라질 줄 알았다. 글을 쓰고 싶은 마음도, 나 자신도.

나는 이번 당선의 기쁨으로 꽤 오랫동안 글을 쓸 힘을 얻었다. 앞으로도 계속 글을 쓰고 싶다.

소설을 좋아해서 소설을 쓰게 됐으니 최근 1년 동안 재밌게 읽은 소설에 대해 말하는 것으로 후기를 대신할게요. 이야기성이 강한 소설 위주로 열 편 골랐어요. 원고 분량 제한이 있어 감상은 짤막하게. 읽은 순.

*** 사토 유야, 《에나멜을 바른 혼의 비중》(주진언 옮김, 학산문화사)** 19금 소재가 거침없이 등장하는, 광기와 똘기로 무장한 이야기. 난잡하게 뻗어 나간 이야기들이 마지막에 결합되는 방식이 기이하고 놀랍다.

*** 차이나 미에빌, 《이중 도시》(김창규 옮김, 아작)** 범죄소설과 위어드 픽션의 정교한 만남. 도시와 도시가 겹쳐 있다는 설정, 그리고 그것을 구축하는 테크닉이 굉장히 인상적이다.

*** 슈노 마사유키, 《가위남》(정경진 옮김, 스핑크스)** 절판 상태였는데 최근에 재출간. 약간 변형된 도서 추리물이다. 이미 여러 번 읽었기에 트릭과 범인을 알고 있음에도 읽을 때마다 재밌다.

*** 이토 케이카쿠, 《학살기관》(김준균 옮김, 대원씨아이)** 밀리터리 SF. 데뷔작부터 천재적이라는 인상을 받았다. 요절이 너무 아쉬운 작가.

*** 켄 브루언, 《밤의 파수꾼》(최필원 옮김, 알에이치코리아)** 간결한 문체에 블랙 유머가 가미된 하드보일드. 독서광에 알코올중독자인 사립탐정 잭 테일러의 매력에 빠지지 않을 수 없다.

*** 마이조 오타로, 《디스코 탐정 수요일》(원서)** 읽는 동안 최고다, 미쳤다, 이런 생각을 몇 번이나 했는지 모르겠다. 미스터리도 안티미스터리도 넘어선, '초미스터리'. 머리가 이상해질 정도로 괴팍하고 정신 나간, 이야기의 끝!

*** 이시모치 아사미, 《문은 아직 닫혀 있는데》(박지현 옮김, 살림)** 도서 추리물. 탐정 역할을 하는 인물과 범인 사이의 공방전이 은근하면서도 치열하게 전개된다.

*** 나구라 아무, 《이세카이계》(원서)** 캐릭터에 대한 소설이고, 화자인 '나'가 캐릭터인 '나'로 변하는 소설이며, 나아가 캐릭터가 창조주가 되는 놀라운 소설.

*** 세이료인 류스이, 《코즈믹》(원서)** 본격 (안티)미스터리, 라이트노벨/캐릭터 소설, 포스트모더니즘, 애너그램 등의 요소가 뒤섞인, 그야말로 '괴작'.

*** 마도이 반, 《마루타마치 르부아》(김예진 옮김, 파우스트박스)** 가상의 법정 미스터리. 논리로 무장한 언변과 추리가 무협소설 속 진검승부처럼 불꽃 튀게 부딪친다.

김효인

올봄에는 버스를 타고 영동대교를 건널 일이 많았습니다. 비가 오던 어느 날, 여느 때와 같이 영동대교를 건너다 버스 창문 밖을 보는데 이상한 기분이 들었습니다. 남산서울타워가 아주 뚜렷하게 보였습니다. '여기서 남산서울타워가 원래 보였었나? 한 번도 본 적 없었던 것 같은데.' 불현듯 들었던 의문은 다음 날 바로 풀렸습니다. 미세먼지로 남산서울타워가 다시 보이지 않게 되었기 때문이죠.
보이지 않는다는 건 생각보다 더 무서운 일입니다. 뚜렷이 보이는 목적지를 향하는 것과 있는지 없는지 모를 목적지를 향하는 것 사이에는 분명한 차이가 있습니다. 아마 후자에 몇 곱절 더 큰 용기가 필요하리라 생각합니다.

〈우주인, 조안〉은 미세먼지에 뒤덮여 앞이 보이지 않는 시대를 살아가는 이들의 이야기입니다.
시간적 배경은 제멋대로 지금으로부터 100년 뒤라고 정해놨지만 등장인물은 2019년의 우리를 반영합니다. 지난 몇 년간, 제가 마주했던 이 시대의 취업, 돈, 사랑, 꿈에 대한 문제들을 조금 더 막막하고 극단적인 세상에서 고민해 보고 싶었습니다.

은퇴를 앞둔 부모에게도, 수능을 앞둔 자식에게도 삶은 힘든 것이라면,
하고 싶은 것이 많은 젊은이만큼, 여든을 넘긴 노인에게도 죽음은 똑같이 외롭고 무서운 일이라면, 그렇게 누구도 어떤 시점에서도 온전한 안정감을 누릴 수 없다면,
어떻게 살아가는 것이 맞을까.
우리는 각자의 최선을 위해, 자신이 무엇을 원하는지 알아가려 평생을 고민하면서 걸어가야 하는 것 같습니다.

그 지난하고 쉽지 않은 과정에서 나에게 용기를 준 사람들에게 이 글이 조금이라도 보답이 되길.

자신은 꿈이 아닌 생계를 택했기에
자식만큼은 가고 싶은 곳에 가고,
하고 싶은 것을 하길 바라는 아빠에게
하나부터 열까지 반대를 하면서도
품을 떠나 꿈을 향해 가는 딸의 모습을 지켜봐 주는 엄마에게
말 잘 듣는 딸과 말 안 듣는 딸 중,
'잘 듣는'의 자리를 꽤 오랜 시간 묵묵히 지켜 줬던 언니에게
막막한 미래를 함께 마주하고 있어도 용기 있게 손을 잡아 주는 오현에게

심해지는 미세먼지 속에서 한 걸음 한 걸음의 용기를 내고 있는 이 시대의 이오와 조안에게.
당신의 별을 위하여. 용기를 위하여.

마지막으로 저에게 한 걸음의 용기를 주셨던 유보라 작가님께 감사를 전합니다.

조예은

미세먼지는 꽤 어려운 소재였습니다. 안전가옥에서 지금껏 제시한 단편 공모전의 소재 중 제일 어렵지 않았나 하는 생각이 듭니다. 저 역시 꽤 고생을 했어요. 마지막에 초반부를 완전히 갈아엎었습니다. 늘 미리미리 원고를 해야지 다짐하는데, 결국 끝에 다다르면 이렇게 되더라고요.

딱 원하는 이야기가 떠오르지 않아 캐릭터를 먼저 짜냈습니다. 수안은 비가 오거나 날씨가 별로면 집 밖으로 나가길 꺼려하는 저의 모습에서 따왔어요. 그리고 회피하는 인간인 수안에게 다가갈 인물은 누가 있을까, 고민했습니다. 일반 사람들보다 더 집요하고 끈질겨야 하니까요. 그렇게 다단계 미주가 나왔습니다.

늘 이야기를 먼저 짜고 캐릭터를 넣었는데, 이번에는 캐릭터가 이야기를 만들었다고 생각합니다. 겉으로 보기엔 많이 부족하고 비틀린 두 사람이 만나 좀 더 나아지는 이야기를 쓰고자 했습니다. 어쨌든 수안은 집 밖으로 나왔고, 미주는 살아남았으니까요. 비록 그들이 살아가는 세상은 미세먼지로 가득하지만, 언젠가 한 번쯤은 맑은 날이 있겠죠.

수안과 미주는 아마 잘 살 거예요. 파국으로 치닫는 이야기를 주로 썼던 제가 할 말은 아닙니다만… 전 사실 해피엔딩을 좋아한답니다. 수안과 미주의 이야기는 해피엔딩입니다.

미세먼지 안전가옥 앤솔로지 03

초판 1쇄 2019년 11월 11일 발행
초판 2쇄 2020년 1월 13일 발행
초판 3쇄 2020년 7월 17일 발행
초판 4쇄 2021년 12월 27일 발행
초판 5쇄 2024년 10월 3일 발행

지은이 류연웅·김청귤·박대겸·김효인·조예은

기획 안전가옥
프로듀서 윤성훈 · 정지원
김보희 · 이수인 · 이은진 · 임미나
퍼블리싱 박혜신 · 임수빈
편집 이혜정
디자인 금종각
서비스 디자인 김보영
비즈니스 이기훈
경영지원 홍연화

펴낸이 김홍익
펴낸곳 안전가옥
출판등록 제2018-000005호
주소 (04779) 서울특별시 성동구 뚝섬로1나길 5,
헤이그라운드 성수 시작점 202호
대표전화 (02) 461-0601
전자우편 marketing@safehouse.kr
홈페이지 safehouse.kr
ISBN 979-11-90174-63-3